QUI SAUVE UNE VIE
SAUVE LE MONDE

MADELEINE DE PLACE

QUI SAUVE UNE VIE SAUVE LE MONDE

roman

Éditions de La Martinière

ISBN : 978-2-7324-9429-6

PREMIÈRE PARTIE

Paris, juin 2010

Les lourdes portes de l'église s'ouvrirent. Le cercueil avança lentement dans l'allée, au rythme des quatre porteurs vêtus de noir. Raphaëlle monta aussi vite qu'elle le put les marches du parvis et se hâta de rejoindre le cortège, sous le regard furieux de sa mère. Raphaëlle savait pertinemment qu'après la cérémonie Solange la sermonnerait, lui reprocherait ses éternels retards et son manque de considération pour les autres. Elle appuierait là où ça fait mal : « Franchement, Raphaëlle, tu aurais pu faire un effort, au moins aujourd'hui ! Toi qui ne jurais que par elle, on dirait que sa mort ne te fait rien. » Elle la comparerait ensuite à Caroline, sa sœur si parfaite, qui avait réussi à être à l'heure, elle, malgré quatre enfants à gérer : « Tu as trente-six ans tout de même. Il serait temps de te comporter en adulte. » Avant d'asséner le coup final : « Tu as pensé un peu à la peine que tu fais à ton père ? » La jeune femme ne répondrait rien pour ne pas aggraver les choses. Pas envie de se disputer, surtout un jour comme celui-là. Elle laisserait sa mère l'accabler sans prêter attention à ses propos blessants et rentrerait chez elle avec dans la gorge cette boule de chagrin qui ne la quittait plus depuis le décès de sa grand-mère.

Le cercueil arriva au bout de la nef. Les porteurs le déposèrent sur des tréteaux et le recouvrirent d'un drap sombre. Ils l'entourèrent de bouquets de fleurs livrés plus tôt dans la matinée, des roses blanches. *Les fleurs préférées de Mamie*, pensa Raphaëlle, étonnée que tout le monde connaisse si bien ses goûts. Sur le côté, placé sur un chevalet, un immense portrait de sa grand-mère semblait poser sur elle un regard plein de douceur. Raphaëlle adorait ce cliché qu'elle avait pris quelques années auparavant. Comment l'oublier ? La veille de cette photo, elle avait travaillé vingt-quatre heures d'affilée et ne désirait qu'une chose : se plonger dans son lit et ne plus en bouger. Or c'était le week-end qu'avait choisi sa mère pour organiser une énième réunion de famille autour de son « fameux rôti du dimanche », qui n'avait de fameux que le nom. Raphaëlle avait bien cherché un moyen d'y échapper, avant de se faire une raison : au moins, elle pourrait profiter de sa grand-mère.

Comme Mamie était belle ce jour-là ! Si les années avaient creusé les traits de son visage, elle avait gardé un port de tête magnifique et des yeux pleins de tendresse. Raphaëlle n'avait pu s'empêcher de saisir l'appareil photo de son père pour immortaliser ce moment. Comment imaginer que cette photographie accompagnerait ses derniers instants ? Sentant les larmes lui monter aux yeux, Raphaëlle détourna le regard et se dirigea vers les bancs réservés à la famille. Malgré les gestes de sa mère pour l'inciter à aller s'asseoir plus loin, elle s'installa près de son père et lui prit la main. Pierre la serra et y déposa un baiser. Lui seul comprenait sa peine.

Les dernières notes de l'orgue s'élevèrent dans un douloureux silence. Le prêtre s'avança, régla à sa hauteur le micro du lutrin et prit la parole :

– Nous sommes réunis ce matin pour rendre un dernier hommage à une femme qui a tant donné aux autres. Élisabeth était une paroissienne fidèle. Elle était devenue, je peux le dire, une amie. Il y a quelques semaines, sentant ses forces la quitter, elle m'avait demandé de l'aider à préparer cette cérémonie. C'est pourquoi je suis particulièrement ému, en ce jour, de célébrer cette messe à sa mémoire. Mais, avant de débuter, les proches de la défunte souhaiteraient vous adresser quelques mots.

Raphaëlle regarda sa sœur s'installer au pupitre. Cet éloge funèbre, elle aurait voulu le faire. Mais sa mère, sans grande surprise, s'y était opposée. « Tu comprends, tout le monde ne peut pas prendre la parole, Caroline est bénévole dans sa paroisse et sait comment il convient de se tenir, Raphaëlle est trop émotive. » Il s'était ensuivi une vive dispute jusqu'à ce que son père, lassé par cette énième querelle dont il ne sortirait de toute façon pas vainqueur, finisse par capituler. Caroline prononcerait un hommage au nom de la famille et Raphaëlle lirait une prière.

Caroline toussa pour s'éclaircir la gorge, jeta un regard satisfait sur l'assemblée et commença la lecture des feuillets qu'elle tenait à la main :

– Mamie, tu étais une femme douce, la meilleure des femmes. Je me souviens du jour où mon premier fils est né, tu m'as dit que tu étais une arrière-grand-mère comblée.

Raphaëlle étouffa avec peine un rire nerveux. Comme d'habitude, Caroline en profitait pour se mettre en avant.

Depuis qu'elles étaient petites, il existait entre les deux sœurs une rivalité que Raphaëlle ne comprenait pas. Elles n'avaient pourtant que deux ans d'écart, et Caroline aurait pu être une grande sœur merveilleuse. Cela n'avait pas été le cas. À la naissance de Raphaëlle, sans doute par peur d'être écartée, Caroline avait tout fait pour plaire à leur mère. À l'âge de sept ans, lorsqu'on lui demandait ce qu'elle ferait plus tard, elle répondait : « Je ferai le plus beau métier du monde : maman. » Solange la regardait alors avec tendresse, fière de voir qu'elle avait su transmettre ses valeurs à sa fille aînée. Car, avec la cadette, les choses étaient plus compliquées. Autant Caroline était calme, réservée et polie, autant Raphaëlle était agitée, bruyante et avait un caractère bien trempé. Solange se demandait parfois comment elle avait pu avoir deux filles si différentes. Même physiquement, personne n'aurait pu croire qu'elles étaient sœurs. Caroline avait des yeux bleus et de longs cheveux blonds et soyeux alors que le visage de Raphaëlle révélait des yeux sombres, surmontés d'une indomptable crinière brune. L'une au visage d'ange doux et harmonieux, l'autre pleine d'effronterie. En grandissant, le fossé entre elles n'avait cessé de se creuser. Caroline, suivant les conseils de sa mère, avait fait une école de traductrice. « Tu verras, ma chérie, jolie comme tu es, tu trouveras vite un bon parti. » En effet, elle avait rapidement rencontré Edgar, un jeune diplomate, qu'elle avait épousé en grande pompe. Quel orgueil dans le regard de Solange à l'évocation de sa fille, Caroline de Hanüs. Raphaëlle avait pleuré de rire en apprenant le nouveau nom de sa sœur, si fière d'afficher la fameuse particule qui la faisait tant rêver. Depuis, lorsqu'elle se retrouvait seule avec son père, les plaisanteries sur « M. et Mme du Trou-du-Cul » allaient bon train. Trois ans après son mariage, Caroline avait donné naissance à un fils. Les jumeaux étaient nés peu après, puis un autre petit garçon. À la tête de cette grande tribu, Caroline ne travaillait pas ; elle s'occupait de ses enfants. En excellente femme d'intérieur, elle organisait des dîners pour les relations de travail d'Edgar dans leur maison de Saint-Germain-en-Laye. Des meubles raffinés, un magnifique jardin, des fleurs fraîchement coupées parfumant délicatement chaque pièce décorée avec goût : la maison semblait tout droit sortie d'un magazine de décoration. Même les quatre garçons, ses « petits mecs » comme elle aimait les appeler, étaient toujours tirés à quatre épingles. Caroline cousait elle-même leurs vêtements, cuisinait divinement bien, était très investie dans sa paroisse et ne serait jamais sortie de chez elle sans être impeccable. Jamais un mot plus haut que l'autre, jamais une dispute, jamais une tache sur la moquette beige du salon : la vie de Caroline semblait parfaite.

De son côté, Raphaëlle avait eu une adolescence plutôt chaotique. Loin de suivre l'exemple de sa sœur aînée, la cadette avait donné bien du fil à retordre à sa mère. Hyperactive, elle ne tenait pas en place. Sa grande sensibilité la poussait à s'investir avec passion dans toutes sortes de causes. Dès le collège, elle avait mené la fronde contre une réforme scolaire qu'elle jugeait idiote. À dix-huit ans, elle avait déjà manifesté pour les sans-papiers, les animaux, l'écologie… À chaque nouveau combat, Solange levait les yeux au ciel d'un air excédé et tentait de faire revenir sa fille à la raison :

– Enfin, Raphaëlle, qu'est-ce que c'est encore que cette lubie ? Tu n'as pas autre chose à faire ? Pense un peu à ton avenir !

– Quel avenir ? Me marier, avoir des enfants et rester à la maison comme toi ?

– Tu as à peine dix-huit ans, qu'est-ce que tu connais à la vie ? La place d'une femme est auprès de sa famille, pas dans les rues à jouer les syndicalistes. Les gens jasent. Tu sais comment on commence à t'appeler dans l'immeuble ? La communiste !

– Alors c'est ça qui t'embête ? Ce que les voisins vont penser de toi ? Mais je n'en ai rien à faire, moi !

– Arrête un peu tes caprices d'enfant gâtée. Tu vis dans un magnifique appartement dans les beaux quartiers, tu ne manques de rien, alors jouer à la rebelle, c'est ridicule ! Tu ferais mieux de te demander ce que tu vas faire de ta vie, maintenant que tu as eu ton bac. Et de justesse, je te le rappelle !

La dispute se terminait invariablement de la même manière : Solange se mettait à pleurer et se réfugiait dans sa chambre pour appeler ses amies à qui elle racontait par le menu l'enfer que lui faisait vivre Raphaëlle. De rage, la jeune fille claquait la porte de l'appartement, traversait le parc Monceau et allait se réfugier chez sa grand-mère. Elle seule pouvait la comprendre. Elle la prenait dans ses bras et la serrait fort contre elle.

– Ma petite chérie, ça va s'arranger, tu verras.

Raphaëlle se laissait aller. Elle pleurait, lui répétait son envie de faire bouger les choses, de quitter le carcan étouffant dans lequel sa mère voulait l'enfermer.

– Mamie, je vais partir.

– Voyons, ne dis pas de bêtises. Pour aller où ?

– Je pourrais venir habiter chez toi ?

– Ta mère ne voudrait pas, tu le sais bien.

– Je m'en fous ! Je suis majeure, je fais ce que je veux.

– Encore cette histoire de majorité ! À mon époque, on était adulte quand on était capable de subvenir à ses besoins. Et puis mon appartement est trop petit, il n'y a même pas de chambre pour toi.

– Je pourrais dormir sur le canapé.

– Ça ne règlera rien. J'habite à quelques minutes de chez tes parents et tu es toujours la bienvenue, mais fuir n'est pas la solution.

– Et c'est quoi, la solution ? Obéir à Maman ? Épouser un mec pour son argent et être malheureuse toute ma vie ?

– Ah là là ! mais arrête un peu d'être aussi dramatique ! C'est bien de ton âge, ça ! Moi aussi, à dix-huit ans, j'avais envie de changer le monde. Écoute bien ce que je vais te dire : il n'appartient qu'à toi de choisir la vie qui te plaît. Mais ne fais rien d'idiot. Toute cette agitation, ça ne mène à rien. Tu as la chance de vivre dans un monde libre, de pouvoir choisir ta vie. Il n'y a encore pas si longtemps, ce n'était pas le cas et bien des destins ont été brisés. Quel est ton combat ? Qu'est-ce qui te touche vraiment, au plus profond de toi ? Arrête tes enfantillages. Si tu veux être prise au sérieux, commence par agir comme une personne responsable.

Sur le moment, Raphaëlle n'avait pas compris et elle en avait voulu à sa grand-mère de ne pas la soutenir. Puis, petit à petit, elle avait réfléchi. Mamie avait raison. Manifester, faire des banderoles, distribuer des tracts, c'était très bien. Mais cela faisait-il véritablement bouger les lignes ?

Tard, un soir de septembre, un violent orage venait d'éclater. Une pluie lourde, qui vous transperçait et vous glaçait de l'intérieur, tombait sur Paris. Raphaëlle avait passé l'après-midi avec un groupe d'amis à préparer leur prochaine action coup de poing : un *sit-in* dans une rue très passante de la capitale pour attirer l'attention sur le sort d'une famille menacée d'expulsion. Un nouveau combat auquel elle se consacrait corps et âme. Le lycée était derrière elle et il lui restait encore quelques semaines de liberté avant la rentrée universitaire. Face à la pression familiale, elle s'était résignée à s'inscrire en fac de droit pour rassurer son père et faire plaisir à sa mère qui n'avait eu de cesse de lui répéter : « Tu verras, le droit, ça mène à tout. Ça ne peut pas te faire de mal de connaître un peu la loi. Et puis, on ne sait jamais, tu pourrais faire une rencontre. C'est à Assas que ta cousine a rencontré son mari. »

Ce soir-là, Raphaëlle était bien loin du très chic cœur de Paris où vivait sa famille. Elle sourit en pensant à la tête de sa mère si elle la voyait errer seule dans les rues de ce quartier où elle ne mettait jamais les pieds. Elle marchait d'un pas pressé pour éviter les gouttes, quand soudain son regard fut attiré vers la porte d'un immeuble. Intriguée, elle s'approcha. Une petite fille – elle ne devait pas avoir plus de dix ans – se tenait recroquevillée, tremblant de froid. Raphaëlle jeta un coup d'œil autour d'elle, la rue était déserte. Elle s'avança doucement et s'accroupit près d'elle.

– Bonsoir. Qu'est-ce que tu fais dehors à cette heure-ci ?

La fillette leva les yeux et la regarda avec méfiance. Elle était trempée jusqu'aux os.

– J'attends mon père.

– Il arrive bientôt ? Tu vas tomber malade, si tu restes ici…

– Il travaille, répondit-elle sèchement.

– Et il sait que tu es là ?

– Non. Je préparais le dîner et il n'y avait plus de beurre. Alors je suis descendue chez l'épicier juste en bas et j'ai oublié mes clefs.

– Vers quelle heure rentre ton père ?

– Ça dépend. Quand il aura terminé son travail. Pas trop tard j'espère, j'ai pas fini mes devoirs pour demain.

– Aucun voisin ne peut t'accueillir en attendant son retour ?

– Ils ne nous aiment pas trop.

– Mais tu ne vas pas rester là, tu vas prendre froid ! Il n'y a personne qu'on pourrait contacter ?

La petite fille secoua la tête. Raphaëlle était désemparée. Elle devait rentrer chez elle, ses parents l'attendaient certainement, mais elle ne pouvait pas laisser la fillette toute seule.

De l'autre côté de la rue, elle aperçut un boui-boui encore ouvert. La salle n'était pas très accueillante et il n'y avait qu'un client accoudé au bar devant une bière, mais, au moins, elles seraient à l'abri.

– Tu sais ce que je te propose ? Tu vois le bistrot juste en face ? On va s'installer près de la vitre, commander quelque chose à manger et attendre le retour de ton papa bien au chaud.

Prudente, la petite hésita. Ne l'avait-on pas prévenue mille fois de se méfier des inconnus ? Mais face au visage avenant de Raphaëlle et à la perspective d'un peu de chaleur et de nourriture, son regard s'éclaira. Elle saisit la main que la jeune femme lui tendait, se leva et, ensemble, elles coururent se réfugier dans le café.

Pendant que la fillette parcourait le menu, Raphaëlle se dirigea vers la cabine téléphonique au fond du bistrot pour prévenir sa mère qu'elle rentrerait tard. Au bout du fil, Solange s'énerva. Une jeune femme de son âge n'avait pas à traîner dans les rues en pleine nuit et « la maison n'était pas un hôtel ». Raphaëlle lui raccrocha au nez sans scrupules avant de regagner la table.

– Bon, pour commencer, je m'appelle Raphaëlle. Et toi ?

– Aliya.

– Très bien, Aliya, voyons un peu ce qu'il y a à manger ici, je meurs de faim, dit-elle en saisissant la carte plastifiée aux taches douteuses. Qu'est-ce qui te ferait plaisir ?

Aliya fit mine de réfléchir.

– De la mousse au chocolat, répondit-elle d'une voix timide.

Raphaëlle éclata de rire.

– Excellent choix ! Je vais commander la même chose.

Plus tard, les coupes surmontées d'un impressionnant dôme de chantilly à peine posées sur la table, la fillette attrapa une cuillère et se jeta dessus avec gourmandise.

– Eh bien ! On dirait que tu aimes ça ! s'exclama Raphaëlle.

Aliya releva la tête, les yeux brillant d'émotion.

– Ça fait longtemps que j'en ai pas mangé. Ça me rappelle des souvenirs.

– Lesquels ? demanda Raphaëlle, curieuse.

– C'est Maman, la spécialiste des mousses au chocolat. Avant, j'en faisais souvent avec elle. Elle me mettait un tablier, elle me faisait monter sur un tabouret et on préparait ensemble un grand saladier de mousse au chocolat qu'on mangeait le soir devant un film.

– Et elle n'habite plus avec toi, ta maman ?

Aliya baissa la tête et tapa sa cuillère contre le fond de la coupe, heurtant le verre vide.

– Elle est morte.

Bouleversée, Raphaëlle lui prit la main.

– Je suis désolée, je ne voulais pas…

Elle n'arriva pas à finir sa phrase. Aliya ne quittait pas des yeux la main qui serrait la sienne. Elle était chaude, réconfortante. Depuis la mort de sa mère, personne ne lui avait tenu la main. Personne ne lui avait demandé si elle avait passé une bonne journée à l'école. Personne ne lui avait caressé les cheveux ni posé un baiser sur le front en lui souhaitant de beaux rêves. Elle avait l'impression d'être devenue transparente. Comme elle se sentait seule, depuis le départ de sa mère ! « Arrête de chouiner, t'es plus une gamine », lui disait son père quand elle avait du chagrin. Si elle pleurait trop fort, les coups pleuvaient : « Tiens, au moins, tu auras une vraie raison de chialer. » Alors elle avait appris à ravaler ses larmes, à relever la tête et à se faire oublier. Mais cette inconnue qui s'intéressait à elle, qui lui offrait une mousse au chocolat et qui lui tenait la main, c'était trop d'un coup. Elle éclata en sanglots.

– Je pense à elle tout le temps, je savais pas qu'elle allait mourir. Elle est tombée malade l'année dernière. Au début, elle toussait beaucoup, ça m'empêchait même de dormir, et mon père aussi. Il était énervé. Maman voulait voir un docteur, mais il a refusé, il disait que ça coûtait cher et qu'ici, au dispensaire, tous les docteurs sont des hommes. Chez nous, les femmes ne peuvent pas voir d'hommes médecins. Un matin, elle a vomi du sang, alors Papa a été obligé de l'emmener à l'hôpital, mais c'était trop tard. Il est revenu à la maison, seul, et il m'a dit : « Ta mère est morte. Maintenant, c'est toi la femme de la maison. » Je lui ai demandé ce qui s'était passé, il m'a répondu que les docteurs étaient mauvais, qu'ils avaient fait n'importe quoi, que c'était de leur faute. Mais je sais que c'est faux. J'ai entendu ma tante se disputer avec mon père un soir. Elle lui criait que, s'il avait laissé ma mère se faire soigner, elle serait toujours vivante.

Sonnée, Raphaëlle n'osa pas l'interrompre. Elle sentait qu'Aliya avait besoin de parler.

– Le soir, quand j'arrive pas à dormir, j'imagine que je suis médecin et que je soigne Maman et toutes les autres, surtout celles qui n'ont pas d'argent. Mais mon père veut que je me marie. Il dit que les femmes ne doivent pas travailler, que leur place est dans la cuisine, auprès de leur famille. Ah, c'est lui, le voilà !

À travers la vitre, Aliya avait aperçu son père qui avançait vers le bistrot. L'air paniqué, elle enfila en vitesse son manteau encore trempé pendant que Raphaëlle réglait l'addition. En voyant Aliya, le père se mit à hurler :

– Putain, qu'est-ce que tu fous dehors ? Tu as vu l'heure ?

– J'ai oublié mes clefs en descendant chez l'épicier. Je suis désolée…

– Rentre tout de suite, on règlera ça à la maison.

Il remarqua alors la présence de Raphaëlle et lui jeta un regard suspicieux.

– Et vous, vous êtes qui ?

Raphaëlle lui tendit la main pour se présenter, mais l'homme l'ignora.

– J'étais en train de rentrer chez moi quand j'ai croisé votre fille sous la pluie. Alors je l'ai emmenée se réchauffer et manger quelque chose en vous attendant.

– Et vous voulez que je vous rembourse, c'est ça ? Mais je ne vous ai rien demandé, moi ! Allez, Aliya, on rentre. Je t'ai déjà dit de ne pas parler aux étrangers.

L'homme saisit sa fille par le bras et la poussa avec force dans l'immeuble. La porte se referma sur eux sans que Raphaëlle ait eu le temps de prononcer le moindre mot. *Quel connard*, pensa-t-elle. *Pour qui se prend-il ?* Il aurait pu la remercier, elle s'était quand même occupée de sa fille ! Au lieu de ça, voilà qu'il s'en prenait à elle ! De rage, elle serra les poings. Elle avait envie de défoncer la porte, de le rattraper et de lui crier le fond de sa pensée, mais à quoi bon ? Aliya et son père étaient désormais rentrés chez eux. Tandis que la pluie redoublait d'intensité, vaincue, elle s'en alla.

À mesure qu'elle avançait dans la nuit sombre, Raphaëlle tentait de se calmer. Une phrase de sa grand-mère lui revint en mémoire : « Regarde au-delà des apparences. Parfois, ce qui compte vraiment, c'est ce qui se cache derrière. C'est ce qu'on ne voit pas, ce qui ne fait pas de bruit. » Elle avait visé juste. La colère de Raphaëlle était à présent dissipée et avait laissé place à une profonde tristesse.

Aliya. Cette enfant l'avait touchée. Comment l'aider ? Elle, et toutes les autres ? Raphaëlle ne pouvait rester les bras croisés. Sans le savoir, c'était peut-être le signe qu'elle attendait.

Guidée par la faible lumière des réverbères et quelques rares phares de voitures, elle ne sentait ni l'eau qui ruisselait dans ses cheveux ni le poids de ses vêtements trempés. Pour la première fois depuis des mois, tout lui semblait plus clair. Un plan commençait à se dessiner dans sa tête. Certes, la route serait longue, difficile, mais sa grand-mère avait raison : il fallait trouver sa voie. Et c'est une enfant de dix ans, croisée par hasard, qui venait de lui ouvrir les yeux.

– Maman, Papa, il faut que je vous parle.

Solange saisit avec angoisse la main de son mari.

– Mon Dieu, ne me dis pas que tu es enceinte ! Je m'en doutais, à force de traîner avec tous ces hippies, ça devait bien finir par arriver.

Raphaëlle leva les yeux au ciel, exaspérée.

– Non, Maman, rassure-toi, tu ne vas pas être grand-mère. Je voudrais vous parler de mes études.

– Je croyais que c'était réglé ! Il y a un problème avec ton inscription à Assas ?

– Je n'irai pas en fac de droit.

– Qu'est-ce que c'est que cette histoire encore ? La rentrée est dans trois semaines. Et tu vas faire quoi ? Prendre une année sabbatique ? Faire de l'humanitaire ? Je te préviens, il n'en est pas question.

Raphaëlle soupira. Pierre posa la main sur le bras de Solange.

– Laisse parler ta fille.

Solange croisa les bras.

– Eh bien, vas-y, nous t'écoutons.

Raphaëlle prit une profonde inspiration.

– Je veux faire médecine.

– Médecine ? Mais tu es tombée sur la tête ! Tu crois vraiment que tu as le niveau ? Dois-je te rappeler tes notes de bac ?

– J'ai bien réfléchi et je n'irai pas à Assas. Je suis faite pour être médecin et je vais y arriver. Personne ne pourra m'en empêcher, même pas vous. Je vais travailler nuit et jour pour rattraper mon retard, mais j'y arriverai.

– Toi, tenir pendant dix ans ? Tu changes d'avis comme de vêtements, enfin, Raphaëlle, sois un peu réaliste. Et puis, il est trop tard ; les inscriptions sont certainement clôturées depuis longtemps.

– Maman, j'ai conscience de tout ça et je peux te garantir que je ne changerai pas d'avis. Jamais de ma vie, je n'ai été aussi sûre de moi. Quant aux inscriptions, ce n'est pas un problème. J'ai déjà déposé mon dossier et j'ai été prise.

Solange jeta un œil furieux à son mari, qui assistait en silence à la scène.

– Pierre, dis quelque chose ! On ne peut pas la laisser gâcher sa vie !

Raphaëlle regarda son père. Pierre se leva.

– Bon, si tu as été prise, vas-y. Mais prometsnous d'aller au bout. Au moins pour clouer le bec de ta mère.

Il quitta la pièce en adressant un clin d'œil à sa fille, sous le regard horrifié de Solange.

Quelques semaines plus tard, Raphaëlle franchissait les portes de la faculté de médecine. Du jour au lendemain, elle s'était jetée à corps perdu dans ses études, travaillant sans relâche, ne s'accordant d'autre repos que la visite dominicale chez sa grand-mère. Même Solange n'en revenait pas de sa soudaine métamorphose : sa fille rebelle, qui passait tout son temps à militer pour la moindre cause sans se préoccuper de son avenir, semblait avoir définitivement retrouvé le droit chemin. Devenir médecin ? Après tout, pourquoi pas ? Ne dit-on pas qu'il faut toujours un docteur dans la famille ? Et puis, qui sait, peut-être qu'elle rencontrerait sur les bancs de la faculté un futur chirurgien. Elle avait décidé de laisser sa fille mener à bien ses études.

Ainsi, année après année, Raphaëlle s'accrocha à son but. Chaque heure passée à étudier, chaque patient qu'elle rencontrait, chaque nuit de garde la rapprochait un peu plus de son objectif. Quand elle se sentait découragée par l'ampleur du chemin qui lui restait à parcourir, elle retournait dans le bar miteux en face de l'immeuble d'Aliya et commandait une mousse au chocolat. Elle revenait pour se souvenir et, à chaque fois, repartait avec la même détermination. Elle s'était fait une promesse : revoir Aliya. Peu importe s'il fallait attendre cinq, dix ou cent ans. Elle se sentait redevable envers cette petite fille qui, sans le savoir, avait changé sa vie.

Le moment que Raphaëlle attendait était arrivé. Orné de riches peintures et de boiseries anciennes chargées d'histoire, le somptueux grand amphithéâtre de la Sorbonne servait de décor à une nouvelle étape décisive de sa vie. Debout sur la scène, serrée dans un tailleur noir acheté pour l'occasion et perchée sur ses escarpins qui lui sciaient les orteils, la jeune femme se repassait le film de ses années d'études. Autour d'elle, ses amis aussi semblaient émus. Aujourd'hui, une page importante se tournait. Dix années de travail acharné, de difficultés, de doutes, de remises en question, de peur. Mais également d'entraide, de fous rires incontrôlables, de nuits blanches à réviser chez les uns et les autres et de promesses d'amitiés éternelles. Le doyen de la faculté prononça un long discours dont elle n'écouta pas un mot, submergée par l'émotion qu'elle sentait monter en elle. Enfin, elle avait réussi. Enfin, elle tiendrait la promesse qu'elle s'était faite dix ans plus tôt.

Les jeunes diplômés furent invités à s'avancer et à prêter serment.

« Au moment d'être admis à exercer la médecine, je promets et je jure d'être fidèle aux lois de l'honneur et de la probité. »

Raphaëlle adressa un sourire complice à sa grand-mère assise dans la salle aux côtés de sa sœur et de ses parents. Élisabeth lui envoya un baiser. La fierté se lisait sur son visage, sa petite-fille adorée était médecin. Elle savait combien Raphaëlle s'était sacrifiée pour y arriver. Elle avait renoncé à tout : les soirées entre amis, les « voyages qui forment la jeunesse », les relations amoureuses. Elle passait ses nuits à l'hôpital, se portait volontaire pour les gardes de Noël ou du nouvel an, et consacrait son temps libre à la lecture de revues médicales auxquelles personne ne comprenait rien. Solange s'était plus d'une fois moquée d'elle en l'appelant « la nonne de la médecine ». Mais Raphaëlle avait tenu bon. Et aujourd'hui, major de sa promotion, elle récoltait les fruits de son dur labeur.

« Admis dans l'intimité des personnes, je tairai les secrets qui me seront confiés. Reçu à l'intérieur des maisons, je respecterai les secrets des foyers et ma conduite ne servira pas à corrompre les mœurs. »

Raphaëlle ferma les yeux. Ce serment d'Hippocrate, cela faisait dix ans qu'elle le récitait par cœur chaque matin. Mais, ce jour-là, chaque mot semblait avoir une plus grande valeur.

« Que les hommes et mes confrères m'accordent leur estime si je suis fidèle à mes promesses ; que je sois déshonoré et méprisé si j'y manque. »

Emportés par la joie, les jeunes médecins se congratulaient sous les applaudissements de leurs proches présents dans la salle.

Une fois la cérémonie terminée, Raphaëlle descendit de la scène pour rejoindre sa famille. Sa grand-mère la serra dans ses bras :

– Bravo, ma chérie, c'était magnifique ! J'en ai eu des frissons !

Pierre s'approcha d'elle.

– Voilà, ma fille est médecin, dit-il avec fierté. Je vais enfin pouvoir crâner auprès de mes amis !

Il ne remarqua pas le visage renfermé de Caroline, qui avait gardé le silence depuis leur arrivée.

– Allez, allons tous fêter ça ! J'ai réservé à la Tour d'Argent !

Raphaëlle, Solange et Élisabeth applaudirent, ravies d'aller déjeuner dans ce restaurant mythique. Seule Caroline semblait mal à l'aise :

– Je suis désolée, je ne vais pas pouvoir vous accompagner. Edgar est seul avec les petits, je ferais mieux de rentrer.

Solange se tourna vers sa fille aînée :

– Ah bon ? Mais nous n'allons pas aller au restaurant sans toi. On fêtera ça une autre fois autour de mon fameux rôti.

La déception se lisait sur le visage de Raphaëlle quand Pierre déclara :

– Tant pis si Caroline ne peut pas venir, il n'est pas question de gâcher ce déjeuner. Solange, tu vas manger ce foutu canard au sang dont tu me parles depuis des lustres et nous allons trinquer à la réussite de Raphaëlle ! Allez, qui m'aime me suive !

Il éclata d'un grand rire et partit en direction de la Tour d'Argent.

Après avoir dit au revoir à sa sœur, Raphaëlle donna le bras à sa grand-mère et marcha avec elle jusqu'au restaurant.

– Je crois que Caroline m'en veut, j'ai dû faire quelque chose qui ne lui a pas plu.

– Tu n'as rien fait du tout. Ta sœur est jalouse, tout simplement.

– De quoi ?

– Vous êtes très différentes. Maintenant que tu es médecin, elle doit se dire que tu prends un peu trop la lumière. Ça lui passera.

– Si tu le dis !

– Allez, cesse donc d'y penser. Aujourd'hui est un grand jour !

– Je n'arrive pas à réaliser. Il me reste tellement à faire pour concrétiser mon projet, je ne sais même pas par où commencer. Tu crois que j'arriverai à gérer ça toute seule ?

Élisabeth s'arrêta en plein milieu du trottoir, outrée.

– Toute seule ? Et moi alors ? Je compte pour du beurre ?

Raphaëlle sourit.

– Mais non, Mamie, je sais bien que tu me soutiens.

– Figure-toi que je me suis démenée pour faire avancer ton projet. Tu me prends pour qui ?

– Comment ça ?

– Ce n'est pas parce que je ne t'ai rien dit que je suis restée sur le banc de touche. Ma chérie, ta grand-mère a eu une idée brillantissime. Et crois-moi, ce grand projet, quand il verra le jour, ça sera aussi en partie grâce à moi !

Elles étaient à présent arrivées au restaurant. Elles rejoignirent Pierre et Solange qui les attendaient.

– Papa ! Tu as eu la meilleure table ! Comment tu as fait ?

– J'ai réservé il y a des semaines. Un événement pareil, ça se fête.

Raphaëlle admira Notre-Dame qui s'élevait, majestueuse, devant eux. Pendant que ses parents se faisaient photographier devant ce cadre inoubliable, elle se pencha vers sa grand-mère et lui demanda à voix basse :

– Alors, Mamie, quel est ton plan ?

– Patience, ma chérie, patience. Tu le sauras bien assez tôt.

Élisabeth semblait ravie de son petit suspense ; elle avait toujours adoré ménager ses effets. Pierre et Solange revinrent à table. Le serveur apporta une bouteille de champagne et tous levèrent leur coupe.

– À Raphaëlle, dit Élisabeth, qui va pouvoir réaliser le plus grand rêve de toute sa vie bien plus vite qu'elle ne le pense.

La semaine suivante, Élisabeth téléphona à Raphaëlle pour lui donner rendez-vous avenue Kléber, dans le XVIe arrondissement de Paris.

– Mamie, ça ne m'arrange pas. J'ai des patients à voir à l'hôpital. On ne pourrait pas reporter ?

– Ah, mais tu es toujours aussi casse-pieds ! Veux-tu bien, pour une fois, me faire confiance sans poser de questions ?

Raphaëlle céda et, à l'heure dite, retrouva sa grand-mère devant un magnifique immeuble haussmannien. Elles montèrent au troisième étage. Sur la porte, un panneau indiquait « Cabinet médical ». Élisabeth sonna, un homme vint leur ouvrir.

– Je vous attendais. Pile à l'heure, comme toujours. Entrez, je vous en prie.

Élisabeth pénétra la première à l'intérieur et présenta le Dr Kleiman à Raphaëlle. La cinquantaine, bel homme, il échangea une poignée de main chaleureuse avec la jeune femme.

– Je suis très heureux de faire enfin votre connaissance. Lisette m'a beaucoup parlé de vous et de votre grand projet.

Raphaëlle interrogea sa grand-mère du regard. Qui était cet élégant quinquagénaire assez intime avec elle pour lui donner un petit surnom ? Élisabeth lui répondit dans un sourire :

– Minute, papillon ! Ne t'imagine pas des choses. Élie est le fils d'un ami que j'ai connu lorsque j'étais très jeune. C'était dans une autre vie, je ne te raconte pas tout, petite curieuse !

Mais là n'est pas l'objet de notre visite. Élie a une proposition à te faire.

Le Dr Kleiman invita Raphaëlle et sa grand-mère à s'installer dans son bureau et leur proposa un café. Raphaëlle, impatiente d'en savoir plus, le refusa poliment. Elle surprit le regard complice que le médecin et sa grand-mère échangèrent.

– Bon, vous devez vous demander ce que vous faites ici, alors entrons dans le vif du sujet. J'exerce la médecine depuis une vingtaine d'années et cela fait quelques mois que je songe à passer à mi-temps pour me consacrer à un projet qui ait du sens. Lisette m'a parlé de votre idée de fonder un dispensaire pour les femmes dans un quartier défavorisé et je souhaiterais, si vous êtes d'accord, vous apporter mon aide.

Raphaëlle ouvrit des yeux ronds, stupéfaite.

– Voilà ce que je vous propose, reprit le Dr Kleiman. Vous êtes jeune, mais, sans réseau ni argent, vous n'irez pas loin. De mon côté, j'ai besoin de lever un peu le pied et d'occuper mon temps libre autrement qu'en jouant au golf. J'ai envie de me rendre utile. On pourrait s'associer. On passerait chacun la moitié du temps ici, au cabinet, et l'autre moitié dans un dispensaire dédié aux femmes. Je vous laisserais gérer toute la partie médicale – j'ai bien compris qu'un médecin homme ne serait d'aucune utilité –, et je m'occuperais de la gestion et de la recherche de financements. Qu'en pensez-vous ?

Raphaëlle jeta un regard à sa grand-mère.

– Je… Je ne sais pas quoi dire.

– Ma chérie, tu n'as pas besoin de répondre tout de suite.

– C'est tout réfléchi : j'accepte !

Raphaëlle, prise dans un élan de joie, sauta dans les bras de sa grand-mère, puis dans ceux du Dr Kleiman.

Sur le trajet du retour, elle ne put s'empêcher de questionner Élisabeth.

– Dis, Mamie, pourquoi tu ne m'en as pas parlé plus tôt ?

– Si tu l'avais su, peut-être que tu n'aurais pas travaillé si dur.

– C'est mal me connaître.

Élisabeth éclata de rire.

– Oui, je te l'accorde ! Mais je n'ai jamais douté de toi. Tu sais, le jour où tu m'as parlé de cette petite fille, j'ai su que tu avais trouvé ta voie. Il n'y a rien de plus beau que d'aider les autres, surtout les plus fragiles. Qui sauve une vie sauve le monde.

– C'est beau, cette phrase, je ne l'avais jamais entendue.

Élisabeth eut un sourire énigmatique. Si seulement sa petite-fille savait ce que cette phrase avait signifié pour elle !

Un an plus tard, après de lourdes démarches administratives et une importante campagne de collecte de fonds, Élie et Raphaëlle signèrent le bail de leur dispensaire.

– On devrait sortir fêter ça au champagne avec ta grand-mère, avait proposé Élie. Sans elle, on n'y serait jamais arrivés si vite.

– Promis, on ouvrira une bonne bouteille. Mais plus tard. Ce soir, j'ai quelque chose de prévu depuis longtemps. On se voit lundi au cabinet ?

Avant même qu'Élie ait eu le temps de lui répondre, elle était partie. Elle savait ce qui lui restait à faire, et c'était maintenant. Pas demain. Elle avait enfourché son scooter et était retournée là où tout avait commencé. Ce quartier du nord de Paris, l'immeuble d'Aliya, la porte devant laquelle elles s'étaient rencontrées.

La porte était fermée. Raphaëlle aperçut un vieil épicier au coin de la rue. Lui devait savoir. Oui, il connaissait la petite Aliya. Enfin, plus si petite, elle avait vingt ans maintenant. Elle vivait toujours dans le coin avec son père, mais également sa belle-mère et ses trois demi-sœurs dont elle s'occupait pendant la journée. Elle ne devrait pas tarder à rentrer. Raphaëlle le remercia et se dirigea vers le bistrot d'en face, où elle commanda un café.

À plusieurs reprises, elle eut l'impression de la voir. Mais, à chaque fois, la silhouette dépassait l'immeuble et continuait son chemin. *Comment vais-je la reconnaître ?* pensa-t-elle. *Quand je l'ai rencontrée, elle avait à peine dix ans, elle doit avoir tellement changé…* Tout à coup, à travers la vitre, une silhouette se détacha. Une jeune femme brune d'une vingtaine d'années, accompagnée de trois petites filles, marchait d'un pas décidé sur le trottoir d'en face. Cela correspondait à la description de l'épicier. Elle régla vite l'addition et traversa la rue en courant. Elle ne pouvait plus reculer.

La porte allait se refermer derrière elles quand Raphaëlle cria :

– Aliya !

La jeune femme bloqua la porte, se retourna et la dévisagea avec attention. Son visage éteint n'exprimait aucune émotion, aucune surprise. Une des fillettes qu'elle tenait par la main tira sur la manche de son manteau.

– C'est qui, la dame ?

– Je ne sais pas. Monte avec tes sœurs, je vous rejoins tout de suite.

Devant l'absence de réaction, Raphaëlle était un peu démunie.

– Vous ne devez pas vous souvenir de moi, dit-elle. Nous nous sommes rencontrées il y a dix ans, vous deviez avoir dix ou onze ans... Est-ce que vous auriez quelques minutes à m'accorder ?

Après une hésitation, Aliya jeta un coup d'œil méfiant aux alentours et répondit :

– Je dois m'occuper des filles. Attendez-moi au fond de la cour, dans le local des poubelles. Il n'y a jamais personne à cette heure-ci. Mon père ne me laisse pas sortir et, s'il me voit avec vous, je pourrais avoir des ennuis. Je vais essayer de revenir dans un quart d'heure. Je ne vous promets rien.

Aliya disparut dans la cage d'escalier et Raphaëlle se glissa jusqu'au local des poubelles. L'odeur était abominable. Des sacs éventrés débordaient de détritus et des marques douteuses sur le mur laissaient penser que certains hommes n'avaient pas hésité à venir s'y soulager. Mais elle n'y prêta pas attention. Elle ne quittait pas sa montre des yeux, espérant à chaque seconde voir arriver la jeune femme.

Une vingtaine de minutes plus tard, Aliya poussa la porte du local, tenant dans les mains deux gros sacs d'ordures.

– La mousse au chocolat, c'était vous ?

Raphaëlle sourit, soulagée.

– Merci d'être venue.

– Je n'ai pas beaucoup de temps. Les filles m'attendent et je dois préparer le dîner. Qu'est-ce que vous voulez ?

– Je sais que c'était il y a longtemps, mais je voulais vous dire que votre histoire, celle de votre maman, a changé ma vie. Je n'étais qu'une adolescente à l'époque. Je crois même que j'étais un peu paumée. Je me cherchais. Mais ce que vous m'avez dit cette nuit-là m'a transformée. Aujourd'hui, grâce à vous, je suis devenue médecin.

– Et c'est juste pour me dire ça que vous êtes revenue ?

– Non, pas tout à fait. J'ai une offre à vous faire. Je suis en train de monter un dispensaire pour les femmes. Gratuit. Pour que ce qui est arrivé à votre maman ne se reproduise pas. Ce n'est que le début et tout est à construire, mais j'aimerais vous proposer de m'aider, d'intégrer mon équipe, de faire partie de ce projet.

– Je ne comprends pas. Vous me proposez un boulot dans votre dispensaire ?

– Exactement.

– Je ne sais pas quoi vous dire…

– Dites oui.

– Ce n'est pas si simple. Vous ne savez rien de ma vie. Je ne peux pas partir comme ça. Mon père ne me laissera jamais, et puis je n'ai pas fait d'études comme vous.

– Je comprends. Mais ça m'est égal que vous n'ayez pas de diplôme. Sans vous, ce projet n'aurait jamais existé. C'est vous qui m'avez ouvert les yeux, et j'aimerais tellement changer votre vie comme vous avez changé la mienne. Ne vous inquiétez pas pour les compétences, nous vous formerons. Vous pourriez assister à des cours du soir. Et nous vous offrirons un salaire qui vous permettra de prendre votre indépendance.

– Je dois remonter.

Raphaëlle lui attrapa la main pour la retenir.

– Je vous en prie, prenez le temps d'y réfléchir. Je vous laisse ma carte. Vous pouvez m'appeler à n'importe quelle heure, n'importe quand.

Aliya regarda sa main dans celle de Raphaëlle. Pendant quelques secondes la chaleur bienveillante qu'elle avait ressentie lors de leur première rencontre lui revint en mémoire. Puis, brutalement, elle ôta sa main, cacha la carte de visite dans sa poche et s'en alla.

Près de deux mois s'étaient écoulés et Aliya n'avait toujours pas appelé. Les premiers jours, dès que son téléphone sonnait, Raphaëlle sursautait et s'empressait de décrocher. Mais, au bout du fil, ce n'était jamais Aliya. Pourtant, elle ne l'imaginait pas refuser sa proposition. Être indépendante, gagner sa vie, quitter son père, travailler dans un dispensaire pour les femmes en souvenir de sa mère. Il était impossible qu'elle dise non.

Au fur et à mesure que les semaines passaient, Raphaëlle se sentait de moins en moins sûre d'elle. Comment avait-elle pu être si présomptueuse, penser qu'Aliya abandonnerait tout pour la suivre dans ce projet fou ? Elle avait sa vie, sa famille, ses sœurs, son père. Pourquoi les quitterait-elle pour une femme qu'elle n'avait vue que deux fois.

Sa grand-mère avait tenté de la consoler.

– Allons, ne sois pas triste. Ça ne doit rien changer à ton projet.

– Je sais, Mamie, mais j'aurais tellement voulu l'aider. Lui rendre un peu de tout ce qu'elle a fait pour moi sans le savoir.

– Tu ne peux pas aider toutes les femmes, surtout contre leur gré. Et puis, on ne sait jamais. Laisse-lui le temps.

Raphaëlle s'était fait une raison, elle avait arrêté d'attendre ce coup de fil qui n'arrivait pas. Mais, un matin, alors qu'elle venait à peine de se réveiller, un numéro inconnu s'afficha sur son téléphone. Elle décrocha tout en s'étirant dans son lit.

– Docteur Duvernet ? demanda la voix dans le combiné.

– Oui, c'est moi-même.

– C'est Aliya.

Elle se redressa immédiatement.

– Je suis heureuse de vous entendre.

– Je suis désolée de ne pas vous avoir appelée plus tôt.

– Ne vous en faites pas. L'essentiel, c'est que vous l'ayez fait.

– Je n'ai pas beaucoup de temps. Si mon père apprend que j'ai emprunté son téléphone, il me le fera payer. Est-ce que votre proposition tient toujours ?

– Bien sûr.

– Vous pouvez m'en dire plus ? En quoi ça consiste ?

– Au début, essentiellement de l'administratif : prendre les rendez-vous, les appels, accueillir les patientes, et surtout nous aider à faire en sorte que le dispensaire réponde vraiment à leurs besoins.

– Est-ce que j'aurai une formation ? Je n'ai jamais appris à faire tout ça.

– Toutes les formations que vous voudrez.

– Et pour le salaire ? C'est combien ?

– Suffisamment pour que vous soyez indépendante.

– Je ne sais pas... C'est un projet incroyable mais je dois renoncer à tellement de choses : mon père, mes sœurs. Si je plaque tout, je ne pourrai jamais revenir en arrière.

– Je comprends. Mais si vous m'avez appelée, c'est que vous avez envie de sauter le pas.

– Je vous connais à peine.

– C'est drôle, quand j'ai expliqué à mon associé que votre embauche était une condition non négociable à notre collaboration, il m'a dit exactement la même chose. Parfois, il y a des évidences, des choses qu'on sent. Je suis persuadée que notre rencontre n'est pas un hasard. Et qu'au fond de vous vous savez que vous avez la possibilité de choisir la vie que vous avez envie de mener.

À l'autre bout du fil, Aliya restait silencieuse.

– Bon, c'est d'accord, dit-elle enfin. Mais il va falloir que vous me trouviez un appartement, je ne vais pas pouvoir rester chez mon père.

– Pas de problème.

– Quand est-ce que je commence ?

– Euh... Demain, ça vous irait ?

– Demain... ?

– On a perdu assez de temps, vous ne croyez pas ?

– Oui, vous avez raison.

– Formidable ! Je suis ravie…

– À demain, alors !

– Attendez ! Juste une dernière chose : par curiosité, qu'est-ce qui vous a convaincue de m'appeler ?

– Pour être honnête, depuis votre visite, je n'arrête pas d'y penser. Ça fait deux mois que j'hésite. Et, hier soir, mon père m'a annoncé que j'allais épouser un de ses amis qui vit à Marseille. Ma famille, je l'aime, mais partir vivre à l'autre bout de la France avec un homme que je ne connais même pas, il n'en est pas question. Je ne veux pas la même vie que celle de ma mère, et je sais qu'elle ne l'aurait pas voulue pour moi. Parfois, je me dis que c'est elle qui vous a mise sur mon chemin.

Sept ans plus tard, Aliya était devenue un pilier du dispensaire et Raphaëlle n'avait jamais douté d'avoir fait le bon choix. Les femmes qui se rendaient sur place avaient confiance en elle, elles savaient qu'elle les écouterait d'une oreille attentive et qu'elle les comprendrait.

Petit à petit, Raphaëlle et Aliya s'étaient liées d'amitié. Elles avaient le même caractère de feu, la même détermination, la même envie de vivre pleinement leurs choix. Raphaëlle aimait à imaginer qu'il y avait eu un échange à la naissance, que sa véritable sœur n'était pas Caroline mais Aliya. Elles s'appelaient pour ne rien dire, juste pour le plaisir de papoter, se retrouvaient chez Élisabeth pour manger des crêpes devant des vieux films, partaient en week-end sur un coup de tête.

En ce triste matin de funérailles, Aliya était assise derrière Raphaëlle. Elle posa sa main sur l'épaule de son amie, qui la serra avec émotion. Le lien qui existait entre elles était indéfectible.

La voix de Caroline résonnait dans l'église mais Raphaëlle ne l'écoutait plus. Comme elle le craignait, sa sœur dressait de leur grand-mère un portrait totalement absurde. Qui pouvait se souvenir d'Élisabeth comme d'une vieille dame douceâtre et fragile ? Elle était courageuse, indépendante, moderne. Bien sûr, elle avait mené la vie des femmes de sa génération : elle s'était mariée très jeune, était rapidement tombée enceinte et s'était consacrée à sa famille. Mais il y avait aussi chez elle une part de mystère que Raphaëlle n'arrivait pas à saisir. Le visage de sa grand-mère exprimait à la fois une infinie tristesse et une grande force. La jeune femme avait toujours pu compter sur elle dans les moments de doute. Élisabeth avait les mots justes pour lui donner envie de continuer, de ne jamais abandonner. Elle était de ces personnes qui vous inspirent, qui vous font vous sentir invincible, qui vous incitent à aller plus loin. Mais, ces dernières années, Raphaëlle l'avait trouvée changée. Elle regardait souvent par la fenêtre, l'air absent, comme si son esprit vagabondait loin de sa vie parisienne. Ses amis avaient disparu les uns après les autres. Pourtant, là encore, elle avait été la plus forte, celle qui résistait.

Raphaëlle était perdue dans ses réflexions quand un bruit retentit à l'entrée de l'église. Machinalement, elle se retourna et fut soudain frappée par la foule venue assister à la cérémonie. À la fin de sa vie, sa grand-mère ne voyait plus grand monde : ses proches, quelques parents éloignés, Élie bien sûr, qui était son médecin, et une poignée de connaissances. Une vingtaine de personnes, à tout casser. Qui étaient tous ces gens présents dans l'église ? À son arrivée, troublée par l'émotion et par son retard, elle n'y avait pas prêté attention ; presque tous les sièges étaient occupés. Comment était-ce possible ? Combien étaient-ils, venus se recueillir ce matin devant la dépouille d'Élisabeth ? Deux cents ? Trois cents ?

Caroline, dans un sanglot parfaitement maîtrisé, fit un ultime au revoir à la défunte avant de retourner à sa place sous le regard satisfait de sa mère. Le prêtre s'approcha du micro :

– Nous allons maintenant laisser la parole à une amie très chère d'Élisabeth, Hanna Meyer.

Raphaëlle, Caroline et leurs parents échangèrent des regards étonnés. Qui était cette amie dont ils n'avaient jamais entendu parler ? Une femme brune d'une cinquantaine d'années s'avança vers le lutrin. Elle avait les yeux rougis, l'air grave. Elle prit une profonde inspiration et parla d'une voix claire.

– Mes chers amis, merci à tous d'être venus aujourd'hui et d'avoir fait le déplacement, même de très loin. Élie Kleiman et moi voulions vous témoigner notre reconnaissance. Je suis touchée de retrouver tous ces visages familiers, unis dans la même peine. Bien sûr, j'aurais préféré vous revoir dans des circonstances plus joyeuses, mais être réunis autour d'Élisabeth, n'est-ce pas la plus belle façon de lui rendre hommage ? Je suis persuadée que, de là où elle est, elle nous regarde et est heureuse. Vous savez combien Lisette a compté pour nous tous, et vous voir tous rassemblés ici, autour d'elle, aurait été pour elle une immense joie. Lorsque nous évoquions ensemble Fayolles, elle me disait toujours : « Tu sais, Hanna, je me demande souvent ce qu'ils sont devenus… » Eh bien, voilà, ma Lisette, voilà ce qu'ils sont devenus. Ils sont ici, devant toi. Ceux qui restent, mais aussi leurs femmes, leurs maris, leurs enfants, leurs petits-enfants, même leurs arrière-petits-enfants.

Elle laissa passer quelques secondes de silence, émue. Puis elle reprit :

– Je voudrais que vous vous regardiez les uns les autres, car si Lisette n'avait pas fait preuve d'autant de courage, la plupart d'entre nous ne seraient pas de ce monde. Lisette était d'une grande discrétion, d'une grande pudeur. Elle ne parlait jamais de cette époque. Mais maintenant qu'elle est partie, je vous le demande : continuez à la faire vivre dans vos cœurs, prenez exemple sur elle, soyez généreux, ne jugez pas, protégez les plus faibles.

Stupéfaite, Raphaëlle buvait les paroles de l'inconnue. Suspendue à ses lèvres, elle écouta la suite de cet émouvant discours dont le sens lui échappait.

– Il y a quelques semaines, Lisette a souhaité me faire un cadeau, un bracelet. Je ne me souviens pas d'elle sans ce bijou et je sais combien elle y tenait. Je ne voulais pas accepter, mais elle a insisté. Si vous l'avez connue, vous savez qu'il était difficile de lui refuser quelque chose, une vraie tête de mule ! Elle l'a glissé de force dans mon sac à main en me faisant promettre de le porter après sa mort et de continuer, pour elle, la tâche entreprise depuis toutes ces années. Quand j'ai appris son décès, il y a quelques jours, j'ai repensé à ce bracelet, je l'avais oublié dans mon sac. C'est là que j'ai découvert l'inscription gravée à l'intérieur, presque effacée. C'est une citation du Talmud : « Qui sauve une vie sauve le monde. » Et ce matin, en nous voyant tous ici, réunis autour de Lisette, je me dis qu'elle a sauvé bien plus que le monde.

Des reniflements et des sanglots résonnèrent dans l'église. Raphaëlle, abasourdie par l'émotion de l'assistance et les mots de cette femme, en oubliait presque son propre chagrin. De quelle époque parlait-elle ? Qui étaient ces gens qui, d'après ce qu'elle avait compris, devaient leurs vies à sa grand-mère ? Et Fayolles ? Ce nom ne lui disait rien. Quant au bracelet, elle n'en revenait pas qu'Élisabeth s'en soit séparée. Il était ce qu'elle avait de plus précieux, elle ne l'enlevait jamais. Un jour, alors qu'elle était enfant, elle lui avait demandé l'autorisation de le porter. Sa grand-mère avait été radicale, c'était hors de question. Et voilà qu'elle l'avait offert à une inconnue ! D'ailleurs, qui était Hanna Meyer ? Pourquoi n'avait-elle jamais entendu parler d'elle ? Elle se retourna vers Aliya et l'interrogea du regard. La jeune femme haussa les épaules. Elle se posait les mêmes questions.

À la fin de la cérémonie religieuse, le prêtre invita les personnes qui le souhaitaient à venir bénir le corps et se recueillir une dernière fois devant le cercueil. Depuis sa place au premier rang, Raphaëlle eut le temps d'observer tous les visages tristes qui défilaient devant elle : des personnes âgées, de jeunes cadres dynamiques, des mères avec leurs nourrissons, des adolescents, des enfants, des retraités... Puis l'église se vida peu à peu. Raphaëlle et sa famille suivirent alors le cercueil qui remontait l'allée centrale vers la sortie. Le prêtre ouvrit les portes, laissant pénétrer une éblouissante lumière dans l'édifice. Au pied des marches, un corbillard attendait d'emmener Élisabeth vers sa dernière demeure, dans le caveau familial où était enterré son mari, près de Lyon. Aveuglée par les larmes, Raphaëlle suivit tant bien que mal le cercueil jusqu'au véhicule, qu'elle regarda disparaître, absorbé par le flot des bouchons parisiens. Même si elle le reverrait au cimetière dans quelques heures, ce départ lui serra le cœur. Elle prit une profonde inspiration pour se donner le courage de recevoir les nombreuses condoléances qu'elle allait maintenant devoir affronter. Mais, lorsqu'elle se retourna vers l'église, la foule s'était déjà dispersée. Sur le parvis ne restaient plus que les proches d'Élisabeth.

La mystérieuse Hanna Meyer était en grande conversation avec Élie. Raphaëlle les rejoignit. Hanna l'accueillit avec un sourire.

– Bonjour, Raphaëlle, je suis heureuse de faire enfin votre connaissance. Votre grand-mère m'a tellement parlé de vous, j'ai l'impression de déjà vous connaître !

Raphaëlle, encore émue, se montra sur la défensive.

– C'est bizarre, Mamie me disait tout et elle n'a jamais prononcé votre nom.

– Votre grand-mère avait son petit jardin secret, vous savez.

– Non, justement, je ne sais pas. Comme beaucoup d'autres choses apparemment. Qu'est-ce que c'est que cette histoire de bracelet ? Je ne crois pas qu'elle aurait préféré le donner à une inconnue plutôt qu'à sa propre petite-fille. Qu'est-ce qui me prouve que vous n'êtes pas une manipulatrice, une voleuse ?

Élie saisit Raphaëlle par le bras.

– Retire immédiatement ce que tu viens de dire, Hanna est tout sauf une voleuse. Au contraire, elle nous a tous beaucoup donné. Elle rendait visite à Élisabeth tous les jeudis.

Raphaëlle se dégagea avec force.

– Comment tu sais ça, toi ?

– Hanna était une grande amie de ta grand-mère.

– Je ne comprends rien. Pourquoi Mamie ne m'a-t-elle jamais parlé de ces visites ? Elle m'avait toujours dit qu'elle jouait au bridge le jeudi. Pourquoi m'aurait-elle caché ça ? Il n'y a rien de secret à voir une amie… Et qui étaient tous ces gens à la cérémonie ? Élie, tu es au courant ?

Élie et Hanna échangèrent un coup d'œil qui n'échappa pas à Raphaëlle.

– Putain, Élie, c'est quoi, ces conneries ? Tu vas me dire ce qui se passe ?

La discussion fut interrompue par l'arrivée de Solange. L'enterrement était prévu dans l'après-midi et ils avaient beaucoup de route à faire. Hanna sortit un stylo de sa poche et griffonna un numéro de téléphone sur le livret de messe qu'elle tenait à la main. Elle le tendit à Raphaëlle.

– Ne vous mettez pas en retard pour dire adieu à Lisette. Appelez-moi la semaine prochaine : nous vous verrons et je vous promets de répondre à toutes vos questions.

La jeune femme attrapa le feuillet avant de rejoindre sa mère. Elle se demanda : *Vais-je réussir à supporter sa litanie de reproches pendant les cinq heures que nous allons partager dans la même voiture ?*

Restés seuls au bas des marches de l'église, Élie et Hanna les regardèrent s'éloigner.

– Tu es sûre de ce que tu fais ? interrogea Élie.

– Oui, c'est ce que Lisette aurait voulu.

Hanna serra fort la main d'Élie et s'en alla sans un mot.

Escalier B, quatrième étage, deuxième porte à droite. Au-dessus de la sonnette, une étiquette avec, indiqué d'une écriture ronde, « Hanna Meyer ». Raphaëlle hésita quelques secondes avant d'appuyer sur le bouton. Qu'allait-elle découvrir sur sa grand-mère ? Depuis l'enterrement, elle n'avait cessé de repenser au troublant discours prononcé par Hanna. Était-il possible qu'Élisabeth lui ait caché des choses ? Elle avait du mal à y croire, elles étaient si proches. Du moins, c'est ce qu'elle pensait. Après la cérémonie, elle s'était empressée de questionner son père, mais il semblait aussi désemparé qu'elle. Elle avait ensuite tenté d'interroger Élie, mais comme d'habitude lorsqu'il avait quelque chose à se reprocher ou pour ne pas avoir à affronter la réalité, il se réfugiait dans le travail.

Ça ne peut pas être si terrible, se raisonna-t-elle en pressant le bouton. Le carillon retentit, suivi de bruits de pas. Hanna ouvrit la porte.

– Raphaëlle, quelle joie de vous revoir ! Entrez, je vous en prie. Je vous laisse vous installer, le temps de nous préparer une tasse de thé. Je n'en ai que pour quelques minutes.

Raphaëlle pénétra dans le salon et posa ses affaires sur le canapé. Seule, elle en profita pour observer avec attention le décor dans lequel elle se trouvait. La pièce était confortable, chaleureuse. Deux canapés se faisaient face, séparés par une table basse. Aux murs, de grands panneaux de bibliothèques, remplis d'ouvrages. Elle s'en approcha. D'après sa grand-mère, on pouvait apprendre à connaître quelqu'un rien qu'en étudiant le contenu de sa bibliothèque. Que lui révélerait celle d'Hanna ? Des rayonnages entiers de livres de la Pléiade, reconnaissables à leur couverture de cuir aux rayures dorées, des livres d'histoire et des ouvrages religieux.

– Vous aimez les livres ?

Elle sursauta, honteuse d'avoir été surprise à fouiller chez son hôtesse.

– Euh... Oui, beaucoup, même si je n'ai jamais assez de temps pour lire. Vous avez une magnifique bibliothèque !

Hanna déposa sur la table un plateau avec deux tasses, une théière et une assiette de petits gâteaux dont l'odeur délicieuse laissait supposer qu'ils sortaient tout juste du four.

– Et encore, il n'y en a qu'une partie. J'ai beaucoup trop de livres. Mais ils sont mon outil de travail.

Raphaëlle prit place sur l'un des canapés pendant qu'Hanna lui servait une tasse d'Earl Grey fumant.

– Vous êtes écrivaine ?

– Oui et non. Je suis historienne. J'ai écrit plusieurs livres et je donne aussi des cours à l'université et des conférences un peu partout dans le monde.

– C'est passionnant ! Mamie disait toujours qu'on ne peut comprendre son présent sans connaître son passé.

– Je suis tout à fait d'accord avec elle. On en parlait d'ailleurs souvent quand on évoquait mes recherches.

– Des recherches sur quoi ? Vous étudiez une période en particulier ?

– Je m'intéresse à la Seconde Guerre mondiale.

– J'imagine qu'il y a beaucoup à dire.

– Oui. Je m'intéresse surtout à l'humain, à ce que les gens ont vécu, aux familles. Je travaille sur le sort des enfants juifs en France pendant cette période.

– C'est un sujet difficile.

Hanna acquiesça et but une gorgée de thé. Les deux femmes restèrent sans rien dire pendant quelques instants, jusqu'à ce que Raphaëlle brise le silence.

– À l'enterrement de Mamie, vous m'aviez dit que vous répondriez à toutes mes questions.

– Et c'est pour ça que vous êtes ici. Mais avant, je voudrais clarifier un point : je ne suis ni une manipulatrice ni une voleuse.

Raphaëlle rougit, honteuse.

– Je vous prie de m'excuser. Je ne pensais pas ce que j'ai dit. J'étais en colère d'avoir réalisé que je ne connaissais pas Mamie si bien que ça. Et ce bracelet, je voulais le récupérer. J'ai eu tout d'un coup l'impression que vous comptiez plus que moi à ses yeux.

– Ce serait un comble ! Votre grand-mère vous adorait. Elle parlait sans arrêt de vous et de votre dispensaire. Elle était tellement impressionnée par votre persévérance. Personne, et surtout pas moi, n'aurait pu être plus important à ses yeux que vous.

– Mais comment se fait-il qu'elle ne m'ait jamais parlé de vous ? Vous la connaissiez depuis longtemps ?

– On peut dire ça ! Nous nous sommes rencontrées il y a plus de vingt ans. C'est Élie qui nous a présentées.

– Élie Kleiman ? Mon associé ?

– Lui-même.

– C'est un de vos amis ?

– C'est plus compliqué que ça. Élie vous a-t-il déjà raconté son histoire ?

– Non, il est très secret. Je sais qu'il vit seul et qu'il n'a pas d'enfants. Il passe presque tout son temps à s'occuper de ses malades et du dispensaire. Il ne parle jamais de sa vie privée. Dans le fond, on est un peu pareils, lui et moi !

– Et votre grand-mère vous avait-elle parlé de Fayolles, en Haute-Loire ?

– Jamais. J'ai entendu ce nom pour la première fois lors de votre discours à l'église. J'ai demandé à mon père s'il connaissait. Il m'a répondu que c'était un château qui avait appartenu à mon arrière-grand-père et qu'il avait été vendu après sa mort.

Hanna se leva et se dirigea vers l'une des bibliothèques. Elle en retira un album photos d'où elle sortit une vieille carte postale qu'elle tendit à la jeune femme. Raphaëlle examina avec attention la photo fanée d'un petit château de pierre dont la tour était couverte de lierre. Une légende indiquait : « Plateau du Vivarais-Lignon – Château de Fayolles ».

– Fayolles était bien plus qu'un château, c'était un domaine. Avec des dizaines d'hectares de terres, une ferme, plusieurs bâtiments, une forêt et même un étang. Votre arrière-grand-père, le père de Lisette, était un important industriel lyonnais. Il avait offert Fayolles en cadeau de mariage à sa jeune épouse en 1917. Elle était de santé fragile et il pensait que l'air de la montagne lui ferait du bien. Et grâce à la ligne de chemin de fer, il pouvait venir la voir facilement.

– Je ne vois pas le rapport entre Élie et ce château.

– Je ne suis pas devenue historienne par hasard. Mon père était juif. Quand la guerre a éclaté, il n'était encore qu'un enfant. Mes grands-parents sont morts dans les camps de concentration, mais mon père a eu la vie sauve grâce à des paysans d'une ferme de Haute-Loire. Il est mort d'un cancer il y a longtemps, mais, avant de disparaître, il m'a raconté son histoire. Voilà comment j'ai commencé mes recherches.

– Je ne comprends toujours pas.

Hanna resservit une tasse de thé à Raphaëlle et lui proposa un biscuit.

– Laissez-moi le temps, vous êtes bien trop impatiente !

Piquée au vif, Raphaëlle se tut et laissa Hanna continuer.

– Pendant la guerre, beaucoup d'enfants juifs ont été cachés dans les montagnes de Haute-Loire. Le plateau du Vivarais-Lignon, situé dans le Massif central, était difficile d'accès. Avec ses immenses forêts de sapins, ses hivers très rudes et ses fermes éloignées les unes des autres, c'était l'endroit idéal. On ne l'a découvert que bien après, mais les paysans de la région ont été nombreux à s'organiser en réseau et à prendre d'énormes risques pour accueillir des enfants juifs. Mon père était l'un d'eux, celui d'Élie également. Ils ont été placés ensemble pendant plusieurs années chez Claudius et Marie Borel, dans la ferme du domaine de Fayolles. Officiellement, ils travaillaient comme garçons de ferme, ils donnaient un coup de main avec les bêtes et pour la moisson. En réalité, les Borel n'avaient pas d'enfants et les considéraient un peu comme leurs fils adoptifs. C'est là qu'ils ont connu Lisette, votre grand-mère.

Raphaëlle fronça les sourcils.

– Mamie vivait à Fayolles pendant la guerre ?

– Oui, dans le château.

– Avec qui ?

Un sourire éclaira le visage d'Hanna.

– Que des femmes ! Votre arrière-grand-père était resté à Lyon pour ses affaires, mais Lisette, sa petite sœur et sa grand-mère ont passé la guerre dans les montagnes.

– Toute la guerre ? Je n'arrive toujours pas à croire qu'elle ne m'ait rien dit. Est-ce que cela veut dire que Mamie aussi cachait des enfants juifs ?

– Elle a fait bien plus que ça. Elle a aidé à la fabrication de faux papiers, participé à des opérations de résistance et monté une « maison », comme on les appelle. Il y en avait plusieurs dans la région, qui hébergeaient des enfants.

– Mamie a participé à tout ça ? Je n'en reviens pas !

– Elle a joué un rôle majeur dans le sauvetage de nombreux enfants.

– Voilà pourquoi il y avait tant de monde à son enterrement !

– Exact. Quand j'ai commencé à m'intéresser au sort des enfants juifs sur le Plateau, Élie est la première personne que j'ai rencontrée. Son père était décédé depuis longtemps, mais il a accepté de me recevoir pour me raconter ce qu'il savait. À l'époque, il était un peu comme vous : il venait d'ouvrir son cabinet et voulait changer le monde. Ensemble, nous avons monté une association pour essayer de retrouver les enfants cachés et ceux qui les avaient protégés. Lisette était restée en contact avec le père d'Élie, c'est d'ailleurs comme ça qu'elle est devenue sa première patiente ! Il me l'a présentée et nous sommes devenues amies. Elle nous a beaucoup aidés à combler les vides, à comprendre comment s'organisait le sauvetage des juifs et à quoi ressemblait la vie à cette époque. Sans elle, nous n'aurions probablement jamais retrouvé tous ces enfants. Ce sont eux que vous avez vus à l'église.

Hanna avala une gorgée de thé.

– Il y en avait qu'elle avait aidés à l'époque, reprit-elle, directement ou indirectement, mais il y avait aussi leurs descendants et leurs familles. Ensemble, nous nous réunissons régulièrement, nous partageons les témoignages de nos parents, nous essayons de transmettre leur histoire aux générations suivantes. C'est notre devoir de mémoire. Quand j'ai appris le décès de Lisette, j'ai envoyé un message aux adhérents de notre association pour les prévenir, et ils se sont passé le mot. Je n'ai pas été surprise de les voir aussi nombreux à l'église. Être autour d'elle le jour de son enterrement, c'était notre toute dernière chance de la remercier.

Raphaëlle respirait avec difficulté, son visage avait pâli. D'un seul coup, l'Histoire, celle avec un grand H, faisait irruption dans la vie de sa grand-mère, dans la sienne aussi, sans qu'elle en ait jamais eu le moindre soupçon.

– Mais pourquoi Mamie ne m'a-t-elle jamais rien dit de tout ça ? demanda-t-elle avec émotion.

– Je n'en ai aucune idée. Pour elle, c'était normal et elle ne voulait pas qu'on la voie comme une héroïne ou quelque chose de ce genre.

– Il doit y avoir une autre explication. Elle m'a toujours affirmé être restée à Lyon, elle se souvenait du manque de nourriture et du marché noir. Pourquoi n'a-t-elle jamais parlé de Fayolles ? Ça ne lui ressemblait pas de raconter des bobards, il n'y avait pas de raison de mentir.

Hanna sembla hésiter. Elle se dirigea à nouveau vers la bibliothèque et se saisit d'un épais carnet relié de cuir marron.

– Vous avez raison, il y a peut-être une explication.

– Laquelle ?

– Je ne peux pas vous en dire plus, je n'ai aucune certitude. Tout ce que je peux faire, c'est vous remettre ceci.

Raphaëlle remarqua le tremblement presque imperceptible de la main d'Hanna quand elle lui tendit le carnet.

– C'est le journal de votre grand-mère. Elle l'a commencé à son arrivée à Fayolles et l'a tenu quasiment jusqu'à la fin de la guerre. Elle a eu la gentillesse de me le confier quand nous nous sommes rencontrées, en me faisant promettre de ne pas le diffuser. Il m'a été très utile pour mener mes recherches. Elle ne m'a jamais dit ce qu'elle souhaitait que j'en fasse après sa disparition. Mais j'ai envie de croire qu'elle aurait voulu que je vous le donne, car je sens que vous en aurez besoin pour comprendre qui elle était.

Hanna releva sa manche. Elle portait au poignet le bracelet d'Élisabeth. Raphaëlle tressaillit, la vue de ce bijou ravivait en elle l'absence de sa grand-mère. À peine une dizaine de jours s'étaient écoulés depuis sa mort, mais la jeune femme réalisait déjà combien il lui serait difficile de vivre sans elle. Hanna détacha le bracelet et le lui tendit.

– Tenez, prenez-le, il est à vous.

Raphaëlle hésita. Ce bracelet avait l'air de signifier quelque chose sur la relation d'Élisabeth avec Hanna.

– Non, je vous en prie. Si Mamie vous l'a donné, c'est qu'elle voulait que vous l'ayez, et je ne veux pas aller à l'encontre de sa décision, même si je ne la comprends pas.

– J'insiste. Je suis très touchée que Lisette m'ait fait un cadeau d'une telle valeur mais, en réalité, je crois qu'elle me l'a donné pour que nous nous rencontrions, vous et moi. Quand vous aurez lu son journal, vous comprendrez pourquoi ce bijou doit rester dans votre famille. Il fait partie de votre histoire.

Lorsque Raphaëlle quitta l'immeuble d'Hanna, le ciel parisien avait pris une couleur rose presque luminescente. Elle s'arrêta pour admirer la beauté du coucher de soleil et respirer quelques instants. Depuis la mort de sa grand-mère, elle avait le souffle court. Comme si elle manquait perpétuellement d'oxygène. Un poisson sorti de son aquarium. Et ce nœud au milieu du ventre, qui comprimait sa respiration. Quelque chose ne collait pas, elle en avait l'intuition, mais quoi ? Elle tenait serré contre son cœur le précieux journal. Que pouvait-il bien contenir ? Obtiendrait-elle les réponses à ses questions ?

Encore bouleversée par les révélations d'Hanna, elle rentra chez elle. Pour la première fois, elle ne pensa même pas à consulter son portable. Elle repassait dans sa tête ce que lui avait appris l'historienne. Non, définitivement, ça ne collait pas. Elle devait en avoir le cœur net. Elle se déshabilla, fit couler l'eau jusqu'à ce qu'un épais nuage de vapeur envahisse la salle de bains et prit une longue douche.

L'eau chaude qui coulait le long de son dos lui clarifia les idées. Elle enfila un jogging et s'installa confortablement sur son canapé. Elle posa devant elle le bracelet en or et le journal de sa grand-mère. Sur le papier fatigué par le temps, l'écriture fine et serrée d'Élisabeth s'écoulait au fil des pages. Impatiente, elle commença sa lecture.

DEUXIÈME PARTIE

Samedi 22 juin 1940

J'écris ces lignes, assise à l'ombre du grand sapin de la terrasse, comme si rien n'avait changé depuis l'été dernier. Voilà plusieurs jours que nous sommes arrivées à Fayolles et nous avons déjà repris nos marques. Papa est rassuré de nous savoir ici. Apparemment, les informations transmises par son contact au ministère étaient exactes : les Allemands sont entrés dans Lyon. Mais depuis notre dernier appel il y a cinq jours, la ligne téléphonique de l'appartement de la rue Vaubecour ne répond plus. Dois-je m'inquiéter ? J'aurais préféré rester à la maison, ne serait-ce que pour passer mon bachot. Je comprends qu'il ait choisi de mettre Gisèle et Grand-mère à l'abri mais j'ai tellement travaillé ! Je me revois, avant notre départ, essayer de le convaincre :

– S'il te plaît, Papa, il faut que je reste. En plus, Monique et moi avons prévu d'entrer à l'école d'infirmières ensemble. Nous avons toujours été dans la même classe…

– Lisette, c'est non. Tu dois prendre soin de ta sœur, elle n'a que huit ans.

Il ne voulait rien entendre. J'insistai :

– Mais Titine pourra s'occuper d'elle le temps que je passe mon examen.

– À dix-sept ans, on n'a pas son mot à dire. Tu partiras demain, un point c'est tout. Tu rentreras pour passer ton bac en septembre.

Il avait une voix sévère que je ne lui connaissais pas. Si Maman était encore avec nous tout aurait été plus simple. Elle me manque…

D'ordinaire, j'aime le trajet vers Fayolles. Le train qui nous emmène à Saint-Étienne, le bon repas que nous offre Papa dans le restaurant près de la gare où il a ses habitudes en attendant le train pour Dunières, et surtout le voyage en Galoche. Les vraies vacances commencent ! Ces quelques heures sur ce petit chemin de fer ont un délicieux avant-goût de liberté. Je suis heureuse de retrouver les paysages qui m'ont tant manqué le reste de l'année, d'admirer les forêts de sapins, les champs de blé et les pâturages où les vaches regardent passer avec étonnement ce drôle de véhicule au doux sifflet chantant. Sans oublier Grand-mère qui râle toujours à cause de la lenteur du train, des sièges inconfortables ou de cette « épouvantable fumée pleine de charbon ». Pourtant, cette fois, tout m'a semblé différent. Le départ s'est décidé si vite ! Après que Papa nous a informées, Titine a préparé les bagages pendant une partie de la nuit. Qu'est-ce qu'on ferait sans elle ? Quand je pense que ça fait trente-cinq ans qu'elle est au service de Grand-mère… À son arrivée, elle était à peine plus âgée que moi et fiancée avec Henri, le valet de chambre de Grand-père. Alors que Grand-mère s'apprêtait à donner un dîner mondain très important, la cuisinière lui a rendu son tablier ; elle ne supportait plus son mauvais caractère. Titine, dont le fiancé ne cessait de vanter les talents de cordon-bleu, a été appelée en catastrophe. Elle a sauvé le dîner et la réputation de Grand-mère. Henri est mort quelques mois plus tard – il aurait pris un coup de couteau en cherchant à s'interposer dans une rixe –, laissant Titine sans famille ni revenus et nulle part où aller. Mes grands-parents n'ont pas hésité à l'engager. Elle permettait à Grand-père de se souvenir d'Henri, auquel il était très attaché, et Grand-mère était enchantée d'avoir à domicile une véritable reine des fourneaux.

Papa nous a déposées à la gare au petit matin. À cause de l'usine, il ne pouvait pas nous accompagner. Il était à la fois inquiet de nous voir partir et impatient de nous savoir arrivées. Nous ne sommes pas allées déjeuner à Saint-Étienne : Papa nous avait donné pour instruction d'embarquer le plus vite possible. La Galoche était pleine. Chaque année, les vacanciers sont nombreux à venir profiter du bon air du Chambon et des alentours pendant l'été, mais pour la première fois une atmosphère étrange régnait dans le wagon. La guerre, sans doute. Mais quel bonheur, après plusieurs heures, de retrouver Claudius, qui nous attendait dans sa voiture à cheval devant la gare ! Ma sœur Gisèle s'est jetée dans ses bras sous le regard horrifié de Grand-mère qui déteste la familiarité avec les fermiers. À chaque fois que je rentre de la ferme, c'est toujours ce refrain : « Ma petite, nous ne sommes pas du même monde. Les Borel sont des gens très simples, ils travaillent pour ton père et nous ne devons pas nous mélanger. C'est tout à fait inconvenant. » Moi, ça m'est complètement égal ! Dès qu'elle monte se reposer après le déjeuner, ma sœur et moi filons chez Claudius. Nous nous installons au soleil sur la grosse pierre qui sert de banc devant la ferme et Marie, la femme de Claudius, nous régale avec du bon pain chaud et un verre de lait tiède. Si Grand-mère voyait ça, elle en tomberait à la renverse !

Gisèle est ravie ; cette année, Claudius et sa femme hébergent François et Georges, deux garçons de ferme d'à peu près son âge. Ils n'en prennent pas de si jeunes d'habitude, et ma sœur et eux sont déjà inséparables. Ensemble, ils ont fondé une société secrète dont la principale activité consiste à passer des heures assis au bord du ruisseau qui mène à l'étang, les pieds dans l'eau, à remuer les orteils en rigolant. Cette société qui, vu leur manque de discrétion, n'a en réalité rien de secret, a été baptisée « le Club des Petits Orteils ». Elle les occupe une bonne partie de la journée. Tant mieux si Gisèle retrouve un peu de légèreté, elle qui est toujours si sérieuse pour son âge…

Depuis ce matin, nous accueillons également Suzanne, une petite bonne de la région, qui aide

Titine à la maison. Elle n'est pas bien futée mais elle a l'air gentille et travailleuse. Une vraie maison de femmes ! Mais cela ne va pas durer ; mon frère Auguste devrait arriver d'ici peu. Depuis qu'il a trouvé un poste dans un ministère, il est devenu d'un vaniteux ! Déjà petit, il me prenait de haut, comme si son statut de fils aîné et ses quatre ans de plus lui donnaient sur moi une supériorité à vie, et maintenant que « Monsieur » travaille pour le Gouvernement, il est plus prétentieux que jamais. Je n'ai pas hâte qu'il arrive !

Je vais également devoir trouver une cachette pour mon journal. Je ne voudrais pas qu'il le découvre et le lise, comme il l'a fait l'été dernier. Par chance, Fayolles ne manque pas de recoins…

Jeudi 27 juin 1940

Au dîner, Grand-mère avait l'air si triste que j'ai cru qu'elle allait nous apprendre un décès.

– Mes petites, votre frère ne pourra pas être parmi nous cet été. Ses fonctions au ministère l'en empêchent. Il doit renoncer à son séjour à Fayolles et rester à Vichy pour servir la France.

Titine, qui apportait le potage, avait du mal à contenir son rire. Mon frère, indispensable pour servir la France ? J'ai dû me pincer le bras pour ne pas rire, moi aussi. Auguste est gratte-papier dans un sombre ministère mais, à entendre Grand-mère, on dirait qu'il dirige le pays à lui tout seul ! Je n'ai rien répondu, mais je suis ravie qu'il ne vienne pas, les vacances seront bien plus agréables sans lui. Mon amie Monique non plus ne pourra pas venir, car la plupart des lignes de train sont coupées. Je suis vraiment déçue. Heureusement, j'ai emporté l'appareil que j'ai reçu pour mon anniversaire (encore une folie de Papa !). Je vais pouvoir prendre des photos de la région que je montrerai à Monique à mon retour. Papa m'a promis qu'il me laisserait accéder à son laboratoire pour les développer. J'espère qu'il pourra venir nous voir rapidement. En attendant, demain, j'emmène le Club des Petits Orteils se promener au pic du Lisieux, la vue y est magnifique, c'est idéal pour m'entraîner à faire quelques clichés. Il faut que je sois en forme. Je vais me coucher tôt, d'autant plus qu'en ce moment les chiens de la ferme nous réveillent toutes les nuits en aboyant.

– Ne pouvez-vous donc pas les faire taire ? a demandé Grand-mère, excédée, à Claudius.

– Bah, Madame, ce sont des chiens de garde. Vous voudriez quoi ? Que je leur mette une muselière pour qu'ils nous préviennent en silence ?

Vexée, Grand-mère s'est drapée dans son châle et dans sa dignité avant de lui tourner le dos. Pourquoi les chiens aboient-ils toujours à la même heure ?

Dimanche 14 juillet 1940

Ce matin, alors que nous attendions devant la grille, François et Georges ont accouru vers nous. Claudius ne pourrait pas nous emmener au village, l'une de ses vaches était en train de mettre bas et il devait rester près d'elle. Mais son neveu se chargerait de nous déposer à l'église et de venir nous chercher à la fin de la messe. Quelques minutes plus tard, Lucien est arrivé dans un char à bœufs. Claudius m'avait souvent parlé de lui mais je ne l'avais encore jamais rencontré. Il est grand, plutôt beau garçon malgré son perpétuel air grave. En voyant le véhicule, Grand-mère a hurlé :

– Il est hors de question que je monte dans cet attelage ridicule ! Que vont penser les gens en me voyant descendre de cette carriole comme une vulgaire fermière ?

Lucien a haussé un sourcil. Heureusement, Titine, qui connaît bien Grand-mère, a su trouver les mots pour la convaincre.

– Madame, la situation est exceptionnelle. Nous demanderons à Lucien de nous laisser en bas du village afin que personne ne nous voie.

Gisèle, Titine, Grand-mère, sa mantille en dentelle noire, et moi avons donc pris place dans le char à bœufs et sommes parties en ville. Si seulement j'avais pu immortaliser ce moment ! Papa ne voudra jamais me croire quand je lui raconterai que sa mère a été conduite à la messe assise sur un tas de foin.

Au village, l'ambiance était morose. D'habitude, j'aime les dimanches où les habitants se réunissent sur la place dans un joyeux désordre avant de rejoindre leur lieu de culte : l'église pour les catholiques, le temple pour les protestants. En ce jour de fête nationale, le village n'était paré ni de cocardes ni de décorations colorées. Dans son sermon, le père Lescure a dit que le 14 juillet serait cette année un jour de deuil. De toute façon, personne n'avait vraiment le cœur à la fête.

Après la messe et les interminables mondanités de Grand-mère, nous avons descendu la grand-rue et cherché Lucien à la sortie du village. Grand-mère était furieuse de devoir attendre.

– Je suis sûre que ce bon à rien est au bistrot, marmonnait-elle. Quand Jean saura ça, il en touchera deux mots à Claudius.

Puis Lucien est arrivé et Grand-mère a fait la tête pendant tout le trajet. Arrivée devant la grille, elle est descendue de la charrette et est rentrée dans la maison sans se retourner. Quelle peau de vache quand même !

Samedi 27 juillet 1940

Depuis que les Allemands ont quitté Lyon, les communications ont enfin été rétablies et les trains de voyageurs roulent à nouveau. Papa nous appelle régulièrement.

Il y a quelques jours, sur la terrasse, Grand-mère se reposait sur sa chaise longue, Titine reprisait une robe que Gisèle avait déchirée, et le Club des Petits Orteils et moi étions en pleine partie de croquet quand Papa est apparu à la grille du château. Nous avons couru vers lui. Titine a demandé à Suzanne de monter faire sa chambre et elle, de son côté, a filé préparer le dîner. Papa nous a donné des nouvelles de la ville.

– L'occupation allemande a été aussi soudaine que rapide. À peine trois semaines. Vous êtes bien mieux à Fayolles pour l'instant.

– Et les affaires, comment se portent-elles ? a demandé Grand-mère.

– Merveilleusement bien ! À l'usine, les machines tournent à plein régime.

Papa a toujours eu du flair. Quand il a pris la tête de l'entreprise familiale, à la mort de son père,

Grand-mère était totalement opposée à l'achat de machines qu'elle trouvait coûteuses et superflues. Mais l'avenir a donné raison à Papa : ses concurrents qui ne se sont pas équipés connaissent aujourd'hui tous des difficultés, alors que l'usine de Papa est florissante.

– J'ai embauché un bras droit, a ajouté Papa. Il supervise l'usine en mon absence, c'est grâce à lui que j'ai pu venir vous voir.

– Et Monique, tu l'as vue ?

– Oui, Lisette. Figure-toi qu'elle a eu son bachot !

Il faudra que je lui écrive pour la féliciter, même si je suis un peu jalouse ; j'aurais aimé ne pas avoir à réviser tout l'été.

Ce soir, après le dîner, nous nous sommes réunis dans le fumoir où nous avons fait un jeu de lettres. Vers onze heures, Grand-mère a décrété qu'il était l'heure de monter nous coucher. J'étais dans ma chambre quand j'ai réalisé que j'avais oublié mon livre dans le salon. Je suis redescendue et j'ai entendu des voix dans la cuisine. Papa et Titine étaient en pleine discussion. Je n'ai pas tout compris, mais Titine semblait inquiète. Elle a, semble-t-il, du mal à s'approvisionner en denrées alimentaires. Papa lui a promis qu'il en parlerait à Claudius demain et qu'il trouverait une solution pour que nous ne manquions de rien. Mais, en remontant dans ma chambre, la conversation m'est restée en tête. Je passe tous mes étés à Fayolles depuis que je suis née, j'en connais chaque recoin, chaque grincement, chaque bruit. En apparence, rien n'a changé, pourtant je sens bien que l'atmosphère est différente. J'ai l'impression qu'on ne me dit pas tout et je n'aime pas ça.

Dimanche 28 juillet 1940

Premier bilan catastrophique de mes développements. J'ai gâché une pellicule entière et je m'en veux terriblement. C'était la première fois que Papa me laissait entrer dans son « labo ». Il a installé une pièce spéciale dans la cave, avec une drôle d'ampoule et des bacs pleins de produits chimiques. Évidemment, la porte est verrouillée ; vu la valeur et la quantité de matériel, pas question que quiconque vienne farfouiller là-dedans. Papa m'avait prévenue mais j'étais loin d'imaginer une telle complexité : manipuler la pellicule, faire le dosage des réactifs, mesurer le temps de chaque étape à la seconde près, observer, savoir quand s'arrêter… Il s'amusait de me voir en difficulté. Pourtant j'ai suivi toutes ses indications à la lettre. Mais il ne me connaît pas bien. Je vais redoubler d'efforts et lui prouver qu'il ne faut jamais me sous-estimer !

Jeudi 15 août 1940

Grand-mère ne peut pas s'empêcher de faire des frais aux curés. C'est plus fort qu'elle, il faut toujours qu'elle soit la première à aller les saluer à la sortie de la messe, qu'elle les accapare pendant des heures sans se préoccuper des autres paroissiens qui attendent, ou qu'elle aille les consulter pour un oui ou pour un non.

Le père Lescure s'est installé au presbytère l'année dernière et Grand-mère n'avait pas encore réussi à le coincer dans ses redoutables filets. Mais aujourd'hui, ça n'a pas loupé. Elle l'a attrapé juste à côté de l'église et il n'a pas eu d'autre choix que d'accepter son invitation à déjeuner. Le jour de l'Assomption, en plus ! Grand-mère jubilait, comme si elle venait de remporter le premier prix à la loterie. Il faut dire que le père Lescure est très bel homme, ça change des vieux curés habituels. Grand, svelte, il affiche toujours un large sourire et, malgré ses cheveux poivre et sel, il ne doit pas avoir plus de cinquante ans. Depuis son arrivée dans le village, jamais les premiers rangs de l'église n'ont été aussi féminins ! Sur ordre de Grand-mère, Titine a préparé un véritable festin. Elle a même sorti l'argenterie ; en découvrant la table, monsieur le curé a été surpris, voire mal à l'aise. Après le déjeuner, Titine nous a servi le café sur la terrasse. Papa a téléphoné et Grand-mère nous a laissés, le temps de prendre la communication. Le père Lescure, par politesse, m'a demandé :

– Lisette, depuis quand le château est-il dans votre famille ?

– Papa l'a offert à Maman en cadeau de mariage pendant la Première Guerre. Mais Fayolles n'est pas qu'un château. Il y a plusieurs hectares avec une ferme, un bois et même une maison entière qui nous sert à recevoir les invités.

– Une maison entière ? Où ça ?

– C'est le bâtiment que vous voyez de l'autre côté de l'allée, la grande maison aux volets fermés.

– Et personne ne l'occupe pendant l'année ?

– Non, elle est vide. Ça fait longtemps qu'elle n'a pas été occupée. Maman y avait installé son atelier et Papa y est très attaché.

Grand-mère est revenue et le père Lescure a pris congé. Alors qu'il reprenait à pied le chemin du village, il s'est arrêté devant la grande maison et l'a regardée avec attention quelques instants. Puis il a poursuivi sa route.

Vendredi 23 août 1940

Comme le temps passe vite ! Voilà déjà plus de deux mois que nous sommes à Fayolles et il me reste à peine deux semaines avant mon retour à Lyon pour les épreuves du bachot. J'ai réussi à travailler quelques heures chaque jour, mais l'appel de la nature est difficile à ignorer. Qui a envie de faire de l'arithmétique quand, par la fenêtre, s'étendent à perte de vue les forêts et les montagnes ? Je me rappelle les grandes promenades que nous faisions avec Maman et combien elle aimait cette région, ses couleurs, ses parfums, sa musique.

Aujourd'hui, j'ai tenté d'interroger Claudius sur ses chiens qui aboient encore chaque nuit à deux heures tapantes ; c'est certainement un sanglier qui passe dans le bois. Un sanglier réglé comme une horloge suisse ? Je n'y crois pas une seconde. Il y a forcément une autre explication à cette agitation nocturne…

Mardi 10 septembre 1940

Nous ne sommes pas rentrées à Lyon. La veille de notre départ, ma sœur Gisèle est tombée malade. Elle s'est réveillée avec une très forte fièvre et ses draps étaient tellement trempés de sueur que Suzanne a dû les changer plusieurs fois. Nous avons immédiatement fait venir le Dr Chatelard. Il semblait inquiet.

– Les symptômes de votre sœur ressemblent à une angine. Il faut qu'elle se repose quelques jours.

Titine m'a proposé de rester veiller sur elle pendant que je rentrerais à Lyon, mais je n'ai pas eu le courage de laisser Gisèle dans cet état. J'avais neuf ans quand Maman est partie. Elle est morte en couches, après la naissance de ma sœur. Je me suis promis de la protéger, quoi qu'il arrive. De plus, Gisèle a toujours eu une santé fragile et je sentais bien que ce n'était pas une simple angine. Grand-mère partageait mon point de vue et nous avons choisi de rester à Fayolles le temps qu'elle se remette sur pied. Nous avons bien fait, car son état a empiré. Vers trois heures du matin, Gisèle a été prise de maux de ventre et de vomissements. Et cette fièvre qui ne baissait pas… Il y a eu un gros orage cette nuit-là et la ligne téléphonique avait été coupée, comme cela arrive souvent. Titine est allée tambouriner à la porte de Claudius, il a attelé un cheval et est descendu jusqu'au village prévenir le docteur. Aucune d'entre nous n'arrivait à dormir. Nous attendions toutes dans le salon, lorsqu'il est redescendu, l'air grave.

– C'est bien ce que je redoutais : Gisèle a la scarlatine. Il y a eu quelques cas dans la région, mais aucun d'aussi grave. Il lui faudra sans doute plusieurs semaines pour guérir complètement.

Pour éviter toute contagion, il a été décidé que seules Titine et moi nous occuperions de Gisèle. François et Georges ont beaucoup de mal à comprendre pourquoi le Club des Petits Orteils est amputé d'une partie de ses effectifs. Ils errent dans le champ en contrebas de la terrasse en jetant des coups d'œil vers la fenêtre de la chambre de Gisèle. La ligne de téléphone a mis plusieurs jours à être réparée et je n'ai réussi à informer Papa de la situation que tardivement. Il nous attendait rue Vaubecour, angoissé d'être sans nouvelles. Il essayera de venir dès que possible.

Samedi 14 septembre 1940

La fièvre a enfin commencé à baisser et les boutons sont apparus. Gisèle, qui a encore une peau douce et laiteuse de petite fille, est désormais couverte de cloques rouges. Elles recouvrent ses bras et ses jambes et même ses paumes et la plante de ses pieds. Les démangeaisons sont terribles et l'empêchent de dormir. Il n'est plus question de repartir, pas pour l'instant. Auprès d'elle, j'essaie de ne rien laisser paraître, mais je m'inquiète. Et je ne suis pas la seule : Grand-mère récite des chapelets à longueur de journée, en espérant que ses prières la sauveront. Nous surmontons à peine la disparition de Maman, s'il arrivait malheur à notre petite Gisèle, nous ne nous en remettrions jamais.

Mercredi 25 septembre 1940

Papa est arrivé. S'il était parvenu à venir plus tôt, il aurait été choqué par l'état de Gisèle. Elle lui rappelle tellement Maman ! Quand il la fixe, son regard s'embue parfois, et j'imagine combien il doit lui être difficile de retrouver dans les traits de sa fille ceux de la femme qu'il a tant aimée et qui est partie en donnant la vie.

Le visage de Gisèle n'a pas gardé de traces de sa maladie. Elle reste très affaiblie, mais le docteur nous a assuré que le pire avait été évité et qu'avec beaucoup de repos, elle finirait par guérir complètement. Grand-mère a fait dire plusieurs messes pour remercier Dieu de ce miracle. Pour ma part, cela conforte mon projet de devenir infirmière. Je pourrais demander au Dr Chatelard s'il a besoin d'une assistante. Puisque je n'ai pu me présenter au bachot, autant en profiter pour découvrir un peu la médecine !

Avant son arrivée, Papa avait demandé d'envoyer la Traction Avant le chercher à la descente de la diligence. La voiture dormait sous une grande bâche dans la remise depuis des mois, Lucien a eu pour mission de la sortir et de la démarrer. Tout le monde voulait assister à ce spectacle. Même Gisèle a regardé depuis la fenêtre de sa chambre. Je ne l'avais pas vue sourire ainsi depuis longtemps. Lorsque la voiture est revenue du village, Papa en est descendu, mais, au lieu d'aller vers nous, il s'est dirigé vers l'autre portière qu'il a ouverte. Une femme est à son tour sortie du véhicule. Grand-mère s'est agrippée à sa canne, le visage blême. Nous avons toutes les deux pensé la même chose. Papa nous avait-il éloignées pour mieux nous imposer sa nouvelle épouse ?

Papa s'est avancé vers nous.

– Eh bien, quel accueil chaleureux ! a-t-il dit, surpris par notre absence de réaction. Venez plutôt par ici, que je vous présente Mlle Vantadour.

Personne n'osait rien dire. Gisèle, qui s'était levée pour accueillir Papa, a finalement brisé le silence :

– C'est notre nouvelle maman ?

Papa n'a pas eu l'air de comprendre, avant d'exploser de rire.

– Mais non, enfin, quelle drôle d'idée ! Mlle Vantadour est professeure et restera à Fayolles avec vous pour s'assurer que tu ne prennes pas de retard dans tes cours. Quant à toi, Lisette, ne crois pas que tu échapperas au baccalauréat ! J'ai expliqué à Mlle Vantadour que ton niveau en arithmétique était à peine passable et elle te fera également travailler.

Soulagée, j'ai sauté dans les bras de Papa. Grand-mère a retrouvé des couleurs et nous avons accompagné Mlle Vantadour à l'intérieur du château. Elle a un visage souriant et doux qui respire l'intelligence. Je sens que nous allons bien nous entendre.

Samedi 19 octobre 1940

Gisèle va mieux, même si elle n'a pas encore recouvré toutes ses forces. Pour sa première sortie, Georges et François l'attendaient sur le perron. Elle est apparue, emmitouflée comme si elle devait affronter les températures du Grand Nord. Titine l'avait couverte de la tête aux pieds de plusieurs couches de vêtements. Grand-mère, qui nous tanne pourtant à longueur de journée pour que nous passions un chandail, s'est exclamée :

– Enfin, Titine, vous ne voyez pas qu'elle étouffe là-dessous ? Laissez-donc respirer cette pauvre petite !

Le froid est tombé d'un coup sur le plateau, mais nous avons une importante réserve de bois pour nous chauffer. Chaque matin, quand j'ouvre mes volets, les champs sont couverts de givre. La neige n'est plus très loin et je suis impatiente de prendre de nouvelles photos.

Quelle joie pour Gisèle de marcher dans le parc après plusieurs semaines enfermée dans sa chambre ! L'eau du ruisseau étant désormais trop froide pour y plonger le moindre bout de doigt de pied, le Club des Petits Orteils, à nouveau complet, cherche une nouvelle mission. Mlle Vantadour nous a accompagnés. Elle semblait très émue de voir Gisèle rire d'aussi bon cœur. Elle n'est pas là depuis longtemps, mais elle s'est déjà beaucoup attachée à ma sœur. Elle passe chaque jour plusieurs heures à lui faire la lecture, le temps que son élève retrouve la force de travailler. Je viens souvent m'installer dans un coin de la pièce pour l'écouter. Il y a dans sa voix beaucoup de douceur. Pourtant sa vie n'a pas toujours été rose. Ses parents sont morts lorsqu'elle était enfant et elle a été recueillie par une vieille tante austère qui l'a, dès qu'elle a pu, envoyée dans un pensionnat de jeunes filles, où elle a passé toute sa vie. D'élève, elle est devenue professeure. Encore célibataire à trente-deux ans, elle a toujours vécu entourée de religieuses et de petites filles.

Au château, tout le monde a été séduit par sa personnalité. Grand-mère est ravie d'avoir à sa disposition une oreille patiente qui l'écoute se plaindre de tout et Titine partage avec elle sa passion de la couture – elles passent toutes deux leurs soirées dans la cuisine, devant le poêle allumé, à parler points de croix et surpiqûres. Il a été décidé que Gisèle reprendrait les cours lundi. En temps normal, ma sœur déteste l'école. Je m'attendais à un drame lorsque nous le lui avons annoncé. Or, contre toute attente, son visage s'est illuminé.

– On commence quand ? a-t-elle immédiatement demandé.

Décidément, notre professeure fait vraiment des miracles !

Jeudi 21 novembre 1940

Les premiers flocons sont tombés, c'est magnifique ! Je n'avais jamais vu Fayolles sous la neige. Tout est si beau, si paisible. Claudius a rentré ses bêtes, l'hiver est bien là. Comme chaque semaine, il nous a descendues au village pour faire quelques achats. Pendant que Mademoiselle allait acheter du fil à la mercerie, j'ai accompagné Titine chez le boulanger. Sa femme, derrière le comptoir, le teint rougeaud et le tablier enfariné, est certainement la personne la mieux renseignée de tout le village. Il n'arrive jamais rien dont elle ne soit pas au courant. Il suffit de la lancer pour qu'elle nous raconte les dernières nouvelles des uns et des autres. Une vraie commère ! Mais ce qu'elle nous a appris est moins drôle que les cancans de voisinage dont elle nous régale d'habitude. Il se passe des choses dans la région. Des gens seraient cachés dans les environs. Des juifs. À quelques kilomètres d'ici, dans un autre village, une ancienne papeterie qui hébergeait des réfugiés espagnols a été fermée. On ne sait pas bien où ils ont été emmenés. La boulangère dit qu'il y avait des juifs parmi eux, et que ce n'est que le début. Nous avons vite acheté la vilaine miche de pain toute grise à laquelle nos tickets nous donnaient droit et nous sommes remontées à Fayolles.

Titine l'appelle le « pain caca », une vieille plaisanterie en référence à l'immonde pain allemand de la dernière guerre. D'ordinaire, elle en rigole pendant une partie du chemin, mais, cette fois, elle n'a rien dit. J'ai tenté de détendre un peu l'atmosphère.

– Quelle cancanière, cette boulangère ! J'espère que personne ne trompe sa femme dans le village car, si elle l'apprenait, tout le monde serait au courant en moins de temps qu'il n'en faut pour le dire.

Titine n'a pas eu l'air de trouver mon trait d'esprit amusant.

– Cette bonne femme est trop bavarde. Elle ferait mieux de tenir sa langue, elle risque de s'attirer des ennuis.

– Quels ennuis ?

– Je n'en sais rien. On entend beaucoup d'histoires, vraies ou fausses. Dans le doute, mieux vaut ne pas parler, vous comprenez ? Allez, ne vous en faites pas. Vous êtes jeune, vous n'avez pas à vous tracasser. Rentrons vite, votre grand-mère va s'impatienter et vous savez comment elle est quand le dîner n'est pas servi à l'heure.

Se pourrait-il que Titine sache des choses que j'ignore ?

Jeudi 12 décembre 1940

L'hiver est arrivé, les jours ont raccourci et le manque de lumière me pèse. Les journées de moisson, pleines de soleil et de rires, me semblent loin. On m'avait pourtant prévenue, ici les hivers sont rudes, et Grand-mère est d'une humeur exécrable. Avec la neige qui est tombée en grandes quantités, elle n'a pas pu se rendre au village depuis deux semaines et elle tourne en rond. Même la compagnie de Mademoiselle ne suffit plus à lui changer les idées. Elle râle contre tout. Son nouveau cheval de bataille ? L'horrible pain grisâtre que nous achetons chez le boulanger. À chaque repas, lorsque Titine apporte la panière, c'est la même rengaine :

– C'est une honte ! Comment peut-on manger ça ? Ce poison va me tuer.

Et nous passons tout le déjeuner à écouter ses jérémiades. Titine est tellement exaspérée qu'elle envisage de faire elle-même son pain. Elle a demandé à Claudius s'il était possible de remettre en état l'ancien four à pain, et je la suspecte d'avoir trouvé une combine pour se fournir en bonne farine blanche ; son tablier en était tout taché. Même si elle reste très discrète, elle a déjà connu la guerre et sa manière d'accommoder les restes, de trouver des recettes originales avec peu d'ingrédients montre sa débrouillardise.

Ah ! J'allais oublier le plus intéressant ! Il s'est passé l'autre nuit une scène très étrange. Je dormais quand j'ai entendu le grincement de la grille. Le bruit était à peine perceptible, mais j'ai le sommeil léger et je le reconnaîtrais entre mille. Le cadran de mon réveil indiquait un peu plus de deux heures. Je me suis levée d'un bond avant de me précipiter dans le couloir pour regarder par la lucarne. À la lueur de la lune, j'ai aperçu deux ombres traverser la terrasse en direction du parc. Je suis restée un long moment à attendre, mais elles ne sont pas revenues. Je suis retournée me coucher.

Le lendemain matin, dès que le soleil s'est levé, j'ai enfilé ma pelisse et mes souliers pour descendre sur la terrasse. Il n'avait pas neigé depuis quelques jours et les traces de pas dans la neige étaient nombreuses. Mais des empreintes plus récentes traversaient la terrasse de part en part. Des empreintes d'hommes, vu leur taille. Je n'ai pas rêvé, des intrus étaient bien passés par ici ! J'ai couru chez Claudius. J'ai frappé à la porte de la ferme et Marie m'a ouvert. Souriante, elle m'a invitée à entrer et m'a proposé une chicorée bien chaude. L'odeur qui flottait dans la pièce était appétissante, je n'ai pas pu refuser. Je réalise d'ailleurs que je n'étais jamais entrée dans la ferme des Borel. La pièce est petite mais accueillante. Georges et François, assis sur deux petits tabourets devant le cantou, jouaient avec deux adorables chatons. Je devrais peut-être en prendre un pour la maison ; nous sommes envahies de souris et Grand-mère manque d'avoir une crise cardiaque à chaque fois qu'elle en aperçoit une. J'ai pris place à table en face de Claudius qui découpait une grosse tranche dans une belle miche dorée.

– Tenez, vous m'en direz des nouvelles.

J'ai souri en repensant à Grand-mère qui aurait vendu son âme pour une bouchée.

– Alors, vous êtes tombée du lit ? Qu'est-ce qui vous amène si tôt par chez nous ?

Je lui ai raconté ce que j'avais vu pendant la nuit. Cela n'a duré qu'une fraction de seconde, mais je jurerais que sa femme et lui se sont regardés. Claudius m'a tout de suite rassurée : c'étaient certainement des braconniers comme il y en a parfois l'hiver. On trouverait une chaîne avec un gros cadenas et Claudius viendrait fermer la grille chaque soir. C'est alors que j'ai entendu du bruit derrière l'une des boiseries qui recouvraient la pièce. La porte du lit clos s'est ouverte, laissant apparaître Lucien. Il avait l'air épuisé et de mauvaise humeur.

– C'est à cette heure-ci que tu te lèves, paresseux ? se sont moqués Georges et François.

Lucien n'a pas trouvé ça drôle. Sans un mot, il s'est avancé vers la cheminée et a récupéré ses chaussures qui séchaient devant le feu. Elles étaient encore trempées et baignaient dans une petite flaque. J'ai remercié Marie et Claudius pour leur hospitalité et je suis partie. En arrivant devant la grille, je me suis aperçue que j'avais oublié mon écharpe chez les Borel. Je suis retournée sur mes pas mais, en arrivant à proximité de la ferme, j'ai entendu la voix de Claudius.

– Tu fais c'que tu veux, mais j'te l'ai déjà dit : tes gars et toi, vous ne vous approchez pas du château, c'est clair ?

Lucien, qui était sur le point de sortir, a claqué la porte et s'est dirigé vers l'écurie, furieux. Je suis vite rentrée à la maison, je récupérerai mon écharpe une autre fois. Que se trame-t-il ici ? Qu'est-ce que le neveu de Claudius faisait chez nous en pleine nuit ?

Vendredi 20 décembre 1940

Grand-mère est mourante. Enfin, c'est elle qui le dit. Elle a pris un coup de froid et doit garder le lit quelques jours. Le Dr Chatelard, qui est venu l'examiner, a assuré qu'elle serait rétablie pour Noël. Grand-mère est persuadée qu'il se trompe, elle a demandé à recevoir les derniers sacrements, ce qui a bien fait rire tout le monde à la veillée hier. Je ne devrais pas dire ça, mais ça nous fait des vacances. On peut enfin faire ce que l'on veut ! Le soir, Titine lui apporte un bouillon de légumes qu'elle boit avec un léger somnifère. Dès qu'elle s'endort, Mademoiselle, Titine, Gisèle et moi enfilons nos manteaux et traversons la cour du château dans la neige jusque chez les Borel. Ces veillées avec eux au coin du feu sont un vrai moment de douceur.

Le docteur s'est joint à nous une ou deux fois, après avoir rendu visite à Grand-mère. Il regarde Mademoiselle avec beaucoup d'insistance. Je comprends mieux pourquoi il était si prévenant pendant la convalescence de Gisèle ; les beaux yeux de notre institutrice ne le laissent pas de marbre. Le docteur est un bon parti, il est gentil et a une bonne situation. Tout le contraire du neveu de Claudius ! Ce Lucien ne m'inspire pas confiance. Depuis la semaine dernière, je l'ai à l'œil. Il participe aux travaux de la ferme, mais disparaît parfois mystérieusement. Un soir que nous étions tous réunis pour la veillée, il est arrivé tard, s'est installé à table sans un mot pour manger sa soupe avant de ressortir fumer une cigarette. Nous ne l'avons plus revu.

Plus que quelques jours avant Noël. Nous n'avons jamais passé les fêtes loin de Lyon et j'espère que Gisèle ne sera pas trop triste de ne pas voir tous nos cousins. Ce matin, Claudius nous a accompagnés dans la forêt, le Club des Petits Orteils et moi, pour choisir un sapin. Après une heure de débat – Gisèle en voulait un de trois mètres ! –, nous nous sommes mis d'accord. Quelques coups de hache plus tard, nous avons pu rapporter à la maison un bel arbre que nous avons décoré de rubans et de pommes de pin. Titine avait fait de ravissants gâteaux en forme d'étoiles avec des petits trous dans lesquels nous avons passé de la ficelle. Nous les avons accrochés aux branches – du moins ceux que nous n'avons pas dévorés – et le sapin sentait bon le pin et la cannelle.

Papa et Auguste ne devraient pas tarder à arriver. Surexcitée, Grand-mère est complètement requinquée. C'est épuisant, mais je suis heureuse de la retrouver.

– Grand-mère, il faut faire poser un ex-voto ! a lancé Gisèle au dîner hier soir. Votre rétablissement relève du miracle !

Mademoiselle et moi avons piqué du nez dans nos assiettes pour ne pas exploser de rire. Grand-mère, elle, n'a pas trouvé ça drôle. Elle a envoyé Gisèle se coucher sans souper. Notre petite Gisèle, si douce, si sérieuse, qui se permet d'être moqueuse ! L'influence de Georges et de François commence à se faire sentir et je ne peux que m'en réjouir.

Mercredi 25 décembre 1940

Quand Papa et Auguste sont arrivés samedi, ils ont été surpris par la rudesse du climat. Même si le château est bien chauffé, rejoindre le cabanon des toilettes situé à l'extérieur est une épreuve. À tel point qu'un matin la cuvette avait gelé et Gisèle était restée collée par le froid ! Ses cris ont alerté Suzanne, qui est arrivée mortifiée dans le salon où nous étions tous installés près du feu :

– Venez vite, c'est mad'moiselle Gisèle ! Elle a l'cul tout collé.

Tout le monde a explosé de rire. Titine a vite fait chauffer de l'eau et nous avons libéré Gisèle. Depuis, nous avons tapissé la cuvette de paille. Ce siège de fortune pique un peu mais il n'y a plus de danger de rester accroché.

Nous nous sommes rendus la nuit dernière à la messe de minuit. Il y avait une ferveur particulière. Malgré la neige tombée en masse, les fidèles, venus de loin, s'amassaient dans l'église. Le père Lescure a prononcé un émouvant sermon, nous invitant à aider notre prochain. Je ne saurais expliquer pourquoi, mais ses mots ont résonné en moi plus qu'à l'accoutumée.

Contrairement à ce que je redoutais, Noël a été très gai. Depuis la mort de Maman, les fêtes n'ont plus la même saveur. Papa fait bonne figure pour nous, mais il a l'esprit ailleurs. Pourtant, cette année, il avait l'air réellement heureux. Pour la première fois.

Ce matin, la maison sentait bon le pain grillé. Après des semaines de tests secrets avec la complicité des Borel, Titine a réussi à faire du vrai pain. Il n'en fallait pas plus pour mettre Grand-mère de bonne humeur. Je crois que je ne l'ai jamais vue aussi joyeuse ! Gisèle s'est précipitée vers la crèche devant laquelle nous avions tous laissé une chaussure la veille au soir. Dans la sienne, à côté des oranges et des pipes en sucre qu'elle va dévorer en un rien de temps, se trouvaient une magnifique poupée et son trousseau. Quant à moi, j'ai été tellement gâtée ! Posée contre le mur du salon, surmontée d'un immense ruban de satin rouge… une bicyclette ! Comment Papa s'est-il débrouillé pour en trouver une et la rapporter sans que je m'en rende compte ? Vivement que la neige fonde pour que je puisse apprendre à pédaler. Je pourrai descendre au village toute seule, bien plus rapidement qu'en prenant la coursière.

Auguste a reçu de Grand-mère sa magnifique bague en saphir. Mon grand frère nous annoncera visiblement bientôt ses fiançailles et Grand-mère est dans la confidence. Je plains sa future femme. Qui aurait envie d'épouser un tel poseur ? Il n'est là que depuis quelques jours et il énerve déjà tout le monde, excepté Grand-mère. Il a expliqué à Mademoiselle que les hommes sont de bien meilleurs professeurs que les femmes. Il a aggravé son cas en ajoutant qu'il importait peu que Gisèle et moi ayons une institutrice car les filles n'ont pas besoin de s'instruire mais de savoir s'occuper de leur foyer. Il est ensuite allé sermonner Titine ; les quantités servies dans les plats sont trop maigres et ses menus manquent d'originalité. Claudius aussi, venu nous apporter un cageot de victuailles (ah ! son saucisson !!!!), a eu droit à une leçon sur la bonne gestion agricole. De la part d'un idiot qui ne connaît même pas la différence entre une fourche et un râteau, c'est un comble ! Cependant, pour préserver l'harmonie de la maison et ne pas énerver Grand-mère, véritable mère louve avec son petit-fils favori, chacun a pris sur lui et a cherché à éviter Auguste autant que possible. Vivement qu'il reparte !

Jeudi 9 janvier 1941

Papa a pu prolonger son séjour pour demeurer auprès de nous. Son nouvel adjoint semble digne de confiance ; il l'a laissé gérer l'usine en son absence. Quand Auguste lui a annoncé, voilà maintenant quatre ans, qu'il ne prendrait jamais la tête de l'usine, Papa a été très peiné. Nous avions tous remarqué qu'il partait travailler avec moins d'entrain. Mais, depuis l'arrivée de son nouveau bras droit, il a retrouvé son énergie. Il fourmille d'idées, prend des notes, passe des coups de fil à l'usine tous les jours – du moins quand la ligne n'est pas coupée ! –, non par manque de confiance mais parce qu'il lui tarde d'y retourner. Je l'ai entendu dire à Grand-mère : « La relève est assurée. »

Je ne connais pas ce Charles dont il nous rebat les oreilles, mais je ne peux que le remercier. De plus, ses relations avec Auguste se sont apaisées.

Nous avons passé le jour de l'an à jouer aux charades et aux cartes, en mangeant de la brioche trempée dans du chocolat chaud. Titine a dû trouver tout ça au marché noir, c'est sûr !

– Mais comment fais-tu pour dégoter tous ces produits ? lui ai-je demandé.

– Ah bah ! Vous savez, Lisette, déjà toute jeune, j'ai dû apprendre à me débrouiller seule.

J'aurais voulu en savoir plus, mais elle s'est réfugiée dans la cuisine.

Maintenant que Papa et Auguste sont repartis, la maison me semble vide. Mais quel soulagement d'être débarrassée de mon frère ! Un jour de plus avec lui et je le poussais dans l'étang ! Leur départ pèse aussi sur le moral de Gisèle, qui a pleuré tout l'après-midi, et de Grand-mère, qui passe ses nerfs sur notre petite bonne qui n'a rien demandé. Elle se plaint sans cesse du froid, du manque de confort, de l'absence de cabinets et d'eau courante dans la maison. Toute la journée, Suzanne fait chauffer de l'eau et remplit des brocs dans le cabinet de toilette de Grand-mère, vide son pot de chambre, lui monte une couverture, met du bois dans son poêle. Bien qu'elle soit très gentille, Suzanne est d'une extrême maladresse. Cela s'apparente presque à un art ! Il ne se passe pas une journée sans qu'elle renverse un plat ou fasse tomber un bibelot. Sans parler de ses innombrables chutes en se prenant les pieds dans le tapis ! Ça en deviendrait presque comique si ça n'agaçait pas autant Grand-mère. À chaque accident, elle hausse les yeux au ciel d'un air exaspéré.

Mademoiselle me fait beaucoup travailler. Elle est persuadée que je ferai un excellent médecin. Elle m'encourage à viser plus haut.

– Lisette, pourquoi vous contenter d'être infirmière quand vous pouvez être docteur ?

Je suis touchée qu'elle ait une telle confiance en moi, et je n'ose pas la contredire. Elle a convaincu le Dr Chatelard, qui ne peut de toute façon rien lui refuser, de lui prêter des livres d'anatomie. Au lieu de me faire plancher sur l'arithmétique ou les versions latines, elle m'enseigne le corps humain et les sciences. Papa ne verrait pas d'un bon œil le fait que sa fille aînée pratique la médecine – et Grand-mère, n'en parlons même pas ! –, c'est notre petit secret. J'aurai bien le temps d'aviser quand je rentrerai à Lyon.

Lundi 27 janvier 1941

Il y a quelques jours, Claudius nous a prévenues qu'il allait tuer un cochon et que ses cris risquaient de nous déranger. Aucune d'entre nous n'avait jamais vu la « tuaille du cochon » comme on l'appelle ici et Mademoiselle a accepté d'annuler la classe pour que nous puissions y assister. Grand-mère ne supporte pas le bruit et Suzanne s'évanouit à la vue de la moindre goutte de sang ; il a donc été convenu qu'elles resteraient au château pendant cette curieuse cérémonie. Levées tôt, Mademoiselle, Titine, Gisèle et moi avons exceptionnellement pris notre petit-déjeuner toutes ensemble dans la cuisine – Grand-mère en aurait été horrifiée, elle qui ne supporte pas la familiarité avec les domestiques – et nous avons enfilé des vêtements chauds avant de rejoindre la ferme.

Georges et François ont accueilli Gisèle avec des cris de joie. Encore une belle aventure pour le Club des Petits Orteils ! On sentait l'effervescence des journées importantes. Titine a suivi Marie dans la pièce à vivre pour débarrasser la table et installer le hachoir et de grands récipients. Pendant ce temps-là, les hommes sont partis chercher la bête. Je n'avais jamais vu la porcherie, située en retrait à l'arrière de la ferme, loin du château. L'odeur y est abominable ! À cinq ans, mon frère avait échappé à la vigilance de Maman. Tout le monde l'a cherché jusqu'à ce qu'on le retrouve une heure plus tard, couvert de boue odorante après être tombé dans la soue ! Cela leur avait causé une belle frayeur. Depuis, Claudius a fait installer une solide barrière fermée avec une lourde barre de fer.

À l'aide d'une corde, les hommes ont attrapé le cochon qui allait être tué. Ils étaient trois : Claudius, Lucien – pour une fois qu'il se levait tôt – et un monsieur dont le travail est de tuer les cochons. Il leur a fallu s'y prendre à plusieurs reprises car Grassouillou – c'est le nom que Georges et François lui avaient donné – ne se laissait pas faire. Ils l'ont amené devant la ferme, l'ont maintenu sur un banc en hauteur et Marie est arrivée avec un grand seau qu'elle a posé sous sa gorge. Il a suffi d'un coup de lame et un torrent de sang a jailli. Le cochon s'est mis à pousser des hurlements atroces. On a dû les entendre jusqu'au village ! Marie récupérait le sang chaud qui fumait dans l'air frais du matin et le mélangeait avec un gros bâton pour qu'il ne coagule pas. Au bout de quelques minutes, le pauvre Grassouillou a arrêté de crier et de se débattre. Claudius et Lucien l'ont alors posé sur un grand tapis de paille. Ils l'ont frotté, puis lui ont brûlé les poils avant de l'ouvrir en deux. Gisèle a eu mal au cœur à la vue des viscères et Mademoiselle l'a raccompagnée à la maison. Moi, je suis restée. C'était la première fois que je voyais l'intérieur d'un corps et, même s'il ne s'agissait que d'un porc, ça restait une expérience intéressante sur le plan médical. Mon Dieu, Mademoiselle déteint sur moi, je commence à avoir envie d'être médecin !

Les hommes découpaient le cochon avec des gestes précis : enlever les boyaux, jeter aux chiens les quelques parties qui ne seront pas utilisées, remplir des seaux avec les morceaux et les apporter le plus vite possible dans la ferme où Titine et Marie s'affairaient. Nous avons passé des heures à laver les boyaux, hacher la viande, assaisonner avec des épices, remplir les saucisses, faire les saucissons, coudre, couper, émincer, saler encore et encore. Une vraie ruche ! À la fin de la journée, nous nous sommes tous assis autour de la table, épuisés mais heureux. Grassouillou pendait un peu partout dans la maison, sous forme de jambons, saucissons, boudins et autres délicieuses charcutailles dont nous pourrions nous régaler.

Mercredi 19 février 1941

En venant prendre des nouvelles de Grand-mère, qui a encore attrapé un rhume – je ne comprends pas comment c'est possible, elle ne sort jamais et passe ses journées assise au coin du feu –, le Dr Chatelard a apporté une surprise à Gisèle : une luge ! Grand-mère apprécie beaucoup le docteur, je la soupçonne même d'avoir en tête d'arranger un mariage entre lui et Mademoiselle. Elle a toujours aimé jouer les entremetteuses et notre isolement ici l'empêche de s'adonner à ce loisir. Mais, depuis l'arrivée de Mademoiselle, elle s'est lancé un nouveau défi : lui trouver un mari. Et c'est sur le Dr Chatelard que s'est porté son choix. Elle n'arrête pas de chanter ses louanges : il est tellement gentil, cultivé, et il est médecin, c'est une position importante, même dans un si petit village. Et le docteur semble déjà sous le charme de notre professeure. Quant à Mademoiselle, qui a compris ce qui se manigançait, elle sourit poliment sans rien dire.

J'espère que Grand-mère ne va pas aussi

commencer à me chercher un mari. Elle me répète sans cesse :

– À ton âge, j'étais déjà fiancée. Il faut que tu te dépêches de trouver un bon parti avant que les meilleurs ne soient tous pris.

Jeudi 13 mars 1941

J'ai toujours cette étrange sensation que quelque chose se trame ici. Je ne reconnais pas le village de cet été. Certes, l'hiver est rude et c'est la guerre, mais il y a autre chose. J'essaie de tendre l'oreille, d'observer, d'analyser, j'espère comprendre.

La semaine dernière, alors que j'étais au village avec Claudius et Marie, j'ai entendu le boulanger se disputer avec sa femme. Il n'y avait personne derrière le comptoir, ils étaient dans l'arrière-boutique et je n'ai pas tout saisi de leur querelle. Mais la grosse voix du boulanger disait :

– Tu parles trop ! Si tu continues, je ne te laisserai plus vendre le pain. Tu vas nous attirer des ennuis. Et aux autres aussi.

La femme du boulanger m'a aperçue par l'entrebâillement de la porte. Elle est sortie, toute rouge, et m'a demandé ce que je voulais.

– Du pain, j'ai répondu.

Elle m'a montré un panneau.

– Vous ne savez pas lire ? On n'a plus de pain. Il y a un problème avec la farine.

Je suis partie sans demander mon reste, intriguée.

La visite du curé hier a confirmé mon intuition : le village cache bien des secrets. Grand-mère invite régulièrement monsieur le curé à venir à Fayolles. Il trouve toujours une bonne excuse pour refuser, prétextant du travail au presbytère, des cérémonies à préparer ou des fidèles à aller voir dans d'autres communes. Mais, cette fois, à mon grand étonnement, il a accepté de venir prendre le thé. À la fin de sa visite, il a demandé à Grand-mère s'il pouvait s'entretenir quelques instants avec moi à propos des fêtes de Pâques ; il aurait certainement besoin de mon aide pour l'organisation de la célébration. Nous nous sommes isolés dans le fumoir. Je vais essayer de reproduire notre conversation.

– Lisette, pardonnez tout d'abord mon mensonge. Je n'ai pas besoin de vous pour Pâques. Je souhaitais vous parler d'un sujet très grave.

Le père Lescure, si souriant devant sa tasse de thé, semblait à présent préoccupé.

– Je vous écoute, mon Père.

– Le Dr Chatelard, qui est l'un de mes grands amis, m'a conseillé de vous demander de l'aide. Il m'a fait beaucoup de compliments sur votre maturité et votre discrétion.

– Que puis-je faire pour vous ?

– Eh bien voilà, il se trouve que j'ai besoin de faire développer des photos. Votre père a bien installé un laboratoire, non ?

– Oui, Papa y développe lui-même ses photos. Vous voulez le voir ?

– Oh ! non, je n'y connais rien. En revanche, j'ai ici une pellicule que je voudrais faire développer dès que possible. Pensez-vous en être capable ?

J'ai hésité. Je me suis améliorée, mais le résultat n'est pas encore parfait. Sa demande a tout de même l'air importante, on dirait bien que je suis son dernier recours.

– Bien sûr, mon Père. Donnez-la-moi, je vais faire de mon mieux.

– Merci, Élisabeth. Pourriez-vous, a-t-il poursuivi en baissant la voix, garder pour vous ma requête et ne montrer ces clichés à personne ?

– C'est promis. Vous pouvez compter sur moi.

Je lui ai tendu la main. Il m'a regardée droit dans les yeux et a sorti de la poche de sa soutane une petite boîte noire. Grand-mère est entrée dans la pièce à ce moment-là. J'ai vite attrapé la boîte et l'ai cachée dans la manche de mon gilet. Le père Lescure l'a remerciée pour son invitation et a pris congé.

Le soir venu, j'ai attendu que tout le monde soit endormi pour descendre à la cave. Je n'y étais pas allée depuis plusieurs semaines, le sous-sol n'est pas chauffé et bien que la pièce soit située sous la cuisine, il y fait très froid. J'ai relu toutes les notes que j'avais prises avec Papa et j'ai ouvert la précieuse pellicule de monsieur le curé. Pas question de rater ce développement. J'y ai passé une partie de la nuit mais j'étais fière du résultat. J'avais devant moi des portraits. Des enfants, des jeunes femmes, des hommes. De tous les âges. Parmi eux, j'ai reconnu les deux garçons qui vivent chez Claudius. J'ai refermé à clef la porte de la cave et je suis remontée me coucher une petite heure avant que Titine vienne me réveiller. Que signifient ces photographies ? On dirait des photos d'identité. Mais à quoi peuvent-elles bien servir ? Qui sont ces gens ? Pourquoi tant de secrets autour de cette pellicule ? Et surtout, que font Georges et François parmi ces portraits ? Plus j'y pense et plus je trouve leur présence chez les Borel étrange. Habituellement, les garçons de ferme ne viennent qu'en été pour garder les bêtes et donner un coup de main pour la moisson. Sont-ils restés chez eux à cause de la guerre ? Ou bien ne sont-ils pas ce que l'on croit ?

La sonnerie du téléphone interrompit Raphaëlle dans sa lecture. Elle ignora l'appel. Solange était bien la dernière personne à laquelle elle avait envie de parler en ce moment. Depuis l'enterrement de sa grand-mère, la jeune femme n'avait plus adressé la parole à sa mère. Et elle était complètement déstabilisée par ce qu'elle venait de découvrir. Elle la rappellerait un autre jour. Dehors, la nuit était tombée. Depuis combien de temps lisait-elle ? Elle n'avait pas vu l'heure tourner.

Son estomac émit un gargouillement. Elle se dirigea vers la cuisine et ouvrit le réfrigérateur. Vide, comme toujours. Il faudrait vraiment qu'elle fasse des courses, elle ne pouvait plus se contenter de commander des sushis dès qu'elle avait faim. Elle trouva un reste de fromage à tartiner qu'elle étala sur une tranche de pain. Elle remplit sa bouilloire. Pendant que l'eau chauffait, elle repensa à ce qu'elle venait de lire. Beaucoup d'informations se mélangeaient dans sa tête, et cette pause était plus que nécessaire. Pourquoi sa grand-mère n'avait-elle jamais évoqué ses années passées en Haute-Loire ? Comment avait-elle pu oublier de leur parler du Club des Petits Orteils, de sa petite sœur collée au siège des toilettes, de sa propre grand-mère au tempérament bien trempé, de Titine, des Borel, de Mademoiselle ; tous ces gens avec lesquels elle vivait au quotidien ? Et ce grand frère, Auguste, qui avait l'air d'un con arrogant, c'est à peine si elle connaissait son existence ! Tout cela n'avait aucun sens.

Elle avait l'impression de ne plus connaître sa grand-mère. Pourquoi tant de mystères ? Que leur avait-elle caché d'autre ? Curieusement, elle se sentait plus proche d'elle que jamais ; elle n'aurait pas soupçonné sa grand-mère de vouloir devenir médecin. Elle comprenait mieux sa fierté lorsqu'elle avait reçu son diplôme et pourquoi elle l'avait toujours soutenue.

La sonnerie du téléphone retentit à nouveau. Solange insistait, elle ne supportait pas qu'on ne se rende pas disponible pour elle. Raphaëlle savait déjà ce que sa mère lui dirait : après une longue série de jérémiades sur les formalités à gérer après le décès d'Élisabeth, elle entamerait son éternelle rengaine sur le fait qu'à bientôt quarante ans sa fille ferait mieux de chercher à fonder une famille plutôt que de se prendre pour Mère Teresa. Le monologue durerait une heure, sans que Raphaëlle puisse placer un mot. Elle subissait la méchanceté de sa mère depuis toujours mais, ce soir, elle n'en avait ni le temps ni la patience. Elle avait rendez-vous avec Lisette. Elle envoya une fois de plus

Solange sur répondeur et éteignit son portable. Elle se servit un grand mug de thé et, assise à la table de la cuisine, reprit sa lecture en avalant distraitement son maigre dîner.

Dimanche 16 mars 1941

J'ai demandé à Grand-mère si je pouvais descendre plus tôt au village afin de me confesser avant la messe. Bien entendu, elle a dit oui. Je suis partie à pied, en prenant la coursière. Bien que les températures soient encore fraîches, la neige avait presque totalement fondu. Cette petite marche à travers champs après des semaines à rester enfermée à l'intérieur du château m'a fait un bien fou. Sous mon chemisier, bien serrée contre ma poitrine, je tenais l'enveloppe dans laquelle j'avais glissé les photos du père Lescure. Je marchais d'un pas rapide sur le chemin perdu au milieu des bois. On n'y croise jamais personne, je n'étais pas sereine. Arrivée au village, je me suis dirigée vers l'église et j'ai attendu mon tour devant le confessionnal. L'attente commençait à être longue, quand la boulangère en est sortie. Elle devait en avoir des choses à raconter ! J'ai pris place sur le petit siège derrière le rideau, le cœur battant. Je m'étais confessée des dizaines de fois – après chaque petite bêtise, Grand-mère m'y a longtemps obligée – mais, cette fois, je ressentais, et j'ai un peu honte de me l'avouer, une certaine excitation. À travers la grille qui nous séparait, le père Lescure ne pouvait pas me voir, mais j'espérais qu'il reconnaîtrait ma voix.

– Bénissez-moi, mon Père, parce que j'ai péché.

Le père Lescure a eu un instant d'hésitation.

– Lisette, c'est vous ?

– Oui, mon Père. Je vous prie de m'excuser mais je me suis dit que c'était la manière la plus discrète de venir vous parler.

– Vous avez bien fait. Avez-vous réussi à développer les photos ?

– Oui, mon Père. J'ai tout mis dans une enveloppe. Je l'ai coincée sous le siège du confessionnal. Vous pourrez la récupérer quand je serai partie.

– Merci, Lisette. Votre aide nous est précieuse, vous n'imaginez pas à quel point.

– Qui sont ces gens, mon Père ?

– Je ne peux pas vous le dire.

– Mais j'en connais certains, comme les deux petits qui vivent chez les Borel. Pourquoi sont-ils sur les photos ?

– Lisette, je ne peux rien vous dire. C'est trop dangereux.

– Mon Père, pardonnez-moi d'insister, mais je vois bien que quelque chose se mijote dans le village. Je vous en prie, dites-moi ce qui se passe.

Le père Lescure respirait bruyamment de l'autre côté de la grille métallique du confessionnal.

– Bon, a-t-il fini par soupirer, tout ce que je peux vous dire, c'est que certains habitants de la région nous aident à protéger des gens.

– Comment ça ?

– Disons plutôt qu'ils nous aident à les cacher.

– Mais pourquoi ?

– Parce qu'ils sont juifs.

La dispute que j'avais surprise entre le boulanger et sa femme, la présence de Georges et François chez les Borel, tout commençait à s'éclairer.

– Et à quoi servent les photos ?

– Pour leurs papiers d'identité.

– Il y en a beaucoup ?

– Lisette, je ne peux rien vous dire de plus. J'aurais mieux fait de me taire. Je compte sur vous pour n'en parler à personne. Est-ce clair ?

Je lui ai promis que son secret serait bien gardé.

– Merci, Lisette. J'aurai certainement d'autres photos à faire développer de temps en temps. Je ne peux pas venir trop souvent à Fayolles, cela éveillerait les soupçons. Le facteur vous apportera les pellicules.

– M. Gatignol ?

– Lui-même. Vous le connaissez ?

– Comme tout le monde. Mais c'est Grand-mère qui récupère tout le courrier pour le lire avant de nous le remettre. Vous n'avez qu'à dire au facteur de cacher les pellicules dans le mur de pierre qui longe l'allée menant au château. La quatrième pierre est descellée et on peut y ranger de petits objets. Enfant, c'est là que je dissimulais mes trésors. Personne ne connaît cette cachette. M. Gatignol n'aura qu'à déposer une branche cassée sur le muret et je saurai que je dois y récupérer quelque chose.

– Merci, Lisette, je le lui dirai. Maintenant, sortez et dites un Pater et dix Ave. Personne ne doit se douter que vous ne vous êtes pas confessée.

Je suis allée m'asseoir dans la nef pour ma fausse pénitence et quelqu'un d'autre est entré dans le confessionnal avant que le père Lescure ait pu récupérer l'enveloppe. Je me suis agenouillée sur un prie-Dieu un peu en retrait, j'avais besoin de reprendre mes esprits. Mes jambes tremblaient, ce que m'avait confié le père Lescure me troublait. Jamais je n'aurais imaginé que les Borel hébergeaient des enfants juifs. En faisant cela, ils risquent gros. Quant à François et Georges, les pauvres, se retrouver séparés de leur famille aussi longtemps… Comme j'aimerais pouvoir les aider !

Au bout d'une dizaine de minutes, la personne a quitté le confessionnal. Le père Lescure en est sorti à son tour, a ouvert la partie réservée aux pénitents. Il m'a fait un signe de tête discret. J'avais accompli ma mission.

Dimanche 30 mars 1941

Je n'ai plus eu de nouvelles du père Lescure depuis nos échanges il y a quinze jours. Même ce matin, après la messe, c'est à peine s'il m'a saluée. Il avait l'air soucieux. D'habitude, il reste discuter longuement avec ses paroissiens sur le parvis, mais aujourd'hui il a disparu dans le presbytère. Tandis que Grand-mère faisait des messes basses – c'était bien l'endroit ! – avec le Dr Chatelard, Mademoiselle s'est avancée vers nous. Comme elle était jolie avec sa robe de laine bleue ! Pas étonnant que le docteur la dévore des yeux ! D'ailleurs, il n'est pas le seul ; un groupe d'hommes qui traînaient sur la place l'a sifflée en faisant des commentaires douteux. Parmi eux, Grand-mère a reconnu le neveu de Claudius.

– Ce Lucien est un rustre ! s'est-elle exclamée, outrée.

Le Dr Chatelard nous a raccompagnées à la voiture. Mademoiselle, mortifiée, a attrapé la main de Gisèle, elle avait les larmes aux yeux. Je me suis retournée, les hommes ricanaient et Lucien, visiblement énervé, tentait de les faire taire.

Lundi 7 avril 1941

En pleins préparatifs de la semaine sainte, Grand-mère a proposé au père Lescure de fournir du beau bois pour le feu pascal. Et comme à chaque fois qu'elle a une brillante idée, c'est moi qui dois m'en occuper. J'ai été de corvée pour aller chez les Borel et prévenir Claudius de descendre un stère de bois au presbytère.

Le cheval du père Lescure était attaché devant la ferme. Que faisait-il ici ? Claudius et Marie ne sont pas ses paroissiens, ils sont protestants. Je me suis faufilée dans l'étable jusqu'au box des veaux, la partie la plus chaude de la maison, m'avait expliqué Claudius, c'est pour cela que le fond des lits clos est également la paroi de l'étable, pour récupérer un peu de chaleur l'hiver. Je me suis avancée sans bruit dans la paille et j'ai collé mon oreille contre le mur de bois.

– Claudius, nous n'avons pas le choix, expliquait le père Lescure. Il faut trouver une solution. Le pasteur m'a dit que vous en aviez une.

– Oui, mais c'était avant que les Rousseau décident de rester à Fayolles.

– Dites-m'en plus !

– Bah, je pensais à la grande maison.

– La maison des invités ? Lisette m'en a parlé.

– Mais là, avec la vieille qui affiche partout son soutien au Maréchal, ça va pas être possible.

– Vous n'avez pas une autre idée ? D'après le pasteur, c'est urgent, il y en a plusieurs qui arrivent des camps. Des petits aussi. On ne peut pas rester sans rien faire, ce sont des enfants.

– J'sais bien. J'en ai déjà deux et j'ai placé tous ceux qu'j'ai pu, mais là, ça commence à faire beaucoup.

– Bon, merci quand même, Claudius. Je vais continuer à chercher. Dieu va entendre mon appel et nous venir en aide, j'en suis certain.

Dès que la voie a été libre, je suis sortie de ma cachette. Alors que j'allais quitter l'étable, j'ai senti une main se poser sur mon épaule. J'ai sursauté.

– Qu'est-ce que vous foutez là ?

C'était Lucien.

– Euh, je… Je voulais juste voir les petits veaux.

Je me sentais idiote. Il m'a raccompagnée dehors en m'expliquant que je n'avais pas le droit de venir seule dans l'étable. Je reste persuadée que c'est lui que j'ai aperçu sur la terrasse en pleine nuit, et je veux savoir pourquoi. L'occasion était trop belle, j'en ai profité pour lui poser la question, et là il s'est arrêté net. Il m'a attrapé le bras et l'a serré très fort.

– Ça vous regarde pas. Vous allez arrêter de fouiner partout sinon il va vous arriver des malheurs.

Je suis repartie en courant vers la maison. Lucien me fait peur. Je ne sais pas ce qu'il trafique mais je n'ai pas du tout confiance en lui. Tant pis pour le bois de Grand-mère, elle n'aura qu'à en parler elle-même à Claudius !

Dimanche 13 avril 1941

J'en ai assez qu'on me prenne pour une enfant ! Ça fait une semaine que j'essaie de parler au père Lescure et il continue de m'éviter. Alors j'y suis peut-être allée un peu fort mais Dieu me pardonnera, et puisque personne ne veut me laisser participer à ce qui se passe ici, je ne leur laisserai pas le choix.

J'ai attendu que Claudius et les petits soient sortis et j'ai frappé à la porte de la ferme. Marie m'a ouvert et m'a invitée à entrer.

– Lisette, que faites-vous ici ? Si vous cherchez Claudius, il ne sera pas là avant deux bonnes heures.

– Non, c'est vous que je viens voir.

– Ah !

– Je suis au courant pour François et Georges.

Marie a essuyé nerveusement ses mains sur son tablier.

– Ils ont fait une bêtise ?

– Non, je veux dire que je sais qui ils sont.

Marie a mis la main devant sa bouche pour étouffer un léger cri de surprise.

– Rassurez-vous, j'ai promis de ne rien dire, ai-je ajouté. L'autre jour, le père Lescure et votre mari, ils parlaient d'eux, n'est-ce pas ?

Marie jetait désormais des coups d'œil désespérés vers la porte, comme si quelqu'un allait arriver et la sauver de mon interrogatoire.

– Écoutez, c'est des histoires d'adultes. Retournez au château avec Gisèle et votre grand-mère. Restez en dehors de tout ça. C'est trop dangereux.

– Non, je ne partirai pas tant que je ne saurai pas.

Alors Marie m'a tout raconté.

Hier, après la veillée pascale, j'ai suggéré à Grand-mère d'inviter monsieur le curé à déjeuner. Il allait refuser quand je suis intervenue :

– Mon Père, vous évoquiez l'autre jour un problème d'hébergement avec Claudius. Je pense que cela intéresserait Grand-mère.

– Quel problème d'hébergement, mon Père ? a répliqué Grand-mère.

Monsieur le curé m'a regardée avec des yeux effarés.

– Rien de grave, a-t-il répondu à Grand-mère tout en me jetant un regard désespéré. Je serais ravi de venir partager votre repas demain midi.

Ce déjeuner pascal a été tout à fait divertissant. Je n'étais pas la seule à avoir organisé un traquenard : Grand-mère avait également convié le Dr Chatelard dont elle n'a cessé de vanter les mérites. Je vais tenter de restituer la scène.

– Mademoiselle, savez-vous que le docteur est un remarquable joueur de bridge ? Nous devrions faire une partie après le repas, qu'en dites-vous ?

Mademoiselle, gênée, tentait vainement de faire diversion en évoquant les projets du père Lescure. Mais ce dernier, voulant à tout prix éviter le sujet, allait dans le sens de Grand-mère et chantait à son tour les louanges de son cher ami le docteur. Un véritable vaudeville !

Lorsque le dessert est arrivé, lassée de voir l'échec de ses tentatives d'entremise, Grand-mère s'est rabattue sur le père Lescure.

– Alors, monsieur l'abbé, quel est ce problème d'hébergement dont parlait Lisette hier soir ?

Le père Lescure est devenu tout blanc et s'est mis à bafouiller, ne sachant que dire. Je suis venue à son secours.

– Saviez-vous, Grand-mère, que le père Lescure cherche une maison pour loger de petits orphelins catholiques ? Certains sont fragiles et l'air de la montagne leur ferait du bien. Mais il faudrait pour cela un endroit assez spacieux pour les accueillir. Vous qui connaissez beaucoup de monde dans la région, n'auriez-vous pas une idée ? Vos amis du château de Bellevue ont une ferme abandonnée, non ? Je suis sûre qu'ils accepteraient d'aider le père Lescure.

Je riais intérieurement. Le père Lescure semblait à deux doigts de s'évanouir. Mais je savais ce que je faisais. Grand-mère déteste la comtesse de Lorgeril et l'idée même qu'elle puisse briller plus qu'elle aux yeux du curé lui est insupportable.

– Mais enfin, pourquoi ne pas utiliser la grande maison ? Elle est vide ! Et bien plus confortable que la ferme de Bellevue ! Allez, c'est décidé. Mon Père, nous accueillerons vos petits orphelins. Je vous laisse vous organiser avec Titine et Lisette pour les détails pratiques.

Après le déjeuner, j'ai raccompagné le père Lescure à la grille. J'appréhendais sa réaction, je reconnais que j'y suis allée un peu fort. En même temps, il l'avait bien cherché. Quand comprendra-t-il que j'ai l'âge d'être responsable ?

Nous marchions sans dire un mot, quand il a finalement rompu le silence :

– Lisette, vous êtes une intrigante.

– Pardon, mon Père. J'ai essayé de vous voir toute la semaine, mais vous n'étiez jamais disponible. Je vous ai entendu discuter avec Claudius et je voulais vous aider.

– À vous entendre, on croirait que tout est simple. Au-delà des risques que vous prenez pour ces enfants, il va falloir les nourrir, les vêtir, s'en occuper. Forcément que vous ne vous en rendez pas compte, vous êtes si jeune, si idéaliste !

– Mon Père, je ne suis plus une enfant. Vous pensez que je n'ai pas déjà réfléchi à tout ça ? Marie Borel m'a tout raconté. Nous avons longuement pesé le pour et le contre, et elle pense la même chose que moi. S'il y a la moindre chance de sauver ces enfants, nous devons la saisir.

– Très bien. Laissez-moi tout de même réfléchir encore un peu. Je ne suis pas sûr que monter ce genre de projet avec une tête de bois comme vous soit une bonne idée.

J'ai fait mine d'être vexée, mais je savais que le père Lescure venait de me faire un joli compliment.

À mon retour, Titine m'attendait sur le perron.

– Enfin, Lisette, vous êtes tombée sur la tête !

– Je ne vois pas pourquoi, ces petits catholiques ont besoin de nous.

– Allez, arrêtez vos foutaises ! Des petits catholiques, et puis quoi encore ? Que votre grand-mère gobe vos sornettes, d'accord, mais vous me prenez vraiment pour une idiote ! Vous pensez que Marie ne m'a pas raconté ce que vous mijotiez ?

– Titine, on ne peut pas rester sans rien faire ! Ce sont des enfants.

– Mais vous vous rendez compte du danger que vous allez faire courir à tout le monde ? À Gisèle ? Surtout ne lui dites rien, elle ne doit pas savoir. Et puis ces gosses, il va bien falloir les nourrir. Vous croyez que je suis une magicienne ? Ah, dans quel pétrin vous nous mettez !

– Titine, il faut que tu nous aides. Sans toi, on n'y arrivera jamais !

Titine m'a prise dans ses bras.

– Lisette, vous êtes incorrigible. Je ne suis pas d'accord avec vous, mais vous vous doutez bien que je ne vais pas vous abandonner ; bien sûr que je vais vous aider.

Je lui ai collé un gros baiser sur la joue et elle a soupiré :

– Votre Maman aurait été fière de vous.

Samedi 19 avril 1941

M. Gatignol est passé ce matin. Il a déposé une lettre du père Lescure, qui m'invite, si je le souhaite, à venir me confesser demain. Le facteur m'a également fait remarquer que des branches étaient tombées dans l'allée. Sous la pierre creuse, j'ai effectivement trouvé une nouvelle pellicule à développer. La nuit va être courte.

Dimanche 20 avril 1941

Je pensais parler au père Lescure ce matin, mais Grand-mère m'a devancée ; elle voulait aussi aller se confesser. Ou plutôt faire la liste de ses bonnes actions. J'espère qu'elle ne se vantera pas trop d'accueillir des orphelins, il ne faudrait pas qu'elle attire l'attention sur nous. J'aurais dû y penser avant !

Les premiers enfants arriveront d'ici une quinzaine de jours. Après Grand-mère, d'autres personnes attendaient devant le confessionnal. À croire que les gens du coin sont vraiment de grands pécheurs ! Lorsque j'ai finalement pu m'entretenir avec monsieur le curé, il m'a dit :

– Lisette, accueillir ces enfants va vous demander beaucoup de courage. Ce n'est pas quelque chose à prendre à la légère, mais je sais que vous en êtes capable. Ces enfants devront être invisibles, tout en étant là. Vous comprenez ce que je vous dis ?

Je lui ai répondu qu'il n'avait pas besoin d'en dire plus. On comprend très bien avec le cœur.

Vendredi 25 avril 1941

Titine est de mauvaise humeur. Elle est contrariée que le père Lescure ait accepté notre proposition de mettre la grande maison à la disposition des enfants. Elle devait secrètement espérer qu'il refuse. Ça lui passera, je la connais. Elle se fait du souci pour nous ; depuis la disparition de Maman, elle est un peu comme une mère pour ma sœur et moi.

Mademoiselle a été mise dans la confidence car nous allons avoir besoin d'elle pour surveiller les enfants. Seules Grand-mère, Gisèle et Suzanne ne sont pas au courant de ce qui se trame, et ce n'est pas plus mal. C'est une manière de les protéger, d'éviter les gaffes. Au moins, elles seront crédibles pour défendre notre couverture officielle : Grand-mère sera parfaite dans son rôle de philanthrope sauveuse de pauvres petits catholiques orphelins !

Ces derniers jours, nous n'avons pas eu une minute. Mes leçons avec Mademoiselle ont été suspendues pour me permettre d'aménager la grande maison. J'en connais une qui aurait bien voulu en faire autant ! Mais Grand-mère a été catégorique :

Gisèle doit continuer à apprendre. Avec l'aide de Suzanne, qui ne comprend rien à ce qui se passe mais travaille toujours avec bonne grâce – et maladresse –, Titine et moi avons aéré les pièces, battu les matelas, balayé la poussière, lavé les draps et préparé les lits. Georges et François ont été réquisitionnés pour nettoyer les vitres avec les vieux journaux de Papa, entreposés dans la remise. Lucien nous a également aidés en réparant les volets cassés. Il a aussi apporté du bois qu'il a stocké dans l'arrière-cuisine ou encore fauché les herbes hautes du jardin. Il a même esquissé un sourire (une première !) quand Mademoiselle lui a servi un verre d'eau.

Monsieur le curé est venu nous rendre visite. Grand-mère était ravie de lui faire faire le tour du propriétaire. Il a été très impressionné par notre énergie et notre rapidité.

Claudius nous a promis de nous aider à nourrir les petits. Nous devrions recevoir des tickets de rationnement supplémentaires – le père Lescure aurait un contact à la mairie. Je n'en sais pas plus. J'ai bien compris qu'il valait mieux ne pas poser trop de questions...

Mardi 6 mai 1941

Ça y est ! Les deux premiers enfants sont arrivés. Éric et Sophie, un frère et une sœur, de onze et sept ans. Le père Lescure les a accompagnés un matin très tôt. J'avais développé leurs portraits, je les ai reconnus tout de suite. D'après monsieur le curé, leurs parents sont morts il y a quelques années et ils avaient été recueillis par leurs grands-parents. Mais avec toutes les mesures qui s'appliquent aux juifs, ils ont préféré les éloigner. On commence à entendre des histoires terribles, de nombreuses familles envoient leurs enfants en zone libre.

Nous les avons installés dans une chambre de la grande maison. Ils avaient l'air perdus, la fillette pleurait. Mais Gisèle a su briser la glace. Elle est allée chercher la poupée qu'elle avait reçue pour Noël et la lui a tendue. La petite a retrouvé le sourire. François et Georges, qui étaient là aussi, ont décidé d'élargir leur club. De trois, il passait à cinq Petits Orteils.

Pendant que les enfants faisaient connaissance, le père Lescure, Claudius et Lucien discutaient dans la cuisine. Quand je suis entrée, ils se sont tus, ce qui m'a vraiment agacée, et contre toute attente Lucien a pris mon parti.

– Bon, je pense qu'on peut lui faire confiance, non ? Élisabeth a montré qu'elle le méritait, alors à partir de maintenant on lui dit tout.

Le père Lescure m'a confié les papiers d'identité des deux petits. Les vrais… et les faux, ceux avec les photos que j'avais développées. Lucien m'a montré la cachette qu'il avait aménagée dans le manteau de la cheminée, un petit tiroir dissimulé par des motifs sculptés, où j'ai déposé les précieux documents.

Suzanne et Mademoiselle ont accepté de s'installer dans la grande maison pour veiller sur les petits. J'aurais voulu en faire de même mais, selon le père Lescure, il est plus prudent de rester dans le château et d'agir le plus naturellement possible. Surtout ne rien changer à nos habitudes de vie.

Nous attendons quatre autres enfants dans les jours à venir. Je ne réalise pas encore…

Mercredi 11 juin 1941

En arrivant à Fayolles, mon frère a remarqué que les volets de la grande maison étaient ouverts. Il s'en est étonné auprès de Grand-mère, qui lui a parlé des petits orphelins et de son nouveau rôle de bienfaitrice. Auguste n'a rien dit. Je pensais qu'il n'aborderait pas le sujet, jusqu'à ce qu'il me propose une marche digestive dans le parc après le dîner. J'aurais dû me méfier. À peine étions-nous arrivés au bord de l'étang, où personne ne pouvait nous voir ni nous entendre, qu'il a hurlé :

– C'est quoi cette histoire d'orphelins qui vont habiter ici ? Tu crois vraiment que c'est le moment d'accueillir des étrangers ? Tu connais la situation, non ? Qu'est-ce qui t'est passé par la tête ?

Ne sachant quoi répondre, j'ai gardé le silence, ce qui l'a encore plus énervé.

– Papa est au courant ?

J'ai fait non de la tête.

– Quand il saura ce que tu fais dans son dos, il sera hors de lui ! Tu peux préparer tes bagages, il va t'envoyer au couvent !

Il marchait nerveusement de long en large sur la berge.

– Et il y en a combien ? a-t-il repris.

– Six.

– Six enfants ? Et tu sais d'où ils viennent ? Tu es au courant que des juifs se cachent sous de fausses identités ? Tu imagines si l'un d'entre eux était juif et que ça se sache ? Tu es folle ! Complètement folle ! Je ne peux pas te laisser faire ça.

Il a levé la main, prêt à me frapper, quand, tout à coup, un gros chien noir a surgi d'un buisson. Pacha s'est approché, suivi par son maître. Jamais je n'aurais cru être aussi contente de voir Lucien. Il s'est avancé vers nous en disant qu'il avait entendu du bruit et pensé que c'était peut-être un rôdeur ou un braconnier. Il a tendu la main à Auguste.

– Je suis Lucien, le neveu de Claudius. Et vous, c'est Auguste, c'est ça ? Votre grand-mère parle souvent de son brillant petit-fils qui travaille au ministère.

Mon frère, qui n'a jamais résisté à la moindre flatterie, s'est calmé tout de suite. La nuit était tombée et nous sommes remontés vers le château. Je me suis enfermée à double tour dans ma chambre. Je n'ose pas imaginer ce qui se serait passé si Lucien n'était pas intervenu. Quel heureux hasard qu'il ait été là ! Mais était-ce vraiment un hasard ?

Vendredi 27 juin 1941

Je me doutais bien que les choses n'en resteraient pas là. Auguste a parlé à Papa, qui est venu en personne régler le problème, mais pas seul cette fois. Il avait invité son bras droit, le fameux Charles dont il ne peut plus se passer à l'usine. Lucien est allé les chercher à la gare avec la Traction Avant, ce qui, vu la difficulté à trouver de l'essence, m'a fait comprendre que la visite de « Monsieur Charles Duvernet » n'était pas une simple invitation de courtoisie. J'étais néanmoins curieuse de découvrir cet homme « extraordinaire », « brillant », « remarquable », dont Papa ne cesse de chanter les louanges. Quelle déception quand il est descendu de la voiture ! C'est un jeune homme tout à fait quelconque, ni grand ni petit, ni gros ni maigre, les cheveux châtains et les yeux marron. Totalement insignifiant. Grand-mère a demandé à Titine de sortir la belle vaisselle. L'entremetteuse qui sommeille en elle venait de se réveiller. Ses tentatives avec le Dr Chatelard et Mademoiselle n'ayant pas abouti, elle avait trouvé sa nouvelle cible. Et je ne pense pas me tromper en écrivant que je suis celle à qui est destiné ce benêt.

À peine étions-nous sortis de table que Papa a voulu me parler. Pendant que Grand-mère, Charles, Mademoiselle et Gisèle commençaient une partie de bridge dans le salon, je l'ai rejoint dans le fumoir. Il a fermé la porte derrière moi et m'a demandé :

– Qu'est-ce que c'est que cette histoire d'enfants hébergés à Fayolles ?

– Grand-mère m'a dit qu'elle vous avait demandé votre autorisation et que vous étiez d'accord.

– Elle m'a parlé d'orphelins catholiques qu'elle voulait recueillir le temps qu'ils se refassent une santé. Il était question qu'il y en ait deux ou trois, mais, d'après Mademoiselle, ils sont une douzaine. Que vas-tu faire pour les occuper toute la journée ? Combien de temps vont-ils rester ? Et qui va payer pour leur séjour ? Ce n'est pas un hôtel ici !

Je fixais mes pieds en silence, gênée.

– Franchement, tu me déçois, a-t-il repris. Je te pensais un peu plus responsable. Ton frère m'a appelé en catastrophe et je ne voulais rien faire avant d'avoir constaté par moi-même ce qui se passait ici. Maintenant j'exige que tu me dises la vérité.

J'ai hésité longuement. Je connais Papa, il refuserait de nous faire courir le moindre risque. Depuis la mort de Maman, il a tendance à nous surprotéger. Il aurait été facile de lui mentir pour le rassurer, lui promettre de renvoyer les enfants. Mais j'ai décidé de me comporter en adulte. J'avais pris cette décision en pleine conscience des conséquences potentielles et je voulais que Papa le comprenne et me soutienne.

– Auguste a raison sur un point : je ne vous ai pas tout dit, et je vous demande pardon. Le père Lescure cherchait un endroit pour mettre des enfants à l'abri, c'est moi qui lui ai proposé la grande maison.

Papa s'est pris la tête entre les mains.

– À l'abri de quoi ? Tu sais d'où ils viennent, qui ils sont ?

– Non, je ne sais rien. Et je ne veux surtout pas le savoir. Mais leur vie est en danger et si nous ne les aidons pas alors que nous en avons les moyens, qui le fera ? Ce ne sont pas des délinquants ni des voyous, juste des enfants. Certains sont plus jeunes que Gisèle et…

– Non mais tu te rends compte de tout ce que cela implique ? On n'est pas en train de jouer à la poupée !

– Papa, je ne suis plus une petite fille. Cette année ici m'a fait grandir. Nous ne rentrerons pas à Lyon, pas tant que la guerre ne sera pas finie, pas tant qu'il y aura des enfants à aider. Vous nous racontiez toujours que Maman était la première à s'occuper des autres. « Ce que vous ferez au plus petit d'entre les miens, c'est à moi que vous le ferez. »

– Allons, bon, ma propre fille qui me cite la Bible pour me convaincre d'enfreindre la loi. On aura tout vu ! Tu as pensé un peu aux risques que tu fais prendre à Gisèle et à ta grand-mère ?

– Elles ne sont pas au courant de tout. Vous savez, il y a plein de maisons d'enfants dans la région, ouvertes de façon tout à fait officielle.

– Et Claudius et son bon à rien de neveu vous ont aidés à aménager la maison ?

– Lucien n'est pas un bon à rien.

Papa s'est levé d'un bond et s'est dirigé vers la porte.

– Où allez-vous ? ai-je demandé.

– Je vais voir Claudius. Je le paie pour qu'il s'occupe du domaine et prenne soin de ma famille, pas pour garder les enfants des autres. Quant à ce Lucien, je vais aussi lui dire deux mots. C'est un vaurien et je n'aime pas le savoir dans les parages.

Papa a claqué la porte si fort que Charles est venu s'en inquiéter. Je suis montée dans ma chambre où j'écris pour me calmer. J'espère que les Borel ne vont pas avoir d'ennuis par ma faute.

Lundi 7 juillet 1941

Les choses ont fini par se tasser, mais cela n'a pas été simple. Nous avons tous dû batailler pour convaincre Papa de ne pas renvoyer les enfants sur-le-champ. Marie m'a rapporté la terrible dispute que Claudius avait eue avec lui. Mon père était très en colère, il a même menacé les Borel de les expulser de Fayolles. Claudius n'en menait pas large, mais il a réussi à garder son calme.

Pendant plusieurs jours, Papa a tourné comme un lion en cage. Depuis quand les autres prenaient-ils des décisions à sa place, dans sa propre maison ? Étions-nous devenus inconscients ? Était-il le seul à penser à notre sécurité ? Qui allait encore payer ? Nous étions tous attentifs à ses faits et gestes et faisions le maximum pour ne pas le contrarier. Grand-mère lui a expliqué que ce n'étaient que des enfants et que leur présence ne nous gênait en rien. Elle l'a même traité d'égoïste. Elle ne s'est pas regardée ! En réalité, elle ne supporterait pas de devoir annoncer au père Lescure que nous avons changé d'avis. Mais, au moins, elle est de notre côté.

Sur les conseils de Titine, nous avons courbé l'échine et attendu que passe la tempête. Chacune d'entre nous a eu droit à une leçon de morale bien frappée. Même Mademoiselle, que Papa a pourtant en haute estime, s'est fait réprimander. Elle était à deux doigts de perdre sa place. Titine a sans doute reçu la plus grosse salve de reproches : « Je vous faisais confiance », « Je vous ai confié ce que j'ai de plus précieux au monde », « Vous faisiez partie de la famille », « Quelle déception pour moi ». J'entendais tout à travers le mur, c'était très violent.

Depuis toute petite, j'ai une fâcheuse tendance à écouter aux portes. On m'a régulièrement réprimandée, « la curiosité est un vilain défaut », mais laisser traîner ses oreilles reste le meilleur moyen de se tenir au courant, surtout quand on est un enfant ou une femme.

Ce pauvre Charles qui accompagnait Papa s'est retrouvé dans un vilain panier de crabes ! Il n'a pourtant pas semblé s'en porter mal ; il est parti de longues heures se promener je ne sais où et n'est réapparu que pour les repas ou pour travailler avec Papa après le souper.

C'est Gisèle qui a fini par convaincre notre père. Nous étions sur la terrasse en train de prendre le café et Gisèle jouait aux dames avec lui. C'est leur petit rituel, après chaque déjeuner, ma sœur apporte le plateau de jeu et ils font trois parties : une première, puis la revanche et la belle. Gisèle, qui papotait en jouant, comme à son habitude, a demandé :

– Pourquoi voulez-vous que les enfants de la grande maison s'en aillent ?

Nous nous sommes tous crispés sur nos fauteuils.

– Qui t'a dit ça ? a répondu Papa en avançant son pion.

– Je vous ai entendus vous disputer avec Titine, répondit-elle en prenant un pion dans le camp adverse. Je vous mange !

– Ce n'est pas vraiment leur maison ici.

– Oui, mais ils n'ont plus de maison justement. Sophie, c'est mon amie. Son papa et sa maman sont morts. Et ses grands-parents sont tellement vieux qu'ils ne peuvent plus s'occuper d'elle et d'Éric.

– Je comprends. Mais, tu sais, Gisèle, ça demande beaucoup de travail de s'occuper de tant d'enfants.

– Et moi, quand Maman est morte, je vous avais vous. Et Lisette, et Titine, et Grand-mère, même si, elle aussi, elle est vieille.

Grand-mère a fait la grimace mais n'a pas relevé, elle a laissé Gisèle continuer.

– On est beaucoup ici, et puis on a du temps. Dame !

– Ça coûte cher aussi.

– Bah, on peut faire des économies. J'ai pas besoin de cadeaux pour mon anniversaire. Je préfère avoir Sophie avec moi. Elle est comme une petite sœur pour moi.

– Et la nourriture, tu y as pensé ? Déjà que Titine se démène pour vous trouver de quoi manger, tu imagines un peu la difficulté à nourrir tous ces enfants ?

– J'aime beaucoup la cuisine de Titine, mais on n'est pas obligé de faire tant de chichis. On peut manger des pommes de terre. À Fayolles, on a plein de fruits, de légumes. Et les œufs des poules.

– Tiens, je te pique ta dame pour la peine.

– Ah ! zut, je ne l'avais pas vu !

La partie a continué en silence. Papa semblait concentré sur ses pions, mais Gisèle avait fait mouche. Titine, Mademoiselle et moi nous nous sommes regardées en souriant ; la bataille était gagnée. Même Charles, qui n'a pourtant rien à faire dans cette histoire, m'a fait un clin d'œil. Un comble ! Pourvu que Grand-mère n'ait rien vu, sinon elle va se faire des idées.

À la fin de leur partie de dames, Papa est venu vers moi.

– Je suis d'accord, a-t-il dit. Mais, au moindre problème, c'est terminé, ils repartent. Et je ne veux plus de mensonge, promis ? Dès qu'il se passe quelque chose, je veux être au courant. Je vais augmenter les gages de Claudius pour qu'il prenne en charge tous ces enfants, et à partir de maintenant c'est Titine qui prend les décisions. Est-ce que c'est clair ?

J'ai sauté au cou de Papa. Je savais qu'il m'aiderait. Il m'a serrée fort dans ses bras et m'a murmuré à l'oreille :

– Ta sœur a beau être le portrait craché de ta mère, c'est toi qui lui ressembles le plus.

Il avait les larmes aux yeux.

Mercredi 16 juillet 1941

Quel travail de nourrir dix enfants ! Je n'aurais jamais cru qu'ils mangeraient autant. J'ai l'impression de passer mon temps à chercher de la nourriture. Les tickets de rationnement ne suffisent pas toujours à ravitailler la grande maison, l'épicerie est souvent en rupture de stock et nous devons trouver de quoi remplir le garde-manger.

Lucien m'a appris à faire de la bicyclette. J'ai passé des heures à arpenter l'allée jusqu'à ce que j'arrive à garder l'équilibre. Je pestais de ne pas progresser plus vite, mais il a été très patient avec moi. Depuis ma dispute avec Auguste, je le perçois différemment. Avant, je le prenais pour un paresseux, un grossier personnage, mais il nous a beaucoup aidées à installer la grande maison ces dernières semaines. Grâce à lui, j'ai fini par dompter mon vélo et je parcours désormais les routes du plateau pour faire la tournée des fermes. Avec l'argent que Papa nous a laissé, j'achète des provisions à prix d'or. L'autre jour, alors que je transportais trois douzaines d'œufs dans le panier de ma bicyclette, ma jupe s'est accrochée à la chaîne et je suis passée par-dessus le guidon. J'ai atterri sur la route, mes genoux saignaient, et mes œufs ont été transformés en omelette. J'en ai pleuré !

Gisèle est en vacances, Mademoiselle ne lui donne plus de leçons pour l'instant. Elle devait rentrer à Lyon à la fin de l'année scolaire mais, comme nous avons décidé de rester à Fayolles, Papa lui a proposé de revenir en septembre. Elle a préféré passer l'été ici. Quelle joie de l'avoir avec nous ! Elle nous aide tellement avec les enfants ! Pendant la journée, ils gardent les vaches dans les champs ou travaillent à la ferme avec Claudius. Son écurie n'a jamais été aussi propre et son potager est certainement l'un des plus beaux du plateau. Le soir, après le dîner, Mademoiselle s'assied dans le salon de la grande maison, tous les enfants s'installent autour d'elle et l'écoutent raconter des histoires. Pour ces gamins déracinés, Mademoiselle est une présence tendre et rassurante.

Vendredi 25 juillet 1941

On ne peut pas me reprocher d'être inactive. Je n'ai pas touché un livre depuis des semaines et, le soir, je tombe de fatigue. Mais je ne me plains pas, j'ai enfin trouvé un sens à mon existence. Gisèle aussi a beaucoup grandi ici. Le Club des Petits Orteils compte désormais quatorze membres et ma sœur a été élue présidente à l'unanimité. Cette joyeuse petite bande organise de grandes parties de cache-cache, va se baigner à l'étang, grimpe aux arbres, fait des batailles de pommes de pin. Fayolles n'a jamais été si plein de rires, alors que la période est de plus en plus sombre. Auguste m'a appelée pour m'informer des nouvelles mesures prises contre les juifs, il espère me faire peur. Apprendre que Papa nous laisse faire malgré ses mises en garde l'a mis en rogne. Ils se sont disputés et il a menacé de ne plus mettre un pied à Fayolles. Dans le fond, ça m'arrangerait bien de ne plus voir mon frère. Son attitude ne fait que conforter ma décision.

Mercredi 13 août 1941

Cela faisait un moment que le facteur n'avait rien déposé dans la cachette quand il est venu remettre un courrier à Grand-mère. Après l'avoir lu, elle s'est empressée d'écrire une réponse. Elle a donc obligé M. Gatignol à prendre une collation à l'office le temps qu'elle finisse de rédiger sa lettre.

En entrant dans la cuisine, j'ai tout de suite vu qu'il avait besoin de me parler. Je lui ai proposé de lui montrer les petits chats sauvages, nés il y a quinze jours dans la remise. Là, il m'a expliqué qu'il ne pourrait plus prendre les photos. Certaines fermes étaient très reculées, il ne pouvait pas gérer ces déplacements en plus de sa tournée habituelle.

– Ça devient louche. Et l'appareil est gros dans ma besace, ça se voit. J'ai un petit garçon, vous comprenez, ma femme ne veut pas qu'il nous arrive malheur si jamais je me faisais prendre.

M. Gatignol avait l'air embêté. Sans photos, pas de papiers. Il fallait trouver une solution au plus vite. Je n'ai pas réfléchi longtemps.

– Je vais m'en occuper. Je parcours déjà des kilomètres à vélo chaque jour pour chercher de la nourriture, personne ne s'étonnera de me voir arpenter la région.

– J'en parlerai à monsieur le curé.

Le lendemain, il y avait dans la cachette une liste de noms et de fermes. Je l'ai apprise par cœur et je l'ai brûlée dans la cuisinière. « On n'est jamais trop prudent », comme le répète Titine. J'ai demandé à Grand-mère de me laisser partir pour la journée afin de faire quelques jolies photos de paysages pour mes albums. Pas très emballée au début, elle a fini par céder. Suzanne m'a préparé un pique-nique que j'ai glissé dans ma besace avec mon appareil, et je suis partie aussitôt. J'avais trois maisons à visiter, dont une dans le village. J'en ai profité pour faire un saut à la pharmacie et acheter de la décoction de plantes. Grand-mère a toujours mal à l'estomac. Depuis que Titine cuisine son pain, elle en mange beaucoup trop et elle a des gaz terribles. Qu'est-ce que ça nous fait rire avec Gisèle !

Les deux autres fermes sont assez éloignées, j'ai pédalé longtemps avant d'arriver. Ma mission accomplie – j'ai même réussi à acheter une grosse motte de beurre –, je me suis arrêtée pour capturer quelques images des champs de blé. Vers Saint-Agrève, j'ai dû me tromper d'embranchement et je me suis perdue. J'ai fait demi-tour, mais j'avais déjà pris beaucoup de retard. La fin de l'après-midi approchait, je m'étais mise à pédaler deux fois plus vite quand j'ai roulé sur un morceau de métal. Mon pneu a crevé. J'ai continué mon chemin à pied en poussant mon vélo. Je voyais déjà la tête de Grand-mère, les sourcils froncés, le regard dur – elle ne me laisserait certainement plus sortir seule –, Titine m'attendre à la grille et Gisèle qui refuserait d'aller se coucher tant que je ne serais pas rentrée. La nuit commençait à tomber et, soudain, une lumière derrière moi a éclairé le chemin. Des phares de voiture. Le véhicule m'a dépassée avant de s'arrêter un peu plus loin. Deux hommes en sont sortis. Des gendarmes ! J'ai serré ma besace contre moi et j'ai continué d'avancer vers eux d'un pas assuré. En réalité, mon cœur battait si fort que j'avais l'impression qu'on pouvait l'entendre.

– Qui êtes-vous ? Que faites-vous toute seule dehors à cette heure-ci ? a demandé l'un des deux gendarmes.

Quelle idiote, je n'avais pas pensé à emporter mes papiers d'identité ! J'ai essayé de sourire.

– Je prenais des photos et je me suis perdue. Ma famille doit s'inquiéter.

Je sentais la motte de beurre qui suintait à travers le tissu de mon sac. Croiraient-ils que je faisais du marché noir ? Et s'ils m'arrêtaient ? S'ils découvraient le contenu de mon appareil photo ? De grosses gouttes de sueur commençaient à me couler dans le dos. Le plus âgé m'a demandé :

– D'où venez-vous ?

– De Fayolles.

– Le domaine de Fayolles ? Mais c'est que c'est pas tout près, dites-moi ! Vous devez être une des petites du château. Je connais bien Claudius, il gagne tous les ans le concours du plus beau porc à la foire régionale. Allez, montez, on vous ramène.

Avant que j'aie le temps de dire quoi que ce soit, il a attrapé ma bicyclette, l'a mise à l'arrière de la voiture, m'a fait asseoir à côté et nous sommes partis. Pendant tout le trajet, j'ai eu droit à une leçon de morale sur les dangers de sortir seule quand on est une jeune fille, sur le vélo qui devrait être réservé aux hommes et sur la place des femmes aujourd'hui : elles feraient mieux de rester à la maison. Je gardais la tête basse, silencieuse, espérant qu'ils ne verraient pas l'énorme tache de gras qui marquait désormais ma jupe.

Depuis le haut de l'allée, j'ai aperçu les lumières du château qui brillaient dans la nuit. Tout le monde devait veiller en attendant mon retour. Lorsque nous nous sommes arrêtés devant la grille, Grand-mère et Titine sont sorties sur le perron en criant :

– La voilà, la voilà !

Gisèle a couru vers moi, pieds nus, en chemise de nuit, alors que les gendarmes me faisaient descendre de la voiture. Puis Titine s'est approchée de moi et m'a enveloppée dans le grand châle qu'elle ne quitte jamais le soir. Les gendarmes, voyant combien j'allais me faire disputer, ont dit :

– C'est qu'un pneu crevé, c'est pas de sa faute.

Titine leur a souri et, en guise de remerciement, leur a offert une bouteille de calvados de Papa.

C'était sa dernière et il n'est pas près de pouvoir s'en procurer, cela va le mettre dans tous ses états. Mais les gendarmes étaient tellement contents qu'ils sont vite repartis. Titine m'a accompagnée dans ma chambre avant de refermer la porte derrière nous. Elle m'a serrée dans ses bras en me disant combien elle avait eu peur.

– Vous auriez pu vous faire prendre ! Quand je ne vous ai pas vue revenir, j'ai imaginé le pire.

J'ai tenté de la rassurer :

– C'était un simple accident de bicyclette, tout va bien. La prochaine fois, je partirai moins loin.

– La prochaine fois ? Mais il n'en est pas question. Fini les excursions !

– Mais… et mes photos ?

– Allez, à d'autres. Je sais que votre petite balade n'avait rien à voir avec votre passion pour la photographie.

J'ai vu à son regard que Titine connaissait la vérité. Pas la peine de nier.

– Comment tu l'as compris ?

– On ne vous a donc jamais appris à détruire des preuves ?

– Si, justement. J'ai tout mis au feu.

– Eh bien, vous auriez dû vérifier que votre papier avait bien brûlé. J'en ai retrouvé une partie en ouvrant le poêle.

On ne peut décidément rien lui cacher !

Je me suis mise au lit après avoir avalé le bouillon que Suzanne m'avait monté, mais impossible de dormir. J'ai encore le cœur qui bat la chamade.

Titine a raison ; j'ai été négligente. Que se serait-il passé si les gendarmes avaient fouillé mon sac ? J'ai mis en danger les enfants que nous gardons ici. Je commence à comprendre les craintes de Papa. Ai-je eu tort de nous lancer dans cette aventure ? C'était la seule chose à faire mais, pour la première fois, j'ai peur de ce qui pourrait nous arriver.

Vendredi 15 août 1941

En sortant de la messe ce matin, nous sommes tombées sur les deux gendarmes. Titine a raison, je vais devoir me montrer plus discrète et me faire oublier quelque temps.

– Messieurs, merci d'avoir ramené ma petite-fille saine et sauve, a dit Grand-mère.

Pendant qu'elle leur exposait combien il est difficile d'éduquer les jeunes filles de nos jours, j'observais Lucien, en pleine conversation avec une femme de l'autre côté de la place du village. À mes côtés, Mademoiselle ne les quittait pas des yeux. Quand Lucien l'a aperçue, il a soulevé sa casquette et lui a fait un signe de la tête. Mademoiselle n'a pas répondu. Elle a tourné les talons et est rentrée à pied.

Hier, en allant me confesser avant l'Assomption, j'ai raconté au père Lescure ma mésaventure avec les gendarmes. Lui aussi est d'accord, nous ne devons prendre aucun risque. Il va trouver une autre solution pour les photos.

Deux adolescents de la grande maison seront placés comme garçons de ferme à quelques kilomètres d'ici. C'est une bonne nouvelle ; ils avaient du mal à s'entendre avec les autres et se battaient souvent. Cela commençait à peser sur l'ambiance générale, chacun prenant parti pour l'un ou pour l'autre, le Club des Petits Orteils était à deux doigts de la scission ! Pourvu que tout se passe bien pour eux. J'espère qu'ils ne se feront pas remarquer ; attirer l'attention est bien la dernière chose dont ils ont besoin. Je ne peux pas m'empêcher de me faire du souci.

Jeudi 21 août 1941

Une nouvelle pensionnaire un peu spéciale est arrivée. Elle n'a que quatre ans ! Sa mère aurait été emmenée à Rivesaltes. Le père Lescure ne pouvait pas garder une enfant si jeune avec lui, et trouver une famille d'accueil dans un délai si court relevait de l'impossible.

Les premiers jours de Simone dans la grande maison n'ont pas été faciles. La petite ne dit pas un mot. Elle reste près de la fenêtre toute la journée à attendre en tenant dans la main un foulard tout effiloché. La première nuit, elle s'est réveillée en hurlant. Mademoiselle s'est précipitée auprès d'elle dans la chambre des filles. Simone était inconsolable, elle a crié toute la nuit et personne n'a réussi à dormir. La même scène s'est reproduite la nuit d'après et encore la suivante. Quand les enfants sont dans les champs et que la grande maison est vide, Simone ne me quitte pas d'une semelle. Nous avons donc pris la décision de la laisser dormir au château. Grand-mère ne s'en est même pas rendu compte ! Chaque soir, elle se blottit contre moi dans mon lit et je caresse ses cheveux jusqu'à ce qu'elle s'endorme. C'est une solution temporaire, mais l'important est qu'elle prenne confiance et trouve de nouveaux repères. Elle est si petite…

Mercredi 27 août 1941

Comme l'an dernier, nous avons participé à la moisson. Tous les enfants de la grande maison ont été réquisitionnés. Ces quelques jours passés à ramasser les foins avaient des airs de colonie de vacances. Gisèle est métamorphosée. Titine avait toutes les peines du monde à lui faire avaler quoi que ce soit quand nous vivions à Lyon. Aujourd'hui, au grand dam de Grand-mère, persuadée qu'une jeune fille se doit de picorer comme un moineau, elle mange comme quatre et a de belles joues roses.

Le premier matin, Lucien est arrivé avec sa faux accrochée autour de la taille. Mademoiselle, qui encadrait les enfants, ne lui a pas accordé un regard. Depuis l'Assomption, ils ne s'adressent plus la parole, et Lucien, qui avait pourtant pris l'habitude de venir passer ses soirées dans la grande maison, avait pour ainsi dire disparu.

Vers midi, nous nous sommes reposés à l'ombre d'un grand arbre. Simone, toujours collée à moi, accepte de laisser son foulard sous mon oreiller et ne le récupère plus que pour dormir. C'est déjà un beau progrès. Elle ne parle toujours pas mais sait se faire comprendre. Elle me tire par la main quand elle veut que nous allions quelque part, fait un « non » catégorique de la tête lorsqu'elle n'est pas d'accord, et ses yeux ronds comme des billes en disent plus que de longues paroles !

Les femmes nous ont rejoints pour le déjeuner. Titine et Suzanne avaient préparé de grandes omelettes aux pommes de terre que nous avons dévorées. L'épouse de Claudius était accompagnée d'une jeune femme dont le visage ne m'était pas inconnu. Où l'avais-je vue ? Tandis que je creusais dans le fond de ma mémoire, la scène m'est revenue à l'esprit : la femme qui discutait avec Lucien sur la place du village. Mademoiselle faisait une tête de six pieds de long, je n'étais visiblement pas la seule à l'avoir reconnue !

– Je vous présente Agnès, ma filleule, a dit Marie en adressant un coup d'œil à Lucien.

Personne n'a remarqué l'air gêné de son neveu, qui affûtait sa faux avec beaucoup plus de concentration que nécessaire, ni les yeux noirs de Mademoiselle qui, prise d'un mal de tête soudain, a préféré rentrer se reposer. Je suis restée avec les enfants pour ramasser les gerbes de paille. Il faudra d'ailleurs que je demande à Titine si elle n'a pas un remède miracle contre les ampoules, je peux à peine tenir mon stylo ! « C'est le métier qui rentre », me rassure Claudius. Je vais tenter de me fabriquer des gants dans les chutes de cuir du grenier.

Le retour à la ferme était joyeux, comme toujours. Bien installés en haut du tas de foin tiré par les bœufs, les enfants chantaient à pleins poumons. Même Simone arborait un large sourire.

Dans la grande maison, Suzanne, seule dans la cuisine, ramassait les morceaux de l'assiette qu'elle venait de faire tomber. Au rythme où Suzanne casse la vaisselle, on ferait mieux d'avoir des auges en bois, sinon nous n'aurons bientôt plus rien.

– Mademoiselle est déjà couchée, m'a-t-elle prévenue.

J'ai demandé aux petits d'aller se débarbouiller avant le dîner, puis je suis montée au premier étage. En collant mon oreille à la porte de sa chambre, j'ai perçu des sanglots étouffés. Je n'ai pas osé frapper. Que lui arrive-t-il ?

Mardi 9 septembre 1941

Au souper, Mademoiselle a évoqué la reprise des leçons. Gisèle, qui a pris goût à la liberté des dernières semaines – elle se passe volontiers des versions latines – a protesté.

– Ce n'est pas juste ! Pourquoi je devrais travailler et pas les enfants de la grande maison ?

– Gisèle, tu obéiras à Mlle Vantadour, a dit Grand-mère sur un ton sec.

Un peu plus tard dans la soirée, Titine finissait de ranger la vaisselle quand Mademoiselle a demandé à me parler.

– Gisèle a raison. Pendant l'été, il était facile d'occuper tous ces enfants. Mais qu'allons-nous faire s'ils restent ici tout l'hiver ? Il va bien falloir qu'ils aillent à l'école.

Je reconnais que je n'y avais pas pensé. Il y a bien une école au village, mais nous n'avions jamais évoqué avec le père Lescure l'éventualité d'y inscrire les enfants. Il m'avait recommandé la plus grande discrétion, et déplacer une dizaine de gosses deux fois par jour ne me semblait pas prudent. Titine a donné un coup de coude à Mademoiselle.

– Allez-y, dites-lui votre idée !

– Lisette, a dit Mademoiselle, que penseriez-vous de monter une école ? Je suis professeure, je pourrais faire la classe. La grande maison deviendrait en quelque sorte un pensionnat.

– Mais où est-ce que vous voulez installer la salle de classe ? Toutes les pièces de la grande maison sont occupées.

Titine, qui frétillait d'excitation, répondit à sa place :

– Mais dans la grange du château, évidemment ! Elle ne sert à rien, à part stocker de vieilles charrettes hors d'usage. La pièce est immense, on aurait tout à fait la place pour mettre des tables.

– Et où trouver le mobilier ?

– Je suis sûre que Claudius nous aidera. Pas besoin de pupitres. De grandes tables en bois et des rondins suffiront.

Je ne savais quoi penser de cette idée saugrenue. J'imaginais surtout la tête de Papa quand j'aurais à lui annoncer que nous allions ouvrir une école à Fayolles. Pas sûre qu'il saute de joie. Et mon aventure avec les gendarmes m'a bien refroidie. Est-il nécessaire de faire plus que ce que nous faisons déjà ? De prendre plus de risques ?

Je dois y réfléchir.

Cela fait maintenant une heure que je suis dans ma chambre, à peser le pour et le contre, pendant que Simone dort dans mon lit. Je vais la rejoindre. La nuit porte conseil.

Vendredi 26 septembre 1941

Titine et Mademoiselle avaient réussi à me convaincre. Mais c'était sous réserve de l'accord de Papa. Lorsque je lui ai présenté ce projet, il l'a curieusement bien pris. De toute façon, maintenant qu'il y a moins à faire à la ferme, il fallait bien occuper les enfants. Et depuis, c'est le branle-bas de combat ! Ces dernières semaines, chaque seconde a été utilisée pour mettre en place l'école de Fayolles. Voilà pourquoi je n'ai pas pu écrire.

Le père Lescure, emballé par l'idée, nous a aidées à trouver du matériel, notamment un gros stock de papier, qu'il a récupéré via le propriétaire d'une ancienne papeterie. Grand-mère a donné à Claudius l'autorisation de couper plusieurs arbres afin d'en faire des meubles.

À l'annonce de l'ouverture de l'école, les enfants ont explosé de joie. Leur gaieté faisait plaisir à voir, mais leur enthousiasme s'effacera lorsqu'ils devront plancher sur des problèmes de géométrie. Mademoiselle s'est enfermée dans sa chambre pendant des jours pour préparer ses cours. Pendant ce temps,

Titine, Suzanne, Marie, Gisèle, tous les enfants et moi avons vidé la grange, balayé, briqué, transporté des rondins, fabriqué des étagères. Le résultat est assez hétéroclite, mais les enfants auront un vrai endroit pour apprendre.

Claudius et Lucien ont été incroyables. En plus de leur travail à la ferme, ils ont trouvé le temps de fabriquer un magnifique bureau pour Mademoiselle et trois grandes tables de travail pour les élèves. L'installation terminée, Claudius est venu me voir, l'air embarrassé. Il tripotait nerveusement son chapeau, ce qui ne lui ressemble pas du tout.

– J'me demandais si… Si Georges et François pouvaient eux aussi v'nir à l'école. Ils ne font pas partie de la grande maison mais…

– Claudius, n'en dites pas plus ! l'ai-je coupé. C'est d'accord. En plus, Gisèle sera ravie.

Je ne peux pas écrire davantage – bien qu'il y ait tant à dire sur cette nouvelle aventure –, j'ai promis à Simone de lui lire une histoire.

Mardi 7 octobre 1941

Mademoiselle a demandé aux enfants de se mettre par binômes pour préparer un exposé sur l'automne. Éric a proposé à ma sœur de faire équipe, et Sophie l'a très mal pris. Gisèle et elle se sont disputées, elles ne s'adressent plus la parole. Elles ont même demandé à ne plus être assises l'une à côté de l'autre dans la classe. Décidément, faire régner l'harmonie entre tous ces petits caractères se révèle complexe ! Mais il y a déjà tellement à faire que gérer les états d'âme de chacun n'est pas vraiment ma priorité.

La semaine prochaine, j'accompagne Claudius à la foire aux bestiaux où il doit acheter un cochon. Je vais emmener Simone. Gisèle sera certainement jalouse, tant pis ! Je suis sûre que ça amusera la petite.

Quels changements depuis son arrivée ! Jour après jour, elle reprend confiance. Pendant que les enfants étudient, elle s'installe dans un coin de la grange et joue en silence avec des briques de bois. Cela me permet de souffler un peu. Elle est tellement attachante, avec ses grands yeux verts qui ont vu tant de malheurs.

Mercredi 22 octobre 1941

Depuis hier, Simone a des symptômes identiques à ceux de Gisèle l'an dernier. Allons-nous revivre le même cauchemar ? Elle se plaint de maux de ventre et vomit le peu qu'elle mange. Le Dr Chatelard, dépêché au château, a eu l'air inquiet. Il lui a donné un traitement mais, pour l'instant, celui-ci ne fait pas effet.

Je retourne au chevet de Simone, elle m'appelle.

Jeudi 23 octobre 1941

L'état de Simone s'est aggravé. Ce matin, ses membres étaient raides, son bras droit ne bougeait plus, elle était brûlante de fièvre et avait des difficultés à respirer. Titine et moi attendions dans le salon avec Grand-mère, qui récitait son chapelet en silence. Quand le docteur est redescendu, il avait le visage grave :

– C'est la poliomyélite.

– Mon Dieu ! s'est écriée Grand-mère en secouant la tête.

Titine a essuyé une larme. J'ai lu des choses terribles sur cette maladie dans un des livres que le docteur m'avait prêtés, c'est une infection très grave qui attaque les nerfs des enfants, certains finissent paralysés. Où a-t-elle pu l'attraper ? À la foire aux bestiaux ? Avais-je été négligente ? Et les autres enfants, risquent-ils d'être contaminés ?

– Que devons-nous faire, docteur ? ai-je demandé.

– Mettre Simone en quarantaine.

Seules Titine et moi aurons désormais le droit de la voir. Il ne lui faudra aucun contact avec l'extérieur tant qu'elle sera malade.

Samedi 1er novembre 1941

Cette année encore, nous n'avons pas pu nous recueillir sur la tombe de Maman, réalisée avec des pierres venues de Haute-Loire qu'elle aimait tant. De loin, rien ne les distingue des pierres de construction ; ce n'est que quand on les regarde de près qu'on découvre de minuscules paillettes de lumière qui leur donnent cette couleur indéfinissable. Après sa mort, Papa nous emmenait au cimetière chaque dimanche, mais nous avons espacé les visites, elles nous causaient trop de chagrin. Avant de nous installer à Fayolles, nous nous y rendions toujours à la Toussaint. J'aurais aimé pouvoir y aller ce matin.

Je pense à Maman tous les jours. Surtout en ce moment. Depuis que Simone est arrivée, je découvre une nouvelle sorte d'amour ; ce sentiment d'avoir une autre vie entre mes mains.

Son état ne s'améliore pas. Elle a toujours beaucoup de fièvre, malgré les compresses d'eau fraîche que je pose sur son front brûlant. Elle reste allongée dans mon lit, incapable de bouger son petit corps chétif. Elle semble chaque jour plus frêle. J'arrive à lui donner quelques cuillerées de bouillon, c'est à peine si elle a la force de les avaler. Elle entrouvre parfois les paupières ; j'aperçois alors ses yeux brillants, où je lis la fatigue et la douleur. Je voudrais prendre son mal. Retrouver la petite fille qui commençait à sourire. Je me sens si seule, si impuissante. Je prie.

Jeudi 13 novembre 1941

Simone est morte.

Simone est morte.

Simone est morte.

Même en le voyant écrit noir sur blanc sur ce carnet, je n'arrive pas à y croire.

Malgré les efforts du docteur et les soins que nous lui avons apportés nuit et jour, elle n'a pas survécu. C'est tellement injuste ! On ne peut pas mourir à quatre ans !

– Dieu l'a rappelée à Lui, m'a dit Grand-mère.

Comment est-ce possible ? Qu'est-ce que c'est que ce Dieu qui tue les enfants ? Je me sens tellement inutile. À quoi bon nous acharner ?

Depuis ce matin, elle repose dans le parc du château, au pied d'un grand chêne. Nous n'avons pas voulu prendre le risque de l'enterrer dans le cimetière du village : le décès d'une enfant attire toujours l'attention. Le père Lescure était là, ainsi que tous les enfants de la grande maison. Nous les avons réunis hier soir dans la salle à manger pour leur annoncer la nouvelle. Certains ont pleuré, d'autres ont gardé le silence. Mademoiselle et moi sommes restées jusqu'à une heure avancée pour tenter de répondre à leurs questions. Personne n'a bien dormi cette nuit. Le passage de notre petite Simone à Fayolles aura été court, mais elle fait partie de notre famille. Nous ne l'oublierons pas.

Mercredi 19 novembre 1941

Comment la vie peut-elle continuer comme si rien ne s'était passé ? Chaque matin, le soleil se lève et chaque soir il se couche. L'école a repris et les rires des enfants retentissent à nouveau dans la grande maison. Ils se disputent, se réconcilient, font des batailles de pommes de pin dans le bois en poussant de grands cris. Moi, je ne peux pas. Je me sens vidée. Je n'ai plus la force de continuer.

Le froid est tombé d'un coup, vif, violent, et nous engourdit dès les premières heures de la journée. Je ne me réchauffe plus. Mon corps semble glacé de l'intérieur.

Les enfants aussi souffraient du froid. La grange qui accueille la classe n'était pas chauffée et il devenait impossible de s'y tenir pour travailler. Lucien a récupéré un vieux poêle qu'il a réparé et installé au centre de la pièce. Nous avons réorganisé les tables pour que chacun puisse profiter d'un peu de chaleur et les enfants peuvent à nouveau étudier.

C'est vraiment gentil de la part de Lucien ; depuis cet été, nous ne l'avions presque plus vu. Et avec tout ce qui s'est passé, j'avoue m'être à peine aperçue de son absence. Pourquoi s'est-il ainsi mis à l'écart ? Se serait-il disputé avec Mademoiselle ? Impossible, elle m'en aurait parlé. Et pourquoi réapparaît-il ainsi pour nous aider ? Décidément, le neveu de Claudius est difficile à cerner.

Vendredi 19 décembre 1941

Moins d'une semaine avant Noël.

Je me réjouissais tellement de cette fête autrefois… « Autrefois » ? Je parle comme si j'étais une vieille dame ! Ces dernières semaines m'ont semblé durer des années. J'ai l'impression d'avoir vieilli d'un coup.

Je ne suis plus retournée à la messe depuis la disparition de Simone. À quoi bon prier un Dieu qui s'en prend aux plus petits ? Grand-mère a essayé de me faire changer d'avis, et le père Lescure lui-même, inquiet de ne plus me voir à l'église, est venu me parler.

– Lisette, est-ce que tout va bien ? Votre grand-mère m'a informé que vous ne souhaitiez plus pratiquer votre foi.

– Je continuerai la mission à laquelle je m'étais engagée, pour les enfants, mais je ne vais plus me rendre à l'église.

Contrairement à ce que j'imaginais, il n'a pas cherché à me convaincre.

– Moi aussi, j'ai connu des périodes de doute. Il n'appartient qu'à vous de suivre votre propre chemin vers Dieu. Je serai là si vous en ressentez le besoin.

Ses mots ont résonné en moi et, pour la première fois depuis le décès de Simone, j'ai réussi à trouver le sommeil.

Même si je n'ai pas le cœur à la fête, les enfants de la grande maison sont très excités par ce premier Noël à Fayolles. Ils ont entendu parler du sapin que nous avions décoré l'an dernier, et ils ont décidé, à leur tour, d'en installer un dans la grande maison. Au terme de deux jours de discussions et de promenades dans le bois, ils se sont tous mis d'accord sur l'arbre qui serait digne de trôner dans la pièce commune. Hier matin, comme il n'y avait pas classe, Claudius les a accompagnés avec sa hache et c'est tout fiers qu'ils sont remontés en portant sur leurs épaules le beau sapin qu'ils avaient choisi. Je n'ai pas résisté à l'envie d'immortaliser ce drôle de cortège. Mon appareil photo dormait dans mes affaires depuis ma mésaventure avec les gendarmes.

À la maison, les enfants ont décoré le sapin tout l'après-midi. Titine leur avait dégoté de vieux rouleaux de papier peint qui traînaient dans le fond d'un placard. Ils les ont découpés en larges bandes qu'ils ont assemblées en guirlandes colorées. Suzanne avait cuisiné des petits biscuits à accrocher, comme nous l'avions fait l'an dernier. Je vais d'ailleurs prévoir un réassort ; le nombre de décorations sur le sapin a sérieusement diminué ! Comme si de petites souris gourmandes venaient se régaler pendant la nuit. Les enfants mangent pourtant à leur faim, mais les sucreries sont rares et ces petits gâteaux sous leurs yeux, c'est une tentation à laquelle il est difficile de résister !

Avant le dîner, je passe toujours leur rendre visite. Ce soir, ils étaient tous réunis avec Mademoiselle dans le salon devant leur bel arbre de Noël.

– On vous attendait pour l'inauguration.

Un escabeau était installé près du sapin. Sophie s'est avancée vers moi et m'a tendu quelque chose. C'était une étoile en papier mâché un peu tordue, peinte maladroitement, sur laquelle était inscrit « Simone ». Émue, je suis montée sur l'escabeau et, tout en haut de cet arbre décoré par des enfants qui n'ont rien, j'ai accroché la plus jolie de toutes les décorations. Je n'ai sans doute pas réussi à protéger Simone, mais, de là-haut, elle veille maintenant sur nous tous.

Une larme coula le long de la joue de Raphaëlle et vint s'écraser sur le journal de sa grand-mère, marquant le papier d'une tache humide. Elle repoussa le précieux carnet et attrapa le rouleau de Sopalin oublié sur la table de la cuisine. Elle en détacha une feuille pour essuyer ses yeux mouillés d'émotion. La disparition de la petite Simone l'avait profondément touchée. C'était tellement injuste ! Elle aussi, lors de son internat, avait été confrontée à la perte d'un tout jeune patient. C'était un garçon d'à peine six ans, décédé après des mois d'hospitalisation. Ses parents vivaient loin et ne pouvaient rester près de lui autant qu'ils l'auraient voulu. La jeune interne était rapidement devenue pour ce petit malade bien plus qu'un simple médecin. Elle avait passé des nuits entières à ses côtés, ne comptant pas ses heures, à prendre sa température, vérifier ses constantes, lui lire des histoires pour essayer quelques minutes de lui faire oublier sa maladie. Elle était absente lorsque le garçonnet s'était éteint. Elle s'était accordé quelques jours de vacances, les premiers depuis des mois. Elle était partie un week-end dans un couvent en Bretagne, coupée du monde, pour prendre une respiration, se reposer. Ce n'est qu'à son retour à l'hôpital qu'elle avait appris la nouvelle. L'état de son petit patient s'était aggravé d'un coup et il était décédé. Raphaëlle s'en était terriblement voulu. Aurait-elle pu le sauver si elle avait été présente ? Était-elle responsable de sa mort ? Pourquoi était-il parti à ce moment-là ? Elle avait sombré dans une profonde dépression. Pour la première fois, elle avait eu envie de tout abandonner. À la lecture du journal de sa grand-mère, tout lui était revenu en mémoire : l'incompréhension, la culpabilité, la colère.

– Ce sont les étapes normales du deuil, lui avait expliqué le psychologue que son chef de service l'avait obligée à rencontrer.

« À quoi bon nous acharner ? » Les mots du journal de Lisette faisaient écho en elle. Elle avait pensé la même chose. Pourtant, Élisabeth avait su trouver les paroles justes pour lui redonner la force de continuer. Elle se sentit plus proche encore de sa grand-mère. Elle avala une gorgée de son thé désormais froid, se moucha une dernière fois et reprit sa lecture.

Jeudi 25 décembre 1941

Hier soir, je suis retournée à l'église. Je ressens toujours de la colère, mais cette messe de Noël, ma préférée, m'a apaisée. Je n'ai pas communié ; c'est encore trop tôt. Papa avait insisté pour prendre exceptionnellement la voiture. Il a eu raison. Le froid était cinglant et les quelques mètres qu'il nous a fallu parcourir à pied pour rentrer au château ont été terribles.

Personne n'a eu la force de rester veiller comme nous le faisons habituellement. Nous sommes tous montés nous coucher.

Ce matin, Grand-mère, fatiguée, a préféré garder la chambre. Ses forces ont beaucoup diminué. Le climat rude du plateau est difficile à supporter pour une personne de son âge habituée au confort de la ville. Nous avons donc décidé de fêter Noël dans la grande maison. Auguste n'est pas avec nous cette année, ça tombe bien ! Il a été invité à passer les fêtes dans la famille d'une jeune fille qu'il fréquente depuis plusieurs mois mais qu'il n'a toujours pas demandée en mariage. Grand-mère n'en peut plus d'attendre.

– Auguste devrait se décider, l'ai-je entendue dire à Papa. Elle va lui passer sous le nez !

Dans la salle à manger de la grande maison, les enfants prenaient leur petit-déjeuner. La porte du salon était fermée et l'on sentait l'agitation des petits, impatients de découvrir le contenu de leurs sabots soigneusement alignés devant le sapin depuis la veille au soir. Les Borel, accompagnés de leurs deux petits protégés et de Lucien, sont entrés dans la pièce, et une fois que nous avons tous été réunis Mademoiselle a ouvert la porte.

Cette année, pas de bicyclette ni de jolie poupée. Pourtant, ce Noël restera certainement l'un des plus beaux que j'aie jamais vécus. Les enfants poussaient des cris de joie à la vue des objets sculptés disposés dans leurs souliers. J'ai tout de suite reconnu le travail de Claudius et de Lucien qui, chaque soir pendant la veillée, s'appliquaient à fabriquer sifflets et petits chevaux de bois. Il y avait aussi des sucres d'orge entourés de papier coloré, que Papa avait réussi à se procurer. Mademoiselle a trouvé dans sa chaussure un magnifique bracelet de bois ciselé. Tandis qu'elle l'enfilait à son poignet, le visage de Lucien a viré au rouge tomate. Nous avons passé la matinée dans un joyeux brouhaha. Titine a apporté de grands verres de lait dans lesquels nous avons trempé les biscuits qui décoraient le sapin avant d'aller voir Grand-mère et de préparer notre déjeuner. Papa et moi n'avons pas tardé à la rejoindre, laissant la petite troupe attaquer la construction d'une immense tour avec des briques de bois.

– Ça fait du bien de prendre l'air, a dit Papa en s'avançant vers le rebord de la terrasse.

Je me suis assise à côté de lui sur la pierre glacée. Papa n'est pas un grand bavard, sauf quand il s'agit de parler de son usine. Nous sommes restés silencieux quelques minutes avant qu'il reprenne la parole.

– Ma Lisette, je suis fier de toi, de ce que tu accomplis ici. Depuis cet été, tu as beaucoup changé et je suis heureux de voir la jeune femme que tu es devenue. La vie ici n'est pas tous les jours facile, surtout avec l'isolement et le sale caractère de Grand-mère.

Nous avons échangé un sourire.

– Tu as eu raison de me tenir tête.

Alors qu'il ne le fait jamais, par pudeur sans doute, il m'a prise dans ses bras. Quel merveilleux Noël !

Vendredi 2 janvier 1942

Lors de la veillée du nouvel an, j'ai tenu compagnie à la femme de Claudius qui avait à son tour pris froid. Lucien et Mademoiselle, dont les relations semblent à nouveau au beau fixe, avaient organisé une petite fête dans la grande maison. Tous les meubles du salon avaient été poussés contre les murs et Titine, cette magicienne, avait cuisiné des roulés à la confiture et un énorme gâteau au chocolat. Bon, c'était plutôt une sorte de pâte de cacao étrange mais personne n'a fait le difficile ! J'ai réussi à en sauver une petite part pour Marie.

Lucien, muni de son accordéon, et un de ses amis qui avait apporté son violon ont joué des chansons de la région. Je ne lui connaissais pas ce don de musicien ! Les enfants chantaient, dansaient, sautaient dans tous les sens, sous la surveillance de Claudius et de Mademoiselle.

Quand je suis arrivée chez les Borel, Marie a voulu se lever de son lit clos, mais je ne l'ai pas laissée faire. J'ai remis une bûche dans la cheminée avant de m'asseoir près d'elle. Je me sentais bien, loin des tumultes de la fête, dans cette petite ferme éclairée par la seule lueur du feu. Là, nous nous sommes parlé de femme à femme.

– Je regrette de ne pas avoir eu d'enfant. On a recueilli Lucien à la mort de ses parents, c'est comme un fils pour moi. Et Georges et François aussi, mais ils devront repartir un jour pour retrouver leurs parents. Les enfants, on les reçoit, on les aime, et puis un jour ils partent et on reste seul.

– Mais Lucien ne va pas partir ! Il y a un projet de mariage avec votre filleule, non ?

Marie m'a regardée, surprise.

– Comment vous savez ?

– C'est la boulangère qui me l'a dit.

– Ah ! Quelle commère celle-là !

Nous nous sommes moquées de cette pipelette enfarinée et Marie a repris :

– J'espère qu'ils se marieront. Ils se connaissent depuis toujours, et Agnès est une gentille fille, travailleuse et honnête. C'est Lucien qui tarde à se décider. Quel idiot !

Le retour de Claudius et des deux garçons a signé pour moi l'heure du départ. J'ai souhaité à tout le monde une bonne année et j'ai pris congé.

Alors que je marchais vers le château, la lune éclairant mes pas, j'ai aperçu de la lumière par la fenêtre de la grande maison désormais silencieuse. Je me suis approchée doucement et ce que j'ai vu m'a sidérée ! Lucien tenait Mademoiselle dans ses bras et l'embrassait sur la bouche. Leur baiser était tellement fougueux que Grand-mère en aurait fait une attaque si elle avait été là !

Jeudi 8 janvier 1942

Le Dr Lescure est passé tout à l'heure avec une horrible nouvelle : il y a plusieurs cas de tuberculose dans la région et les quatre enfants des Rioufol en sont morts. Leur maison n'est qu'à quelques kilomètres d'ici, en lisière de forêt, mais à cause des congères de plusieurs mètres qui se sont formées, ils n'ont pas pu prévenir le médecin à temps.

Le Dr Lescure nous a demandé d'être prudents, d'éviter, dans la mesure du possible, de nous rendre au village et de ne pas hésiter à l'appeler au moindre rhume. Nous n'avons rien dit aux enfants. Ils se remettent à peine du décès de Simone et ils connaissaient bien les petits Rioufol ; ils participaient à la moisson et venaient régulièrement assister aux leçons de Mademoiselle, du moins quand la météo le permettait.

Pourvu que personne ne tombe malade, je ne le supporterais pas.

Jeudi 5 février 1942

Grand-mère a le cafard. Elle tourne en rond à la maison et se morfond. À Lyon, elle recevait beaucoup, organisait de somptueuses réceptions ; elle avait la réputation d'être une excellente hôtesse. Forcément, en comparaison, la vie que nous menons ici est moins excitante. Parfois, pour lui remonter le moral, je la rejoins dans sa chambre, elle ouvre sa boîte à bijoux et, en essayant ses sublimes parures désormais inutiles, me raconte les magnifiques soirées auxquelles elle avait l'habitude de participer : la visite de l'ambassadeur, le dîner chez le maire de la ville, le bal annuel qu'elle parrainait au profit des nécessiteux... Je les connais par cœur. À l'évocation de ces souvenirs, les yeux de Grand-mère brillent et j'imagine qu'elle replonge quelques années en arrière.

Elle a certes un tempérament de cochon, mais c'est aussi ce que j'aime chez elle. Elle rouspète pour un rien, pinaille pour le moindre détail, accorde trop d'importance aux apparences, est persuadée d'avoir raison sur tout. Son étroitesse d'esprit la rend souvent risible. Mais elle est, à sa manière, une femme forte : elle sait ce qu'elle veut et fait tout pour l'obtenir. Et, depuis la mort de Maman, elle a toujours été là pour nous.

Je vois bien qu'elle se fatigue de plus en plus. Il ne nous reste plus beaucoup de temps pour profiter d'elle.

Mercredi 18 février 1942

Que les journées me semblent longues ! La nuit tombe si tôt, et ce froid qui nous tient au corps... Les nouvelles qui nous arrivent de Paris ne sont pas réjouissantes. Les mesures contre les juifs se multiplient et je ne sais pas jusqu'où cela peut aller. Lucien semble dire que c'est pire que ce qu'on peut imaginer, mais je n'imagine rien. Je suis fatiguée. Je rêve de prendre un bain bien chaud, de me promener dans les rues animées de Lyon. Ma vie d'avant me manque, elle me semble si loin, presque irréelle. Comme j'aimerais revenir en arrière, que tout soit comme avant !

J'ai reçu une lettre de Monique, cela faisait plusieurs mois qu'elle ne m'avait plus écrit, ou que ses lettres ne sont pas arrivées, il est de plus en plus difficile de communiquer, même en zone libre. Elle abandonne l'école d'infirmières ; elle va se marier avec un cousin éloigné qui a vingt ans de plus qu'elle. Un homme sans intérêt, que j'avais rencontré à l'occasion d'une partie de bridge organisée par ses parents il y a maintenant un siècle. Avec sa drôle de barbichette, on aurait dit une chèvre. Et voilà que Monique se réjouit de l'épouser ! Dans sa lettre, elle détaille le grand appartement dans lequel ils s'installeront, la robe de mariée qu'elle est en train de faire coudre et les difficultés qu'elle a à organiser un mariage en temps de guerre. Que s'est-il passé ? Comment ma meilleure amie peut-elle avoir abandonné tous ses projets pour suivre un homme ? Plus le temps passe, plus je réalise combien j'ai moi aussi évolué. Jamais je ne renoncerai à ce que je veux pour un homme. La guerre a tout changé.

Mardi 10 mars 1942

Les enfants ont tellement grandi pendant l'hiver que leurs vêtements ne leur vont plus. Titine, Mademoiselle et moi avons d'abord tenté de les rapiécer, de retourner les chaussettes pour les faire durer plus longtemps, de récupérer la laine des vieux pulls pour la retricoter, mais nous avons atteint les limites du possible. Il nous fallait de nouveaux vêtements. Je ne voulais pas demander à Papa de nous envoyer du tissu, il fait déjà tant pour nous. J'aimerais lui montrer que je sais me débrouiller sans son aide. Si surprenant que cela puisse sembler, c'est Grand-mère qui nous a apporté la solution.

Un soir, au salon, tandis que nous évoquions nos souvenirs, Grand-mère a dit :

– Autrefois, toutes les fenêtres de la maison étaient parées d'horribles rideaux à fleurs. Heureusement, ta mère, Lisette, avait bon goût. Quand elle a vu ça, elle s'est empressée de tout remplacer par de magnifiques étoffes.

À ces mots, le visage de Titine s'est éclairé. Un peu plus tard, elle est montée au grenier et est revenue avec plusieurs paires de ces atroces rideaux. Un affreux motif, certes, mais des mètres de tissu qui nous seraient bien utiles.

Chaque enfant a désormais droit à une prise de mesures et à la confection d'une nouvelle tenue un peu trop grande afin que les vêtements lui durent plus longtemps. Comme ils sont amusants avec leurs sabots de bois et leurs pantalons, chemises et robes assortis ! Dans la doublure de chaque vêtement, une poche discrète a été cousue ; monsieur le curé a laissé sous-entendre que certains pourraient partir bientôt et qu'il faudrait cacher leurs papiers. La grande maison n'est qu'un lieu de passage pour eux, en attendant d'être placés ailleurs ou de quitter la France. Mais, cet hiver, il n'y a pas eu de départs.

Nous avons trouvé un certain équilibre. Malgré les inévitables petites disputes du quotidien, dans l'ensemble, l'ambiance se révèle harmonieuse. Après plus de trois mois sans s'adresser la parole – je ne savais pas ma sœur aussi têtue –, Gisèle et Sophie se sont enfin réconciliées.

J'ai peur que les départs à venir ne déséquilibrent notre routine.

Mardi 24 mars 1942

– M. Gatignol s'est cassé la jambe, nous a annoncé le père Lescure dimanche à la sortie de la messe.

– Et qui va m'apporter mon courrier ?

Grand-mère, aux cent coups, n'avait qu'une préoccupation en tête. Toujours elle, son nombril et ses petits problèmes !

Même si Gatignol ne prenait plus les photos, sa tournée l'amenant régulièrement à Fayolles, il continuait à déposer les pellicules dans la cachette. Il va donc falloir trouver un nouveau moyen de les récupérer sans que cela paraisse suspect.

Je m'en sors vraiment bien avec le développement des photos. Heureusement que Papa avait du matériel d'avance, car j'en consomme beaucoup. Il ne s'est pas encore rendu compte que j'utilisais autant son laboratoire, mais je vais bientôt devoir le lui avouer. J'ai vu certains des faux papiers donnés aux enfants que nous cachons, on dirait des vrais. Même le tampon officiel est parfait. Le père Lescure doit avoir un complice au sein de la mairie, c'est évident. Cela expliquerait aussi comment il réussit à nous procurer des tickets de rationnement supplémentaires…

Lundi 13 avril 1942

Aux dernières nouvelles, Papa ne pourra pas venir nous voir comme il l'espérait. Un de ses amis, de passage dans la région, m'a déposé une lettre de lui ce matin. L'usine marche à plein régime. Apparemment, il a d'importantes commandes de tissu de l'armée et envisage de céder des parts à Charles, le mollusque qui lui sert de bras droit. Après tout, pourquoi pas ? Si cela lui permet de lever un peu le pied et d'arrêter de penser en permanence à son travail.

À part ça, le père Lescure était chez M. Gatignol pour s'enquérir de l'état de sa jambe. Ils réfléchissaient ensemble à un moyen de continuer à me faire parvenir les pellicules quand une petite voix est sortie de sous la table :

– Moi, je peux le faire.

C'était André, le fils de M. Gatignol. Ce petit malin a l'habitude de laisser traîner ses oreilles un peu partout.

– Je pourrais déposer vos pellicules dans la cachette, a-t-il ajouté.

Monsieur le curé m'a raconté que M. Gatignol s'était fâché. S'il n'avait pas été bloqué au lit avec sa jambe cassée, son fils se serait certainement pris une belle raclée. Le gamin a répliqué :

– Personne ne fait jamais attention aux enfants ! Et puis j'ai l'habitude d'accompagner Papa dans sa tournée, tout le monde me connaît. Faites-moi confiance, moi aussi, je veux vous aider.

Le père Lescure et le facteur ont demandé à André d'aller faire un tour pour qu'ils puissent discuter tranquillement. Ils ont fini par s'entendre : André prendra la relève le temps que son père se remette sur pied.

Vendredi 22 mai 1942

Mademoiselle est resplendissante, jamais je ne l'avais vue aussi heureuse. Avec la fin de l'hiver et la fonte de la neige, de nouveaux élèves des fermes environnantes sont arrivés et il a fallu prévoir des tables et des rondins supplémentaires pour les accueillir.

Depuis quelque temps, elle part chaque soir se promener dans le parc, soi-disant pour se vider la tête après une longue journée d'enseignement. Elle dupe peut-être les autres mais pas moi ! Comme par hasard, Lucien emmène Pacha faire un tour exactement à la même heure, en passant par l'autre entrée du bois.

Je suis un peu déçue par son attitude. Quand elle s'est installée au château, nous passions beaucoup de temps ensemble, mais, depuis que je les ai vus s'embrasser, c'est comme si je n'existais plus. Entre l'école et la grande maison à gérer, c'est à peine si nous avons l'occasion de discuter. Elle passe tous ses moments de libre avec Lucien. D'abord Monique, maintenant Mademoiselle, les hommes font-ils tourner la tête de toutes les femmes en les empêchant de penser aux autres ? Si c'est ça, je préfère rester seule. Grand-mère sera déçue mais tant pis.

Hier, alors que Mademoiselle se hâtait vers la porte d'entrée, je lui ai dit :

– J'irais bien me dégourdir les jambes. Est-ce que je peux vous accompagner dehors ?

Elle est devenue toute rouge. Qu'est-ce que je riais intérieurement ! Au même instant, Grand-mère m'a appelée et j'ai dû renoncer à cette balade nocturne. Mademoiselle est partie, soulagée. Titine, qui avait assisté à la scène, m'a fait un clin d'œil.

– Vous êtes une vilaine coquine, Lisette.

Je vois que je ne suis pas la seule à avoir compris ce qui se passe entre notre professeure et le neveu de Claudius.

Mercredi 17 juin 1942

Il n'y aura pas de casse cette semaine, notre maladroite Suzanne est partie rendre visite à sa famille à une vingtaine de kilomètres de Fayolles. Titine se retrouve seule à gérer le château et je l'aide comme je peux.

Hier matin, à sa demande, je suis allée chercher de l'eau à la pompe. Pendant que je remplissais le broc, André Gatignol a dévalé l'allée. Il pédalait comme un dératé et s'est précipité vers moi :

– Les gendarmes... vite... partir...

Il était essoufflé et je ne comprenais pas ce qu'il disait. Je lui ai donné à boire.

– J'étais en train de jouer sur la place du village, a-t-il dit après avoir repris sa respiration, et les gendarmes sont venus s'installer au café. Ils parlaient fort et ils buvaient l'horrible piquette du Café du Centre. Ils disaient qu'ils allaient faire des visites de contrôle dans la journée dans plusieurs fermes de la région.

– Merci, André. Rentre au village et fais comme si de rien n'était.

Après son départ, j'ai senti une bouffée de panique m'envahir, comme la fois où les gendarmes m'ont récupérée sur la route. Je me suis précipitée chez les Borel pour prévenir Claudius. Lucien, devant l'écurie, apportait de la paille fraîche aux veaux, je lui ai tout raconté. Nous avons décidé d'évacuer les enfants.

En nous voyant débarquer dans la classe, Mademoiselle a immédiatement compris qu'il se passait quelque chose de grave. Lucien, pour ne pas inquiéter les petits, a fait le pitre :

– Regardez-moi ce beau temps ! Qui a envie de travailler avec ce soleil ? Allez, Mademoiselle, laissez-moi emmener les gosses, on ira ramasser du p'tit bois et des pommes de pin.

Mademoiselle a accepté, sous les cris de joie des enfants. Chacun est allé prendre sa besace et un vêtement chaud avant de retrouver Lucien à l'entrée du bois cinq minutes plus tard. Pendant ce temps-là, Titine, que j'avais alertée, a découpé de grosses tranches de pain qu'elle leur a distribuées. Lucien a reçu deux saucissons et un torchon contenant un grand fromage et un couteau. Il a haussé les sourcils, l'air surpris.

– Dites-moi, Titine, vous êtes une magicienne ou quoi ?

– S'il y a une chose que j'ai apprise, c'est qu'il faut toujours être prêt à partir.

En à peine dix minutes, tous les enfants étaient équipés pour cette escapade imprévue qui leur permettait d'échapper à une leçon de grammaire.

Lucien a lancé un dernier regard à Mademoiselle avant de s'enfoncer avec eux dans la forêt.

Gisèle ne saisissait pas pourquoi elle n'avait pas été autorisée à les accompagner et devait continuer à travailler quand les autres s'amusaient. Elle est montée dans sa chambre en pleurant et a claqué la porte si fort qu'un morceau de plâtre s'est décollé du mur ! Oui, ce n'est pas juste, mais nous ne pouvons pas lui dire la vérité. Un jour, elle saura tout et elle comprendra.

Nous nous sommes forcées à reprendre nos activités de la journée le plus naturellement possible, même si aucune d'entre nous n'était sereine. Titine a brûlé la soupe qu'elle était en train de préparer. Du jamais-vu. Pour ma part, je me suis postée tout en haut de la tour pour guetter à travers la lucarne l'arrivée des gendarmes.

Claudius, mis au courant par sa femme à son retour des champs, nous a rejointes tout de suite. Nous avons partagé notre inquiétude, mais il n'y avait rien d'autre à faire que patienter. Après le dîner, Titine, Mademoiselle et moi attendions dans la grande maison quand, vers vingt-deux heures, nous avons entendu du bruit. Nous nous sommes précipitées dehors. La joyeuse troupe, les besaces chargées de pommes de pin et les joues rosies par cette belle journée au grand air, était de retour. Après avoir avalé un bol de soupe chaude, ils sont allés se coucher sans bruit ni chahut.

– On s'est avancés loin dans la forêt, nous a dit Lucien. Mais y avait personne.

Je suis soulagée, ce n'était qu'une fausse alerte. Mais la prochaine fois, les gendarmes pourraient venir à Fayolles. Nous ne devons rien prendre à la légère.

Ce matin, je suis descendue au village pour savoir si les gendarmes avaient arrêté des juifs. Sur la place, devant la fontaine, il y avait du monde, comme toujours. C'est un endroit stratégique quand on veut des informations ; tout le monde vient remplir un broc d'eau, se rafraîchir, donner à boire à son cheval ou à son chien. Je n'ai pas été étonnée d'apercevoir André Gatignol, qui jouait aux osselets avec une bande de gamins. Je lui ai fait un petit signe auquel il a répondu par un hochement de tête. Je suis ensuite passée voir la boulangère. Pour une fois, la boutique était déserte. J'ai acheté une vilaine boule de pain et j'en ai profité pour aborder, l'air de rien, le sujet des gendarmes qui étaient attablés au café la veille.

– Ah ! bah, voilà encore une belle bande d'ivrognes, ceux-là ! Toute la journée au café à boire comme des éponges en fanfaronnant ! C'est pas tombé dans l'oreille d'un sourd tout ça : chou blanc, qu'ils ont fait hier !

Dans le village, tout le monde se méfie des gendarmes. Ils sont obligés d'obéir aux ordres, et les descentes dans les fermes et les maisons des alentours sont de plus en plus fréquentes. D'après Lucien, ils reçoivent des directives très strictes comme celle d'arrêter tous les juifs. Mais pourquoi parlent-ils si fort ? Ils ne sont sûrement pas aussi saouls que veut bien le dire la boulangère. En tout cas, pour l'instant, leurs visites dans les fermes ne donnent rien.

Espérons que cela dure, nous sommes tous sur le qui-vive. Cela fait quelques semaines que je ne dors que d'un œil. Je m'attends à tout moment à recevoir une visite des gendarmes et j'en perds le sommeil. Je suis à bout.

Lundi 6 juillet 1942

Auguste est arrivé samedi pour trois semaines. Quel enfer ! Je ne comprends pas pourquoi il est venu, à part pour se faire mousser auprès de Grand-mère et m'inciter à fermer la grande maison.

Les enfants sont en vacances, Mademoiselle ne leur fera plus classe jusqu'en septembre. Pour les occuper, Claudius leur fait garder les vaches et les moutons dans les prés. Ils partent au lever du jour en petits groupes et emmènent les bêtes dans les pâturages. Ils ne rentrent qu'à l'heure de la traite. Nous faisons en sorte qu'ils restent le plus possible éloignés de la maison tant que mon frère est là. Moins il les verra, mieux ce sera pour tout le monde.

Un peu plus tôt dans la journée, j'ai surpris une conversation entre Auguste et Grand-mère qui se croyaient seuls sur la terrasse. Je lisais dans le salon, ils ne pouvaient pas me voir, mais leurs paroles me parvenaient distinctement par la fenêtre ouverte. Auguste annonçait à Grand-mère qu'il avait fait sa demande.

– Enfin ! a crié Grand-mère.

Le père de la jeune fille, un préfet, avait donné sa bénédiction. Mon frère semblait si fier ! Sa promotion si rapide n'est sûrement pas uniquement le fruit de son travail acharné. Et toutes ces choses qu'il devrait ignorer… J'y vois plus clair désormais.

Auguste a l'air préoccupé. Il voudrait passer du temps avec moi, certainement pour se faire pardonner, mais je n'arrive pas à oublier notre dispute de l'année dernière. Son regard noir et son bras prêt à me frapper. Je fais tout mon possible pour esquiver le moindre tête-à-tête avec lui.

Quel dommage que Papa n'ait pas pu venir ! Son travail à l'usine le retient une fois de plus à Lyon.

Vendredi 10 juillet 1942

Quelque chose se prépare, et c'est suffisamment grave pour qu'Auguste renonce à ses vacances et rentre sur-le-champ à Vichy.

Ce matin, le téléphone a sonné. Qui se permettait d'appeler avant neuf heures ? La sonnerie a réveillé Grand-mère, et nous allions subir sa mauvaise humeur toute la journée.

Depuis le palier du premier étage, j'ai entendu Auguste parler dans le combiné.

– Oui, je comprends. Bien sûr, je prends le prochain train. Je serai à Vichy dans la journée de demain. Merci de m'avoir prévenu.

Après avoir raccroché, il est monté préparer sa valise. Je l'ai rejoint dans sa chambre.

– Tu t'en vas ?

– Oui, j'ai reçu un appel de mon futur beau-père. Il me conseille de rentrer immédiatement à Vichy.

– Pourquoi ?

– Je n'en sais pas plus. Tout ce qu'il m'a dit c'est : « Les choses s'accélèrent. »

Je suis restée immobile, interloquée. Mon frère s'est avancé vers moi et m'a regardée droit dans les yeux.

– Lisette, je sais que tu ne me fais pas confiance, mais là, il faut que tu me croies. L'heure est très grave. Je ne veux pas qu'il vous arrive quelque chose. Quand je te dis de faire machine arrière, c'est pour ton bien.

Maintenant qu'il est parti, je n'arrête pas de repenser à ses mots. « Les choses s'accélèrent. » Qu'est-ce que cela peut bien signifier ? Les enfants doivent-ils partir ? Faut-il que j'en parle à Lucien ? Je suis très inquiète.

Mardi 21 juillet 1942

Je discutais avec Mademoiselle dans le jardin de la grande maison quand nous avons aperçu la voiture à cheval du Dr Chatelard qui avançait dans l'allée. Grand-mère, qui déteste les visites à l'improviste, ne rentrerait pas avant la fin de l'après-midi. Elle avait été invitée à bridger chez des amis, à quelques lieues d'ici. Mademoiselle a fait signe au docteur, qui nous a rejointes. Le père Lescure était avec lui. Ils avaient l'air grave.

Plus tard, assis autour d'une tasse de thé, ils nous ont fait part de leur inquiétude. Grâce à l'une de ses relations, prêtre dans une paroisse parisienne, le père Lescure a appris qu'il se passe des choses terribles à Paris. Peu d'informations circulent, mais des centaines de juifs auraient été enfermés dans un bâtiment et emmenés dans des autocars. Le père Lescure n'en sait pas plus et il nous a demandé de redoubler de vigilance ; la situation devient trop dangereuse, les enfants devront probablement s'en aller. Il faut nous préparer.

Une fois le père Lescure et le Dr Chatelard repartis, les mots de mon frère me sont revenus à l'esprit. Je commence à douter. Auguste aurait-il tenté, à sa manière, de nous aider ? Je ne sais plus quoi penser. Quand nous étions enfants, il se montrait protecteur avec moi, ne me laissant jamais rien faire, de peur que je ne me fasse mal. Cela avait fini par m'agacer et donner lieu à de nombreuses disputes. La mort de Maman n'avait rien arrangé. Auguste prodiguait sans cesse son avis sur mon éducation, ce que je pouvais ou ne pouvais pas faire, sur mes fréquentations. Seuls quatre ans nous séparent, et c'est comme s'il avait toujours voulu régenter ma vie. Nous n'avons pas les mêmes opinions, pas la même façon de penser mais, pour la première fois depuis des années, je me demande s'il n'est pas de mon côté.

Mardi 4 août 1942

Je n'ai jamais connu un été si chaud, surtout ici ! D'habitude, les nuits sont fraîches, un édredon recouvre toujours notre lit, même en plein mois d'août, or là je supporte à peine un drap. Les journées sont caniculaires et, la nuit, il n'y a pas un souffle d'air. Grand-mère se plaint constamment et martyrise cette pauvre Suzanne qui se démène pour la rafraîchir. Elle humidifie ses rideaux, lui prépare des bains de pied glacés, la ventile avec un éventail.

Les enfants descendent chaque jour se baigner dans l'étang et la petite Sophie a enfin appris à nager. C'était l'une des missions de l'été du Club des Petits Orteils, qui a décidé de devenir un club nautique. Lucien les a aidés à construire un bateau, ou plutôt un radeau de fortune fait de quelques planches, d'un malheureux drapeau découpé dans une chute de tissu et noué en haut d'un bâton. Mais, à les entendre, on croirait qu'ils partent à la découverte du monde à bord d'une caravelle. En s'amusant ainsi, ils n'ont pas le temps de souffrir de la chaleur.

Marie n'a jamais eu le souvenir de telles températures et Claudius s'inquiète pour sa récolte. Le fourrage est en train de brûler sur pied et le blé qui n'est pas arrivé à maturité ne peut pas encore être moissonné. Même la source qui alimente le bachat est tarie. Plusieurs fois par jour, les enfants se relaient pour descendre chercher de l'eau au ruisseau d'en bas et la remonter dans de lourds seaux. Nous arrosons également le potager matin et soir, mais une partie de nos plantations a déjà grillé. Les bêtes aussi supportent mal ces températures élevées. Les vaches donnent beaucoup moins de lait et des mouches envahissent la porcherie, devenue une véritable étuve. Tout le monde essaie de donner un coup de main, mais j'espère retrouver rapidement un temps plus frais. Les conséquences de cette chaleur si les températures ne baissent pas ne sont pas réjouissantes.

Jeudi 13 août 1942

J'ai proposé à Mademoiselle de descendre faire un tour au village.

– Je suis fatiguée, Lisette, m'a-t-elle répondu. Je préférerais rester lire un peu à la maison pendant que les enfants sont dehors.

Il faisait beau et j'avais envie de me changer les idées. J'ai pris ma bicyclette et suis allée me baigner dans le Lignon. C'est en traversant le village pour rentrer à Fayolles que je les ai vus, Mademoiselle et Lucien, assis à la terrasse d'un café, en train de rire comme deux idiots. Comment pouvait-elle me faire ça ? Me mentir ainsi ? J'étais tellement furieuse que je suis rentrée à la maison à toute vitesse avant de m'enfermer dans ma chambre.

Au dîner, lorsque Grand-mère nous a demandé si nous avions passé une bonne journée, j'ai répondu que oui, mais sûrement moins que Mademoiselle. Comme je m'y attendais, la curiosité de Grand-mère a été piquée au vif.

– Que veux-tu dire par là ?

– En revenant du village, je suis tombée sur elle, qui s'affichait avec un homme en public dans un café. Lucien et vous aviez l'air de beaucoup vous amuser d'ailleurs.

Mademoiselle s'est liquéfiée.

– Lisette, faites attention à ce que vous dites. Vous dépassez les bornes.

Le mal était fait.

– Comment ça ? s'est écriée Grand-mère. Vous, Mademoiselle, qui êtes si raffinée, vous fréquentez les cafés, comme les femmes de mauvaise vie ? Et avec ce vaurien de Lucien en plus ?

Mademoiselle ne savait plus où se mettre. Elle s'est levée, a prétendu ne pas se sentir dans son assiette et a quitté la table.

Je n'ai plus dit un mot jusqu'à la fin du dîner et suis montée dans ma chambre. Rien qu'en écrivant ce qui vient de se passer, je me sens honteuse. Comment ai-je pu être aussi méchante ? Ça ne me ressemble pas. Demain à la première heure, j'irai lui présenter mes excuses.

Vendredi 14 août 1942

Quelle journée épouvantable !

Je n'ai pas fermé l'œil de la nuit et je n'arrêtais pas de repenser au dîner d'hier alors je me suis levée très tôt pour aller voir Mademoiselle. En arrivant dans la grande maison, j'ai découvert qu'elle était déjà partie. Lucien lui avait proposé d'aller admirer le lever du soleil au pic du Lisieux, ils étaient partis avant l'aube.

J'ai décidé d'attendre leur retour sur la terrasse mais le temps passait et ils ne revenaient pas.

Tout à coup, j'ai entendu des cris venir de l'arrière de la grande maison. Je me suis précipitée. Il y avait trois enfants : Sophie, son frère Éric, et Léon, qui est arrivé début juin. Allongé sur le sol, Léon pleurait en se tenant la jambe.

– Un serpent ! Un serpent ! criait Sophie en montrant du doigt une large pierre plate sur laquelle un reptile se chauffait au soleil.

Au même moment, Lucien et Mademoiselle sont revenus de leur promenade. Je les ai appelés, et nous avons hissé Léon dans la charrette pour l'emmener chez le docteur.

– Je m'en occupe, a dit Lucien. Restez avec les enfants.

Et il est parti.

Mademoiselle se tenait à côté de moi. Je me suis retournée vers elle et j'ai fondu en larmes.

– Je vous demande pardon.

Elle m'a prise dans ses bras.

– Ça va aller, Lisette, c'est oublié.

Nous nous sommes assises sur le perron.

– Je suis désolée pour mon comportement d'hier, j'ai été odieuse. Mais je me sens mise à l'écart depuis que vous fréquentez Lucien, je regrette le temps que nous passions ensemble. Et pourquoi m'avoir menti alors que vous aviez prévu de le voir ?

– Ce n'était pas prévu, et j'ai vite regretté de ne pas vous avoir accompagnée. Je suis passée vous chercher au château, mais Titine m'a dit que vous étiez descendue au village. Lucien descendait justement en carriole, il m'a proposé de m'accompagner. En arrivant, comme j'avais soif, il a suggéré de nous installer sur la terrasse du café, pour être sûrs de vous apercevoir quand vous passeriez. Je vous ai appelée, mais vous avez filé si vite sur votre bicyclette que vous ne m'avez même pas entendue.

– Alors vous ne m'évitiez pas ?

– Comment avez-vous pu croire ça ?

Je me suis sentie encore plus bête mais aussi soulagée de ne plus être fâchée avec Mademoiselle. À tel point que j'en ai presque oublié Léon ! Il est revenu deux heures plus tard, tout souriant.

Plus de peur que de mal, ce n'était qu'une morsure « blanche », sans venin. Une couleuvre, semblait-il. Il s'en sort avec un joli pansement et une incroyable histoire à raconter aux prochaines veillées !

Lundi 24 août 1942

Il est près de minuit et la journée a été épuisante. Pourtant, impossible de dormir. Je n'arrête pas de penser aux paroles d'Auguste ce matin.

J'étais en train de prendre mon petit-déjeuner quand le téléphone a sonné. Titine a décroché et est venue me chercher, Auguste voulait me parler. Surprise, j'ai pris la communication.

– Allô ?

– Lisette, comment vas-tu ?

Étonnée de son ton inhabituellement jovial, je suis restée sur la réserve.

– Euh, bien. Et toi ?

– Très bien. Je voulais juste savoir si vous ne souffriez pas trop de la chaleur ?

– Ça va, on supporte. Mais qu'est-ce que ça peut te faire ?

– Ah, ma chère petite sœur, tu es toujours aussi taquine ! Figure-toi qu'un de mes amis qui est météorologue me disait hier que les températures vont continuer à grimper. Pourquoi ne pas prendre l'air avec Gisèle ? Vous devriez aller en promenade quelques jours dans la forêt. Tu verras, il y fait beaucoup plus frais, ça vous fera le plus grand bien. Et je suis sûre que Gisèle sera ravie de dormir à la belle étoile.

– Tu es saoul ?

– Ah ! ah ! Comme tu es amusante ! Bon, j'essayerai de vous rappeler une autre fois mais je suis débordé. Prends bien soin de tout le monde surtout !

Il avait déjà raccroché. Le combiné à la main, immobile, je ne savais quoi penser de cette conversation surréaliste.

– Ça ne va pas, Lisette ? m'a demandé Titine.

Après lui avoir rapporté ce drôle d'échange que je venais d'avoir avec mon frère, elle m'a dit :

– Ce sont ses mots exacts ?

– Oui, quasiment. Je ne comprends pas du tout ce qui lui prend.

Titine m'a entraînée dans la cuisine

– Écoutez, Lisette, peut-être que je me trompe, mais je crois que votre frère tente de nous prévenir de quelque chose. Il faut mettre les enfants à l'abri.

– Qu'est-ce qui te fait penser cela ?

– Lors de son dernier passage, Auguste m'avait demandé de vous convaincre de faire évacuer la grande maison. Moi, je pensais qu'il s'inquiétait pour sa carrière mais je n'en suis plus si sûre.

Je lui ai alors raconté que j'avais eu la même impression. Nous n'avons pas hésité longtemps.

– Quand il y a un doute, il n'y a pas de doute, a affirmé Titine.

Elle est partie préparer des casse-croûte pendant que je courais chez Claudius. Il était là, devant la ferme, en pleine discussion avec Lucien. Je leur ai résumé rapidement la situation et tous les enfants sont partis passer quelques jours en forêt avec Lucien. Comme je le pressentais, Gisèle n'a pas supporté d'être à nouveau mise à l'écart. J'ai décidé qu'elle avait le droit de savoir. Sans entrer dans les détails, je lui ai expliqué pourquoi ces enfants devaient se cacher et qu'en restant avec nous, à faire comme si de rien n'était, elle participait elle aussi à leur protection. Elle s'est mise à pleurer.

– Pourquoi s'en prend-on à des enfants simplement à cause de leur religion ? Et puis Jésus était juif, non ?

Je n'ai pas su quoi répondre.

Gisèle a fini par s'endormir. Dehors, il fait nuit noire. Je me demande où sont Lucien et les enfants. J'espère que nous avons pris la bonne décision.

Samedi 29 août 1942

Je suis descendue en ville ce matin, comme chaque samedi. Ne pas changer ses habitudes, faire comme si de rien n'était, voilà ce que Lucien nous conseille toujours. Il fait encore très chaud, j'ai pris place près de la fontaine pour me rafraîchir. André Gatignol était là. Je ne l'avais plus aperçu depuis longtemps. Maintenant que sa jambe est guérie, son père a repris le travail. Assis par terre, il jouait avec un adorable petit chat roux. Je me suis avancée et le chaton s'est agrippé à ma jupe. Nous avons ri. Je me suis accroupie à côté d'André et j'ai commencé à caresser la boule de poil.

– Dis-moi, ai-je dit tout bas, tu es au courant d'un événement qui se serait passé ces jours-ci ?

– Vous voulez parler des rafles du Chambon ?

Je l'ai regardé, effarée.

– Quoi ? Que s'est-il passé ?

– Je ne sais pas. J'ai juste entendu que la préfecture faisait arrêter les juifs cachés dans la région. Il y a eu plusieurs descentes de gendarmerie au Chambon-sur-Lignon. Toutes les maisons d'accueil ont été contrôlées, même celles qui avaient une autorisation.

– C'est terrible !

André a attrapé le chaton et me l'a tendu pour se rapprocher de moi.

– Pas autant que ça aurait pu l'être. Presque tout le monde a pu être prévenu, ça a limité les dégâts.

– Merci, André. Je dois y aller, le père Lescure m'attend.

– Mademoiselle, attendez…

– Appelle-moi Lisette.

– Lisette, laissez-moi vous protéger. Si j'entends qu'une nouvelle rafle se prépare, je monterai vous prévenir.

– Merci, André, tu es très courageux.

En me relevant, j'ai déposé un baiser sur son front. Ce petit garçon ne se rend pas compte des risques qu'il prend.

Je me suis ensuite dépêchée d'aller à l'église, le père Lescure préparait déjà l'autel pour la messe du lendemain. Il m'a fait signe de m'installer dans le confessionnal, où il m'a rejointe quelques minutes plus tard. Les informations qu'il m'a données confirment celles d'André ; la situation devient très préoccupante et nous ne pourrons plus garder les enfants longtemps à Fayolles. Ils vont devoir se cacher ailleurs et les envoyer dans une région plus sûre. Notre village n'est pas aussi menacé que le Chambon, qui accueille depuis des années des étrangers, des réfugiés et de nombreux enfants avec l'accord de la préfecture, mais nous ne sommes pas très loin, et les gendarmes ne manqueront pas de venir chez nous. Ce que m'avait dit mon frère Auguste est donc vrai : les choses s'accélèrent.

Mercredi 9 septembre 1942

Je ne dors quasiment plus, je vis dans la crainte d'une visite des gendarmes. Nous avons demandé aux enfants de dormir habillés et de laisser au pied de leur lit leurs chaussures et un sac à dos avec leurs affaires, prêts à partir à tout instant, même en pleine nuit. L'ambiance de la grande maison a perdu sa légèreté. Même si les enfants trouvent encore de quoi rire et s'amuser, l'atmosphère est imprégnée de peur. Selon Lucien, plusieurs fermes auraient été visitées par les gendarmes à la recherche de juifs.

Nous avons mis en place un plan d'évacuation dont André est un atout précieux. Il avait raison quand il disait qu'on ne se méfie pas des enfants ; au village, il est devenu nos yeux et nos oreilles.

– Les gendarmes continuent de venir chaque jour au café pour préparer les prochaines visites et trinquer à « ces sales juifs », m'a-t-il rapporté. Ils vont les trouver.

Pourtant, les gendarmes sont aussi de braves gars du coin, et à leur manière, tout en obéissant aux ordres, ils peuvent être d'une grande aide. Une fois, un gendarme, qui visitait une ferme dont les propriétaires n'avaient pas été prévenus, a laissé partir un homme qui s'y cachait. Il a simplement rapporté à sa hiérarchie qu'un fugitif s'était échappé.

Nous continuons à être très prudents. Dès la tombée de la nuit, toutes les lumières de la grande maison sont éteintes afin de ne pas attirer l'attention depuis la route. Au moins les enfants se couchent tôt.

Claudius est très abattu ces jours-ci. Comme il le redoutait, à cause de la chaleur, il a perdu une grosse partie de sa récolte. La production de fromages elle aussi a considérablement diminué avec la pénurie de lait. Il va devoir se séparer d'une partie de ses bêtes faute de pouvoir les nourrir cet hiver. En plus du danger que nous courons en cachant les enfants, nous nous apprêtons à vivre un hiver difficile car la nourriture risque de vraiment manquer.

Vendredi 18 septembre 1942

Pendant qu'Éric et Sophie dormaient, Mademoiselle a caché leurs vrais papiers dans la doublure de leurs vêtements. Ses points sont tellement bien réalisés qu'on ne voit rien. Elle les a réveillés bien avant le lever du jour, leur a préparé un bol de chicorée et de grandes tartines de confiture – les enfants avaient ramassé des myrtilles dans les bois et, avec le sucre que Titine a trouvé au marché noir, elle a réussi à en faire plusieurs pots – et leur a remis leurs fausses cartes d'identité. Je n'arrivais pas à trouver le sommeil. Par la fenêtre du couloir, j'ai pu apercevoir dans la brume matinale la grande silhouette de Lucien, accompagné des deux petits. Sophie, Éric. J'aurais voulu courir vers eux, les prendre dans mes bras, leur dire que tout allait bien se passer et qu'on se reverrait un jour, quand tout cela ne serait plus qu'un lointain souvenir. Mais je ne pouvais pas tout gâcher. Ni leur faire des promesses que je ne suis pas certaine de pouvoir tenir. Je les ai regardés s'éloigner à travers champs pour rejoindre la forêt. Lucien les déposera à la gare où quelqu'un les prendra en charge pour les emmener en Suisse. Pourvu qu'ils s'en sortent. Nous n'avons rien dit aux autres, ni à Gisèle. Elle dort encore à l'heure où j'écris ces lignes et j'appréhende sa réaction, elle était si proche de Sophie.

Jeudi 15 octobre 1942

Claudius est rentré très découragé de la foire de Saint-Jeures. Il n'était pas le seul à être obligé de se séparer d'une partie de son troupeau avant l'hiver et les prix de vente étaient très bas. Sans oublier le gouvernement, qui a fait valoir son droit de préemption sur les plus belles bêtes pour une valeur ridiculement basse. Il a quand même acheté deux cochons avec l'argent que Papa lui avait donné. Les porcs se nourrissent essentiellement de nos restes et nous pourrons assurer une importante quantité de charcuterie pour l'an prochain. C'est déjà ça.

L'autre jour, les enfants sont revenus tout excités d'une de leurs virées dans le bois, ils tenaient dans leurs bras des cagettes remplies de gros champignons bruns qu'ils se sont empressés d'apporter à la cuisine. Titine, qui a toujours peur que nous ne nous empoisonnions en avalant n'importe quoi, a tout de suite confisqué le trésor de guerre avant de descendre au village montrer quelques-uns des spécimens ramassés au pharmacien. Il n'en revenait pas !

– Des cèpes aussi gros ? On n'a pas l'occasion d'en trouver souvent ! C'est une mine d'or ! Où les avez-vous dénichés ?

Titine nous a raconté que le pharmacien avait essayé par tous les moyens de lui faire avouer où était le coin à champignons et qu'elle lui avait répondu les avoir ramassés dans le bois derrière le calvaire. Naïf comme il est, il a dû s'y rendre dès le lendemain matin. Il devrait pourtant savoir qu'un bon cueilleur de champignons ne révèle jamais son secret !

Nous avons passé plusieurs heures à nettoyer les cèpes, à les couper, à les faire sécher sur des fils tendus dans la grange. Des guirlandes de champignons parfument désormais la pièce. D'ici quelques jours, quand ils seront bien secs, nous les mettrons en bocaux. Titine nous prévoit déjà de belles omelettes aux champignons pour cet hiver !

Auguste m'a écrit. Après les descentes de gendarmerie du mois d'août, je lui avais envoyé une carte pour le remercier de ses précieux conseils ; cette petite promenade en forêt nous avait fait le plus grand bien. Il m'a répondu dans un très court billet qu'il en était ravi. Mon frère serait-il en train de changer ?

Mardi 10 novembre 1942

Lucien a disparu depuis deux semaines. Claudius travaille seul à la ferme, l'air sombre. Il accomplit machinalement ses tâches quotidiennes mais le cœur n'y est plus. Sans Lucien, rien n'est plus pareil. Même Georges et François n'arrivent plus à le faire sourire. D'après Marie, il est soucieux. Lucien leur a dit qu'il partait pour quelques jours mais sans leur dire où il allait ni quand il reviendrait. Depuis, le temps semble s'être arrêté à Fayolles. Nous attendons.

Mademoiselle, elle aussi tourmentée, ne touche plus à son assiette – elle n'est déjà pas bien épaisse. Elle sursaute au moindre bruit et semble perdue dans ses pensées.

Tout le monde a l'esprit ailleurs en ce moment. Même moi. Je ne ressens plus de plaisir à écrire. Tout cela ne cessera donc jamais ? Je suis lasse, si lasse…

Vendredi 20 novembre 1942

Lucien est revenu ! Il est arrivé au petit matin en remontant l'allée qui mène au château. Je m'étais encore réveillée tôt. Tant de choses me trottent dans la tête la nuit… Je l'ai aperçu au loin par la fenêtre alors que j'ouvrais mes volets. J'ai posé un châle par-dessus ma chemise de nuit, j'ai enfilé mes chaussures à la hâte, et j'ai couru jusqu'à la grande maison. Tout le monde dormait encore, j'ai monté l'escalier quatre à quatre et j'ai frappé doucement à la porte de Mademoiselle. Elle non plus ne dormait pas.

– Lucien est revenu ! ai-je dit. Il arrive !

Elle est sortie sans même prendre le temps de se couvrir. Depuis le perron de la maison, je l'ai vue courir au-devant de Lucien, qui tenait à peine sur ses jambes. Je me suis dépêchée d'aller prévenir les Borel.

La barbe de Lucien avait poussé, ses joues s'étaient creusées. Ses vêtements étaient trempés et tachés de boue. D'où revenait-il ? Amaigri, son corps présentait des bleus, des égratignures, des cicatrices. Nous l'avons porté jusqu'à la ferme. Claudius a fait une grosse flambée pendant que Marie et Mademoiselle le déshabillaient et le frictionnaient pour le réchauffer.

Voilà maintenant deux jours qu'il dort. Mademoiselle reste à son chevet toute la journée. Quand il émerge quelques minutes de son sommeil, elle lui fait avaler un peu de soupe en lui disant qu'il faut qu'il reprenne des forces. Que s'est-il passé ? Qu'a-t-il fait pendant son absence ? J'ai posé la question à Claudius.

– Lucien est une tête de mule, a-t-il répondu. Il prend trop de risques. Moi, j'vous dis, ça va mal finir, cette histoire.

En l'absence de Mademoiselle, qui refuse de quitter Lucien, les enfants sont dispensés de classe. Pour occuper les petits, Titine a eu une excellente idée. Ils ont pour mission d'approvisionner le stock de petit bois et de babets. Claudius leur a prêté une petite charrette à bras qu'ils tirent à tour de rôle et remontent vers la remise plusieurs fois par jour, dès qu'elle est remplie. Ces quelques jours sans école sont mis à profit pour servir la communauté.

Lundi 14 décembre 1942

Papa ne viendra pas pour Noël cette année. Il a appelé Grand-mère ce matin pour la prévenir. La conversation n'a duré que quelques minutes avant d'être coupée. Entre la neige qui est tombée ces jours-ci et les coupures d'électricité de plus en plus fréquentes, il devient difficile d'avoir des nouvelles par téléphone. Tout ce que nous savons, c'est qu'une partie de la production de l'usine est réquisitionnée et que Papa préfère rester sur place. Comment l'annoncer à Gisèle ? Nous n'avons jamais passé Noël sans Papa et je vois d'ici ses grands yeux tristes quand elle l'apprendra. Auguste ne viendra pas non plus, il passe les fêtes dans la famille de sa fiancée. Grand-mère, très déçue, aurait aimé rencontrer la future épouse qu'elle ne peut pas encore critiquer sans la connaître ! Mais je suis soulagée. Bien que les relations avec mon frère soient plus cordiales depuis cet été, sa présence me met mal à l'aise. Je ne suis toujours pas certaine de pouvoir lui faire confiance.

Le travail ne manque pas en ce moment. Il y a de plus en plus de monde en transit dans la région, et je passe de longues heures dans la cave à développer des photos, surtout la nuit, pour ne pas éveiller les soupçons. Il y fait si froid que chaque souffle qui sort de ma bouche dégage de la fumée et je suis obligée de garder mon manteau. Impossible en revanche de porter mes gants et je commence à avoir des crevasses à force d'avoir les mains mouillées. Titine m'a conseillé d'y appliquer du miel. Le moindre mouvement me procure une douleur atroce mais je me console en me léchant les doigts ; le miel de tilleul de Fayolles est un vrai régal.

Jeudi 17 décembre 1942

Lucien est à présent tout à fait rétabli. Il a repris son travail à la ferme auprès de Claudius et sa disparition n'est jamais évoquée. J'aimerais bien savoir ce qu'il a fait pendant tout ce temps mais, lorsque je lui ai posé la question, il m'a rembarrée. Mademoiselle doit être au courant, je vais tenter de lui tirer les vers du nez.

J'ai annoncé à Gisèle que Papa resterait à Lyon pour Noël. Depuis, comme je le craignais, elle erre dans le château telle une âme en peine. Même François et Georges, que j'avais invités à jouer avec elle, n'ont pas réussi à lui redonner le sourire. Sa tristesse m'a vraiment brisé le cœur. Le départ de Sophie lui avait déjà causé beaucoup de chagrin et elle attendait l'arrivée de Papa avec impatience.

À la cuisine, Suzanne, assise devant le poêle, épluchait des légumes. Je me suis installée à côté d'elle pour lui donner un coup de main, et surtout l'empêcher de se blesser avec le couteau. Nous avons commencé à papoter.

– Je suis triste de voir Gisèle dans cet état, ai-je dit.

– Pourquoi vous lui offrez pas un chiot à votre sœur ?

– Mais, Suzanne, où est-ce que tu veux que j'en trouve un ?

– Bah, c'est pas dur, la ferme des Perrin, à l'entrée du village, vous voyez où c'est ? Ils ont eu une portée qu'ils essaient de placer. Ça l'amuserait sûrement, Gisèle.

Mais bien sûr ! Comment n'y avais-je pas pensé moi-même ? Gisèle aime tant les animaux ! Et puis ici, quoi de plus facile que d'avoir un chien ? Lucien que j'ai immédiatement mis dans la confidence m'a promis de s'en occuper.

Du côté de la grande maison, les choses se sont un peu calmées. Avec le retour de la neige, les déplacements sur les routes sont de plus en plus difficiles et les contrôles inopinés chez les habitants se font plus rares. Heureusement, car je n'imagine pas les enfants partir se cacher dans les bois par un temps pareil. André Gatignol monte toujours la garde pour nous au village mais il ne se passe pas grand-chose. C'est l'occasion de souffler un peu.

Samedi 26 décembre 1942

Quel Noël inoubliable !

Comme l'an dernier, au petit matin, nous nous sommes rendus dans la grande maison. Le sapin, toujours aussi grand, ne possédait pas de décorations en biscuits cette fois, Titine n'ayant pas réussi à trouver suffisamment de sucre, mais la petite étoile de Simone était accrochée sur la plus haute branche. L'un des enfants nous a préparé une surprise ; avec l'aide de Lucien qui lui a appris la sculpture sur bois, il a fabriqué de petites décorations au nom de tous ceux qui sont partis d'ici. Il y en a déjà onze. Chacun d'entre eux aura laissé un peu de lui à Fayolles.

Cette année, tous les enfants avaient décidé de nous offrir des cadeaux : des dessins, des poèmes, des collages de feuilles séchées, de petits objets en bois. Je les garderai précieusement. Grâce à Papa, chacun d'entre eux a reçu une petite tablette de chocolat. Quelle joie de voir leurs yeux briller de gourmandise ! Pourtant, aucun n'a osé déballer son cadeau, repoussant à plus tard le plaisir de goûter un petit bout de ce délice sucré. Ce soir, tous ont savouré ces uniques instants de bonheur. Seule Gisèle n'était pas à la fête.

Après être rentrée au château pour déjeuner, Gisèle a soufflé à Grand-mère un « joyeux Noël » plein de trémolos dans la voix.

– Ma petite Gisèle, regarde plutôt ce qui se trouve là-dedans, a répondu Grand-mère en pointant du doigt un panier posé sur le sol. Tu n'as pas encore ouvert ton cadeau.

Gisèle s'est avancée et a poussé un petit cri d'étonnement en voyant le panier bouger.

– Vas-y, lui ai-je dit en souriant.

Elle a soulevé le couvercle du panier, une minuscule boule de poil tout apeurée en est sortie.

– Oh ! Un petit chien !

En une fraction de seconde, Gisèle avait retrouvé le sourire et oublié l'absence de Papa. Lucien, qui se tenait dans l'embrasure de la porte, regardait la scène avec tendresse. Qui l'aurait cru si sensible ? Il s'était rendu chez les Perrin trois jours auparavant pour récupérer le chiot. Il l'avait gardé caché chez les Borel et, pour ne pas gâcher la surprise, avait littéralement séquestré François et Georges, autrement ils n'auraient pu se retenir de vendre la mèche.

Nous étions encore tous en train de nous amuser des facéties de l'adorable petite chienne quand Titine a hurlé depuis la cuisine :

– Si vous ne venez pas tout de suite à table, vous mangerez du charbon !

C'est là que le miracle – et le mot est faible – de Noël s'est produit. Grand-mère s'est tournée vers Lucien et lui a dit, en SOURIANT :

– Vous vous joindrez bien à nous pour le déjeuner, monsieur Lucien ?

Tout le monde s'est tu, abasourdi, incertain d'avoir bien entendu. Lucien, visiblement pris au dépourvu, n'a pas osé refuser et dans un bafouillis incompréhensible, a accepté l'invitation.

Le déjeuner a été très gai. Grand-mère nous a raconté les noëls de son enfance et nous avons tous évoqué nos meilleurs souvenirs. Nous avons ensuite eu un débat animé pour trouver un nom pour le chiot. Chacun y allait de son avis et, finalement, Gisèle a tranché. Ce serait Poupette. Grand-mère a un peu tiqué, elle aurait préféré Duchesse, c'était plus chic, mais ma sœur semblait si heureuse qu'il a été décrété à l'unanimité que Poupette était le meilleur choix.

Tandis que nous prenions le café au salon, Lucien m'a fait un signe. Poupette monopolisait l'attention de tout le monde, nous en avons profité pour nous éclipser sur la terrasse. Pour la toute première fois, Lucien rougissait de timidité, pourtant, ce n'est pas son genre, loin de là ! Il voulait me demander conseil.

Je l'ai écouté me raconter ce que j'avais déjà compris depuis bien longtemps :

– Comment dire… Je… enfin… bon… voilà : je suis amoureux de Mademoiselle. Et elle m'aime aussi. Enfin, c'est ce que je crois. Elle est tellement merveilleuse. Je ne peux plus vivre sans elle, mais je ne sais pas quoi faire.

– Comment ça ?

– Regardez-moi ! Je suis un homme de la terre, un paysan. Alors que Mademoiselle, elle connaît les belles manières, elle a de l'éducation, de la grâce. Est-ce qu'un homme comme moi peut faire le bonheur d'une femme si intelligente, si cultivée ? Et si elle s'ennuyait avec moi ? Je n'ai rien de plus à lui offrir que cette vie toute simple. La ferme, les bêtes, les champs. Est-ce qu'elle n'aura pas envie de repartir à la ville une fois la guerre terminée ?

Plus je le regardais, plus je le trouvais touchant. Derrière sa grande gueule, son air sûr de lui, que Grand-mère avait qualifié de « rustre », se cachait en réalité un homme au cœur tendre. Je n'ai pu retenir un sourire. Lucien s'est emporté :

– Vous voyez, vous vous moquez de moi. Je suis ridicule !

– Oui, vous êtes ridicule. Arrêtez un peu de vous poser des questions idiotes : Mademoiselle est folle de vous, alors n'attendez plus et demandez sa main. Si vous ne le faites pas, c'est que vous êtes un crétin.

Je suis partie, laissant Lucien totalement désemparé. Comme c'était drôle de lui clouer le bec pour une fois !

Lundi 4 janvier 1943

Ça y est, Lucien a fait sa demande !

Comme l'année passée, nous avons organisé une veillée du nouvel an dans la grande maison. Marie, en pleine forme, était impatiente d'effacer de ses souvenirs la nuit du 31 décembre 1941 qu'elle avait passée au lit. Tous ensemble, excepté Grand-mère qui se couche de plus en plus tôt et n'apprécie de toute façon pas « ces épouvantables fêtes païennes », nous avons dîné autour de la table. Titine et Suzanne avaient cuisiné toute la journée, le ragoût de mouton aux pommes de terre et la compote embaumaient la pièce. Il n'est pas resté une miette de ce festin ! Si l'on m'avait dit, il y a quelques mois, que je saliverais devant de simples pommes de terre...

Nous avons terminé la soirée dans le salon, à jouer aux mimes. Dans un chapeau, chacun a déposé un petit morceau de papier avec un mot à faire deviner aux autres. Qu'est-ce qu'on a ri quand Claudius a dû imiter Grand-mère ! On s'amusait tellement que personne ne s'est rendu compte de l'absence de Lucien et de Mademoiselle. Lucien avait été nerveux toute la soirée. Lorsqu'ils sont revenus dans la pièce commune, ils se tenaient par la main. Nous nous sommes tous tournés vers eux, Mademoiselle avait le feu aux joues et Lucien souriait bêtement. C'est Claudius qui a brisé le silence :

– Bah alors, c'est fait ou c'est pas fait ?

Lucien a ri.

– C'est fait ! Nous allons nous marier !

Nous avons tous explosé de joie autour des jeunes fiancés. Les enfants posaient des tas de questions : Quand aurait lieu le mariage ? Seraient-ils tous invités ? Qu'allions-nous manger ce jour-là ? Pendant que les tourtereaux laissaient enfin éclater leur amour au grand jour, j'ai aperçu, brillant au doigt de Mademoiselle, un anneau d'or serti d'une jolie petite pierre. Je l'ai reconnu au premier coup d'œil. Quand j'étais enfant et que Titine me gardait, elle me laissait parfois monter dans sa chambre pour regarder dans sa boîte aux trésors. Combien de fois avais-je essayé cette bague ? Titine se tenait à l'écart, appuyée contre la cheminée. Je me suis approchée d'elle.

– Depuis combien de temps es-tu dans la confidence ?

Elle m'a souri sans répondre.

– Et comment se fait-il que Mademoiselle porte ta bague de fiançailles ? ai-je ajouté.

Les yeux de Titine se sont embués.

– Je n'avais pas pu m'en séparer. Mais, depuis la mort d'Henri, je n'ai jamais réussi à la porter, elle me fait trop penser à lui, à sa gentillesse, à notre histoire.

– Qu'est-ce qui t'a fait changer d'avis ?

– Lucien est venu me voir il y a quelques semaines, il voulait demander sa main à Mademoiselle, mais il ne se pensait pas assez bien pour elle.

– Ah, le vilain ! Je pensais être la seule personne à qui il en avait parlé !

– J'ai tout de suite su qu'il fallait que je lui fasse ce cadeau. Il n'a pas beaucoup de moyens et Mademoiselle est une femme au grand cœur. Je suis heureuse qu'elle porte ma bague. Henri et moi, nous nous sommes tant aimés, s'il n'y avait pas eu ce drame, je suis sûre que nous aurions eu une vie merveilleuse. Alors, voir Mademoiselle porter ma bague, c'est un peu ma manière de participer à son bonheur. Vous comprenez ?

J'ai serré la main de Titine et nous sommes restées un moment sans rien dire en fixant Lucien et Mademoiselle.

S'il y a bien une chose que j'ai apprise depuis le début de la guerre, c'est de savourer chaque moment comme si c'était le dernier.

Vendredi 15 janvier 1943

Les dernières nouvelles de la radio nous ont tous miné le moral : Hitler a déclaré la guerre totale.

Il est compliqué de savoir ce qui se passe dans le reste de la France mais aussi dans les pays voisins ; on entend tellement de choses contradictoires, qu'est-ce qui est vrai, qu'est-ce qui ne l'est pas ? La situation des juifs ne fait qu'empirer, il suffit de voir le nombre d'enfants arrivés dans la région ces derniers temps. Personne ne parle, mais nous savons. Seuls les enfants restent dans l'ignorance mais ils doivent sentir que quelque chose nous préoccupe.

Chaque soir, nous nous retrouvons autour du poste de radio de Papa pour écouter les nouvelles. Notre routine est bien huilée : dans le fumoir, quelques minutes avant le début de l'émission, chacun prend place, toujours la même, y compris Claudius et Lucien qui ne possèdent pas d'appareil à la ferme. Assise à côté du poste, je règle la fréquence jusqu'à réussir à capter les ondes de Radio Londres. Entre la neige qui casse les fils électriques et le brouillage des Allemands, ce n'est pas toujours facile, et nous écoutons religieusement. Lorsque c'est terminé, nous osons enfin discuter, essayer de comprendre, d'analyser. La guerre se durcit et nous nous préparons à faire preuve d'encore plus de vigilance pour protéger les enfants.

Mercredi 20 janvier 1943

Il ne manquait plus que ça ! Grand-mère est tombée dans l'escalier.

Réveillée en pleine nuit, elle a eu envie d'un verre d'eau. La carafe que Suzanne prépare tous les soirs sur sa table de nuit était fêlée, elle avait fui. Grand-mère est descendue seule à la cuisine plutôt que de réveiller Titine qui dort dans la chambre voisine. Elle déteste les impotents et répète à qui veut l'entendre qu'elle est tout à fait capable de se débrouiller seule. Mais, dans l'obscurité, elle s'est pris les pieds dans sa robe de chambre et a dégringolé plusieurs marches. Tout le monde a été réveillé en sursaut. Le docteur, appelé en urgence, a eu toutes les peines du monde à atteindre le château à cause de la neige. Malgré tout, Grand-mère a eu la présence d'esprit de protéger sa tête avec ses bras, elle s'en sort avec seulement une jambe cassée et quelques contusions. Elle devra quand même rester allongée pendant plusieurs semaines. Le Dr Chatelard m'a toutefois confié son inquiétude :

– À cet âge-là, ce genre de chute peut avoir

de graves répercussions. Votre grand-mère risque de s'affaiblir.

Papa a été prévenu. Il voulait venir, mais Grand-mère l'en a dissuadé. Elle a peut-être une jambe cassée mais son mauvais caractère, lui, est en pleine forme.

Samedi 30 janvier 1943

Je n'ai plus de patience avec les petits. J'ai bien conscience que ces longs mois d'hiver, qui les obligent à passer la majeure partie de leur temps à l'intérieur, peuvent leur sembler oppressants, mais ils nous font vraiment tourner en bourrique ! Surtout Léon et Claude, deux petits garçons de neuf et dix ans, arrivés à Fayolles en juin dernier. Deux gueules d'anges mais des cerveaux diaboliques ! Toujours fourrés ensemble, ils ont une imagination sans limites quand il s'agit de faire des bêtises. Suzanne est devenue leur nouvelle tête de Turc. Profitant de sa maladresse et de ses airs un peu godiches, ils passent leur temps à surgir derrière elle pour l'effrayer. Elle émet alors un cri de surprise et fait systématiquement tomber ce qu'elle tient dans les mains. J'ai dû sévir. Une fois, à cause d'eux, elle a renversé une marmite de soupe, nous n'avions rien prévu d'autre pour le dîner et les enfants ont dû se contenter de pain sec. Ils étaient tellement remontés contre les deux farceurs qu'ils n'osent plus rien faire. Espérons que cela dure encore un peu !

Parfois, je me dis que notre vie serait bien plus paisible sans toute cette marmaille. Je ne devrais pas, mais il m'arrive d'avoir envie de revenir en arrière, de n'avoir jamais pris cette folle décision. Tout serait tellement plus facile… Je ne passerais pas mes journées à régler des problèmes logistiques, à arbitrer des disputes, à consoler les gros chagrins, à soigner les bobos. Et cette agitation permanente ! Je n'arrive même plus à me souvenir de la dernière fois où j'ai pu lire sans être dérangée. J'ai honte de penser cela, les enfants n'y sont pour rien, ce sont juste des gosses, ils ne comprennent pas. Je dois être fatiguée. Je vais aller me coucher.

Mardi 16 février 1943

Les pasteurs du Chambon, situé à une dizaine de kilomètres de Fayolles, ont été arrêtés et envoyés dans un camp. Les nouvelles vont vite et tout le monde ne parle que de ça dans le pays. Ils étaient très proches du père Lescure et nous craignons que les arrestations ne visent également notre village. Il faut redoubler de prudence. Je n'ai pas le cœur à écrire.

Jeudi 25 février 1943

Nous sommes en pleins préparatifs du mariage de Lucien et Mademoiselle. Enfin, je ne peux plus l'appeler ainsi, ce sera Madame ou son prénom. Il va me falloir un peu de temps pour m'y faire !

Grand-mère, qui ne peut toujours pas poser un pied par terre, doit garder la chambre. En tant qu'instigatrice de ce mariage – c'est elle qui s'est désignée ainsi –, elle a décidé que chaque soir Mademoiselle et Titine se rendraient à son chevet pour parler des détails de la fête, qu'elle souhaite grandiose.

– Vous comprenez, Lisette n'est pas près de se marier et c'est sans doute ma toute dernière occasion d'organiser un mariage...

Mademoiselle n'ose rien dire, mais l'expression de son visage parle pour elle.

Grand-mère a commandé à Papa plusieurs mètres de dentelle, qui ont dû lui coûter une petite fortune. Il aurait voulu lui apporter, mais il a attrapé une mauvaise pneumonie et voyager par ce froid le fatiguerait trop. C'est son sbire, Charlot, comme nous l'appelons avec Gisèle, qui s'en est chargé. Il n'est resté qu'une nuit au château et je n'ai heureusement pas eu à lui faire la conversation, Grand-mère ne pouvant descendre au salon pour m'y obliger.

– Il est gentil d'avoir fait tout ce trajet pour du tissu, a dit Titine.

Moi, plus je le regarde, plus je le trouve insipide.

La dentelle envoyée par Papa est sublime. Mademoiselle a commencé à la découper pour y coudre sa robe. Avec ses talents de couturière, elle va avoir une tenue magnifique. J'ai hâte de la découvrir !

Mardi 9 mars 1943

Nous voilà envahis par les poux ! La petite Élise accueillie récemment devait en avoir, elle a contaminé presque tous les enfants. Nous faisons pourtant attention, à chaque arrivée, de bien vérifier toutes les têtes. Titine a lancé une véritable guerre des poux.

Tous les jours, nous remplissons la grande bassine de la cuisine avec de la neige que nous faisons fondre, puis bouillir, pour y plonger les draps et les vêtements des enfants. En attendant qu'ils sèchent, nous nous arrangeons avec ce qu'il y a dans les armoires. Certains gamins se sont retrouvés avec les vieux déguisements du grenier que mes parents utilisaient autrefois pour les pièces de théâtre et les soirées costumées organisées par Maman au château. Le spectacle est assez folklorique, il faut bien le reconnaître ! Les enfants s'assoient ensuite les uns à côté des autres sur le banc de la salle à manger pendant que Titine, Suzanne, Mademoiselle et moi, munies chacune d'un peigne et d'un bol d'eau, passons au crible chaque petite tête à la recherche du moindre parasite.

Autant les poux sont faciles à attraper, autant les lentes, c'est une autre paire de manches. Il faut les saisir avec les ongles et les tirer le long du cheveu avant de s'en débarrasser dans le bol. Voilà qui n'arrange pas l'état de mes mains.

Nous avons néanmoins dû nous résoudre à couper les cheveux des enfants le plus court possible. Donner des coups de ciseaux dans la magnifique chevelure d'Élise m'a brisé le cœur. Elle avait les cheveux si longs qu'ils lui arrivaient presque jusqu'aux fesses. Sa mère ne les lui avait jamais coupés depuis sa naissance et les brossait chaque soir en lui racontant des histoires. De grosses larmes coulaient sur ses joues au fur et à mesure qu'elle voyait les mèches tomber au sol. Elle a un peu retrouvé le sourire quand les quatre autres fillettes de la grande maison ont décidé d'adopter la même coupe. Gisèle aussi a voulu en faire autant. Grand-mère n'était pas contente mais « tant pis, le mal est fait ». Je la trouve de plus en plus philosophe depuis quelques semaines.

De mon côté, j'ai été épargnée par les poux. Je croise les doigts. J'ai recommencé à me faire des nattes, comme lorsque j'étais petite fille. Ça ne me va pas du tout, mais je préfère ça plutôt que de risquer la contamination.

Lundi 15 mars 1943

Lucien et Mademoiselle se sont disputés. Il n'est pas sûr que leur mariage puisse être célébré. Lorsqu'il a fallu publier les bans, Lucien s'y est opposé. Mademoiselle était tellement furieuse qu'il n'a pas eu d'autre choix que de lui dire la vérité.

Bien sûr qu'il veut épouser Mademoiselle, mais il préfère ne pas attirer l'attention sur lui en ce moment. Qu'est-ce qu'il traficote ? Je n'ai toujours pas réussi à savoir les raisons de sa disparition à l'automne dernier. À chaque fois que j'aborde le sujet, il botte en touche. C'est très agaçant.

En attendant, tout est annulé et Grand-mère est au comble du désespoir. À l'annonce de la nouvelle, sa première réaction a été :

– Comment pouvez-vous me faire ça ?

J'aurais presque trouvé ça amusant si Mademoiselle n'était pas aussi malheureuse.

La guerre des poux continue. Il semblerait que les envahisseurs soient moins nombreux. « Gardons le cap », dit Titine chaque soir en attrapant son peigne pour l'inspection des têtes.

Dimanche 28 mars 1943

Lucien et Mademoiselle se sont mariés hier !

Le maire du village est un ami, ou devrais-je dire « complice », de Lucien ; cela expliquerait la provenance des documents officiels que fournit monsieur le curé aux enfants qui transitent chez nous. Il a permis d'organiser le mariage dans le plus grand secret. Même si Lucien a fini par avouer à Mademoiselle les raisons pour lesquelles personne ne doit être courant de leur union, elle n'a rien voulu me dire.

À l'hôtel de ville, il n'y avait que les Borel, Titine et moi. Afin de ne prendre aucun risque, Gisèle et Grand-mère n'ont pas été mises dans la confidence. Le maire semblait ému. Monsieur le curé était là aussi, ainsi que le pasteur. La cérémonie a été courte – nous n'avions pas beaucoup de temps – mais chaleureuse. Mademoiselle avait renoncé à sa belle robe en dentelle pour sa tenue du dimanche. Elle était radieuse. Titine aussi était émue.

– Ça va ? lui ai-je demandé.

– Oui, oui, tout va bien. C'est juste que… Ce matin, Mademoiselle est venue me trouver pour parler « de femme à femme ». Elle n'a plus sa mère, elle ne savait pas vraiment à qui parler de certaines choses qui arrivent aux jeunes épouses. Alors je lui ai expliqué. J'avais l'impression de parler à la fille que je n'ai jamais eue.

– Qu'est-ce qui arrive aux jeunes mariées ?

– Mon Dieu, c'est vrai ! J'oublie toujours que vous êtes encore si jeune. Ne faites pas attention à tout ça. Allez, venez, allons féliciter les jeunes mariés !

Je suis restée perplexe. Encore un secret que Maman ne pourra pas me transmettre et que je devrai découvrir seule si je me marie un jour.

Le soir, j'ai demandé à Mademoiselle comment elle souhaitait désormais être appelée. Sa réponse m'a étonnée.

– Lisette, je préférerais que l'on ne change rien pour l'instant. Que tout le monde continue à m'appeler « Mademoiselle ». Personne ne doit savoir que je suis la femme de Lucien.

Décidément, que de mystères ! Je passe déjà mon temps à avoir peur qu'un enfant ne fasse une gaffe qui mettrait en péril sa fausse identité ou celle des autres. À aucun moment, je ne baisse la garde. Chaque nouveau secret est alors un peu plus lourd à porter.

Mardi 13 avril 1943

Monsieur le curé est venu ce matin voir Grand-mère. Comme le docteur l'avait prédit, son état se dégrade. Elle a encore toute sa tête et son sacré caractère, mais les forces semblent la quitter. Elle n'avale plus que quelques cuillerées de soupe et grignote un peu du bon pain de Titine, elle n'a plus goût à rien. J'essaie de lui faire la lecture, mais, au bout de quelques pages, ses paupières se ferment et elle s'endort. Le père Lescure lui rend régulièrement visite pour lui tenir compagnie et lui porter la communion, sa présence lui fait du bien. Il descend ensuite dans la cuisine où nous buvons une tasse de chicorée avant qu'il reparte au village.

Ce matin, il semblait préoccupé.

– Qu'est-ce qui ne va pas, mon Père ?

Il s'est pris la tête dans les mains.

– Lisette, j'ai fait une épouvantable erreur ! Je suis si fatigué, un instant d'inattention et voilà…

– Qu'avez-vous fait, mon Père ?

Il a levé les yeux vers moi, le visage marqué par la peur.

– J'ai perdu mon carnet. Je l'ai toujours sur moi, même pour dormir. Je l'ai cherché partout, au presbytère, à l'église, j'ai refait tous mes trajets des derniers jours. Je ne l'ai pas retrouvé…

– Ne vous faites pas tant de soucis ! Je suis certaine que vous allez vite remettre la main dessus. Moi aussi, je perds souvent mes affaires, mais je finis toujours par les retrouver, souvent dans des endroits tout à fait improbables.

– Lisette, ce n'est pas n'importe quel carnet. C'est là que je note tous les noms.

J'ai retenu mon souffle. L'heure était grave.

– Les vrais noms, les faux noms, a repris le père Lescure. Ceux des enfants, des fermiers qui les cachent, des contacts pour les faire partir. Les quantités de nourriture que je dois trouver pour eux chaque semaine. Si ce carnet venait à tomber entre de mauvaises mains, ce serait une catastrophe. Je ne me le pardonnerais jamais.

– Je vais prier saint Antoine, il vous aidera à retrouver votre carnet, j'en suis sûre.

Monsieur le curé a haussé les épaules et est reparti. De dos, avançant dans l'allée pour récupérer sa voiture à cheval, il avait l'air d'un vieil homme.

Dimanche 18 avril 1943

Pour la toute première fois, il n'y a pas eu de messe au village. Arrivées devant l'église, nous avons trouvé porte close. Un mot indiquait : « Le curé est souffrant, pas de cérémonie ce jour. » Un attroupement s'était formé autour de la fontaine, tout le monde se demandait ce qui se passait. Je suis allée jusqu'au presbytère, mais tous les volets étaient fermés. Le Père Lescure s'est-il enfui ? Et s'il avait été arrêté ? Pourvu que son carnet ne soit pas tombé entre de mauvaises mains… Non, c'est impossible, nous l'aurions su. Il y a tant d'informations compromettantes dedans. Sommes-nous tous en danger ?

Jeudi 22 avril 1943

Gisèle est entrée dans ma chambre vers cinq heures du matin, en larmes, Poupette trottinant derrière elle. Je me suis réveillée d'un bond.

– Qu'est-ce qui se passe, Gisèle ?

Elle pleurait si fort que j'arrivais à peine à la comprendre.

– Je… je suis blessée.

– Comment ça ? Où es-tu blessée ? Tu es tombée de ton lit ? Tu t'es fait mal ?

Elle hoquetait en se tenant le ventre.

– Non, je ne suis pas tombée. Je suis malade. J'ai mal au ventre depuis hier, je pensais que ça passerait pendant la nuit.

– Mais pourquoi dis-tu que tu es blessée ? Tu as certainement mangé quelque chose qui ne passe pas, c'est tout. Je vais te donner un peu de bicarbonate de sodium et ça ira mieux.

– Mais je saigne !

– Comment ça, tu… Oh ! D'accord, je crois que je vois.

En écartant les bras, Gisèle m'a montré sa chemise

de nuit tachée de sang. Ma Gisèle, ma petite sœur… Comment avait-elle grandi si vite ? Hier encore, c'était un bébé et voilà que maintenant, c'était une femme.

– Qu'est-ce qui m'arrive, Lisette ? Pourquoi tu souris ? Je suis en train de me vider de mon sang, comme quand Claudius a tué Grassouillou. Il faut appeler le Dr Chatelard tout de suite sinon je vais mourir !

– Tout va bien, ne t'inquiète pas. Parle moins fort, tu vas réveiller tout le monde. Je vais t'expliquer pourquoi tu saignes. Laisse-moi juste t'apporter de quoi mettre dans ta culotte pour ne pas te tacher plus.

Une demi-heure plus tard, Gisèle est repartie. Elle pleurait encore un peu, mais ça allait mieux. J'aurais tellement aimé que Maman soit là. Je me souviens combien elle m'a manqué quand j'ai eu mes anglaises pour la première fois.

Lundi 3 mai 1943

Auguste m'a téléphoné. Deux officiers allemands en convalescence vont venir s'installer pour une quinzaine de jours au château. Quand j'ai entendu ça, je suis restée sans voix ! Puis je lui ai crié dessus, je l'ai insulté, je l'ai traité de fou, d'inconscient, de meurtrier.

– Calme-toi, a-t-il dit d'un ton sec. Je n'ai pas le choix, des réquisitions vont être faites dans les hôtels et des maisons de la région pour de haut gradés allemands. Mon beau-père a pris de gros risques pour me prévenir. Sois prudente et n'oublie pas que la meilleure cachette est encore de ne pas se cacher du tout.

Il a raccroché en me laissant toute tremblante à l'autre bout du fil. Des Allemands ici ? Comment allons-nous faire ? Et les enfants ? Impossible de les éloigner si longtemps.

Si le père Lescure avait réapparu, il aurait su quoi faire, lui. Mon Dieu, et si ces Allemands avaient récupéré le carnet ? Il faut que je parle à Titine et à Lucien pour mettre en place une stratégie. Le temps presse.

Jeudi 6 mai 1943

Je descends au village dès que j'en ai l'occasion pour essayer d'avoir des nouvelles de monsieur le curé. Mais, pour l'instant, personne ne sait où il est. J'allais rentrer à Fayolles quand j'ai aperçu André, qui me faisait signe. Je me suis avancée vers lui, mais il a disparu par le petit chemin qui descend en bas du village. Je l'ai rattrapé. Après avoir jeté un coup d'œil afin de s'assurer que personne ne le suivait, il est entré dans le cimetière, s'est dirigé vers les tombes du fond, les plus anciennes, celles abritées par un bosquet d'arbres, qui ne reçoivent jamais de visiteurs. Je l'ai rejoint devant une pierre tombale où il faisait mine de se recueillir. Il a sorti un objet de sa poche et me l'a tendu discrètement.

– J'ai trouvé ça l'autre jour au marché, par terre près de la fontaine. Je l'ai ouvert et… Je ne sais pas à qui en parler à part vous. Vous voulez bien le garder ? J'ai peur de me faire attraper avec. Ça a l'air important.

Dans sa main, il tenait un petit carnet noir dont les feuilles étaient griffonnées au crayon de bois.

J'ai immédiatement reconnu l'écriture de monsieur le curé. J'ai serré André si fort dans mes bras que je crois même lui avoir fait un peu mal, et je suis partie en courant vers le presbytère.

J'ai tambouriné à la porte, mais personne ne m'a ouvert. Pourtant, de la fumée s'échappait par la cheminée ; le père Lescure était forcément à l'intérieur. Après avoir fait le tour de la maison, je suis passée par la petite porte à l'arrière du bâtiment. Elle reste toujours ouverte, au cas où quelqu'un aurait besoin d'entrer... ou de sortir. Je suis montée à l'étage en appelant :

– Mon Père, mon Père !

Monsieur le curé est sorti de sa chambre. Il ne portait pas son habituelle soutane mais un vieux pantalon rapiécé et un pull mité. Il ne s'était pas rasé depuis plusieurs jours et des cernes marquaient son visage. Sans lui laisser dire le moindre mot, je lui ai tendu le carnet. Il s'est agenouillé, en larmes.

– Merci, mon Dieu.

J'ai répondu en riant :

– Ah ! non, merci, André !

Quand il s'est redressé, il n'était plus l'homme abattu de ces derniers jours. Il ne se tenait plus voûté, écrasé par le poids de la peur et de la culpabilité. Son visage affichait à nouveau la détermination que je lui avais toujours connue. Le père Lescure était de retour ! Il était temps ; avec l'arrivée imminente des Allemands à Fayolles, nous avons besoin de son aide.

Mardi 11 mai 1943

Les Allemands sont arrivés dimanche. Ils sont quatre. Nous avons été prévenus officiellement le lendemain du coup de fil d'Auguste. Inutile de préciser que ces derniers jours ont été intenses, j'ai à peine eu une minute pour me reposer. Nous nous sommes réunis avec les Borel, Lucien, Mademoiselle et Titine pour un conseil de guerre. C'est ce que nous faisons quand l'heure est grave, et cela se produit malheureusement de plus en plus souvent.

Après avoir longuement discuté, nous avons fini par décider de laisser les enfants dans la grande maison, en les faisant le plus discrets possible. Ils sont officiellement des orphelins catholiques malades venus recouvrer une santé grâce au bon air de la montagne. Les convalescents sont nombreux ici et cette couverture est plausible. Auguste a raison, ce qui est visible n'est pas suspect. Les Allemands n'auront pas l'idée de penser que nous hébergeons des enfants juifs s'ils sont sous leurs yeux. Il nous suffit de faire comme si de rien n'était. Et surtout que les enfants ne leur adressent pas la parole. Ils sont encore si jeunes, ils risqueraient de faire une bourde ou de montrer qu'ils ont peur. Nous les avons préparés à ce qui nous attend. Espérons qu'il n'y aura pas de descente de la gendarmerie.

Les Allemands logent dans deux chambres au premier étage du château : celle de Papa, la plus grande, et la rouge, que nous réservons aux invités de marque. Pas question que des hommes dorment à notre étage, Grand-mère a été catégorique. Les aides de camp dorment dans la petite pièce qui sert de bureau à Papa lorsqu'il vient. Deux lits d'appoint y ont été installés.

Je m'attendais à des hommes vulgaires, brutaux et sans gêne, mais je suis obligée de reconnaître qu'ils sont plutôt discrets et bien élevés. Depuis leur arrivée, ils passent leurs journées à jouer aux cartes sur la table en pierre de la terrasse, et leurs soirées dans le fumoir. Tout à l'heure, le lieutenant Krauss, le plus âgé, regardait par la fenêtre Gisèle qui jouait avec Poupette dans la cour du château. Il semblait ému quand il a vu que je l'observais.

– Pardonnez-moi, a-t-il dit avec un fort accent. J'ai une petite fille du même âge et elle me manquer beaucoup. *Sie heisst…* Elle s'appelle Mariele. Je ne l'ai pas vue, ça fait un an maintenant. Sa mère est… *Sie ist tot…* elle est morte.

J'ai honte de l'écrire, mais j'ai eu de la peine pour cet homme. Je devrais le haïr.

Jeudi 13 mai 1943

Je ne supporte plus la moindre visite à l'improviste, je deviens comme Grand-mère, j'ai toujours peur de l'annonce d'une mauvaise nouvelle.

Hier soir, je me tenais au salon avec Titine quand nous avons entendu des portières claquer. Nous nous sommes tues. Quelques secondes plus tard, on frappait avec violence à la porte. Titine est allée ouvrir, c'était la milice. Ils étaient cinq et portaient des armes. Apparemment, quelqu'un les avait prévenus que « Fayolles accueille des gens qui ne devraient pas être là ». J'allais protester mais la porte du fumoir s'est ouverte. Dans l'encadrement, les officiers allemands sont apparus. Pendant quelques secondes, personne n'a prononcé le moindre mot.

– Oui, messieurs, a fini par dire Titine, comme vous le voyez, nous recevons des militaires allemands. Cela ne plaît sans doute pas à tout le monde, mais nous respectons les instructions qui nous ont été données. Bien entendu, si vous souhaitez procéder à une fouille de tout le domaine, je serais heureuse de vous servir de guide.

Les miliciens se sont regardés sans trop savoir quoi faire. Puis l'un d'entre eux a dit :

– Ça doit être une erreur, nous allons en référer à notre hiérarchie.

Titine a refermé la porte derrière eux, en prenant soin de bien enclencher le verrou. Le lieutenant Krauss a souri et nous a fait un petit signe de la tête avant de retourner à sa partie de cartes. Titine m'a entraînée dans le salon, s'est dirigée vers le buffet et en a sorti deux minuscules verres qu'elle a remplis d'eau-de-vie de prune. J'ai porté le verre à mes lèvres et l'ai avalé d'une traite. L'alcool me brûlait la gorge, mais j'avais l'impression de revenir petit à petit à la réalité. Tout mon corps tremblait. Je me suis assise sur le canapé, il m'a fallu près d'une heure pour reprendre mon souffle. Je n'aurais jamais cru écrire cela, mais je suis heureuse que les Allemands aient été là ce soir.

Vendredi 14 mai 1943

Avant le dîner, Mademoiselle m'a proposé de l'accompagner faire le tour de l'étang. Entre nous, c'est devenu un nom de code quand nous avons besoin de discuter à l'abri des oreilles indiscrètes. Nous sommes descendues par le petit chemin qui part du parc. Mademoiselle avait du mal à trouver ses mots.

– Lisette, ce que je vais vous dire doit impérativement rester entre nous.

J'ai ri. Avec ce que nous vivons depuis son arrivée, j'ose espérer qu'elle sait que je peux garder un secret !

– Vous avez ma parole.

– Lucien ne voulait rien vous dire mais je ne vois pas d'autre issue. Le temps presse.

– Arrêtez de tourner autour du pot ! Qu'est-ce qui se passe ?

– Par où commencer ? Voilà, Lucien a des activités… disons… pas tout à fait légales.

– C'est un criminel ?

– Oh non ! Rien de tout cela… Du moins, pas comme vous l'entendez. Voilà, il fait partie d'un groupe de résistants.

Lucien, résistant ? Ça, alors !

– Ensemble, a repris Mademoiselle, les résistants mènent des actions de sabotage. Tout n'est pas encore bien organisé, mais Lucien se donne du mal pour faire bouger les choses. C'est pour ça qu'il préfère que nous restions discrets sur notre mariage pour l'instant. Il veut me protéger.

– Tout s'explique…

– Il y a autre chose. Les événements s'accélèrent avec le Service du travail obligatoire. De plus en plus de jeunes refusent de partir pour l'Allemagne et rejoignent le maquis. Il y a beaucoup de travail afin d'organiser leurs missions, la tâche n'est pas simple. Il faut aussi trouver des armes. C'est pour ça que j'ai besoin de votre aide.

– Pour vous trouver des armes ? Je n'ai pas la moindre idée de la manière de m'en procurer. Et pas question de demander à Papa.

– Non, non, rassurez-vous. C'est… Comment vous dire ? Bon, je me lance.

J'étais suspendue à ses lèvres, à la fois excitée et angoissée.

– Cela fait des mois que Lucien prépare la résistance et cache des armes. Mais il faut qu'il les récupère. Le transfert doit avoir lieu d'ici quelques jours, sinon il sera trop tard.

– Mais en quoi suis-je concernée ?

– Les armes sont cachées à Fayolles.

– Dans le château ?

– Dans le souterrain aménagé par les précédents propriétaires et que tout le monde semble avoir oublié.

– Il y a un passage secret à Fayolles ?

– C'est plus une cachette qu'un passage secret. C'est un tunnel d'une trentaine de mètres.

– Mais où est-il ?

– L'une des entrées est située sous la table en pierre.

– Celle de la terrasse ? Mais elle pèse une tonne !

– Il faut s'y mettre à plusieurs et connaître la technique.

– Et où se trouve la sortie ?

– Tout au bout de la terrasse, derrière la haie, je crois. Il y a une ouverture étroite. Un homme a à peine la place de s'y faufiler. Personne ne s'aventure plus par là, on ne sait même pas dans quel état est le tunnel.

– Et c'est là que sont cachées les armes ? Pourquoi Lucien ne peut-il pas les récupérer ?

– Il avait commencé à cacher des choses sous la table il y a bien longtemps, mais votre installation définitive à Fayolles a perturbé ses plans. Cela explique sans doute pourquoi il n'a pas accueilli l'annonce de votre arrivée avec enthousiasme. Avant de comprendre que votre présence serait finalement une excellente couverture pour sa planque.

– Alors, c'est bien Lucien que j'ai vu une nuit sur la terrasse ! Depuis quand êtes-vous au courant ?

– Lucien m'a tout avoué peu de temps avant notre mariage. C'est moi qui ai insisté pour vous parler des armes. Il voulait continuer à se débrouiller seul, et il était hors de question de vous mettre en danger. Mais c'était sans compter sur l'installation des Allemands au château. Ils passent leurs journées assis autour de la table, et leurs chambres ont une vue directe sur la terrasse. Même de nuit, ce serait trop risqué : ils dorment la fenêtre ouverte. Et de jour, comment traverser le carré de pelouse qui mène au parc sans être vus ? Nous devons trouver une solution.

– Je vais y réfléchir. Rentrons, j'entends la cloche qui nous appelle pour dîner.

Depuis cette discussion, j'essaie de remettre mes idées en place. Je suis en colère contre Lucien. Pourquoi ne nous a-t-il rien dit de ses activités ? Il faut trouver un plan pour faire sortir ces armes de Fayolles en toute discrétion.

Mardi 18 mai 1943

Le lendemain de ma conversation avec Mademoiselle, j'ai entendu Suzanne se plaindre à Titine du grand ménage de printemps que Grand-mère leur impose chaque année. Tous les tapis doivent être battus, les matelas retournés, l'argenterie nettoyée. Grand-mère lui a également demandé de laver les draps. Les draps, mais bien sûr ! J'ai convoqué le conseil de guerre le jour même chez les Borel. Deux jours plus tard, nous mettions notre plan à exécution.

Titine a demandé à Suzanne de récupérer tous les draps entreposés dans les armoires, les couvertures, les nappes, et de descendre les laver à la rivière. La pauvre, elle y a passé la matinée ! Lucien a installé sur toute la largeur de la pelouse de hauts piquets tendus de fils sur lesquels Titine et Suzanne ont étendu les draps. Par chance, le temps est clément et tout a séché rapidement.

Quelqu'un devait pénétrer dans le tunnel et le remonter jusque sous la table, où étaient entreposées les armes. Un éboulement a eu lieu à l'intérieur et seul un enfant peut s'y faufiler. Malgré les protestations de Marie, il a été décidé que Georges et François, les deux garçons de ferme, iraient ensemble dans le passage s'ils étaient d'accord.

Comme d'habitude, après le déjeuner, les Allemands ont entamé leur partie de cartes. Lucien et les garçons sont rentrés par l'arrière du parc et, dissimulés par les draps, se sont approchés de l'entrée du souterrain. Titine, chargée du guet, faisait mine d'inspecter le linge qui séchait. Équipés de la lampe à acétylène de Lucien, les petits se sont introduits dans la cavité. Ils ont été si courageux ! Georges, qui a pourtant une peur panique des araignées, a pris sur lui. Le tunnel, très endommagé, rendait le passage difficile. Petit à petit, sans un bruit, ils ont progressé dans la pénombre, enjambant les branches mortes et les carcasses de bestioles. Deux chauves-souris, dérangées dans leur sommeil, se sont échappées. Depuis la terrasse, où je faisais semblant de lire pour retenir les Allemands au cas où ils auraient voulu se promener dans le parc, je les ai aperçues. Absorbés par leur jeu et écrasés par l'alcool de prune que je leur avais généreusement servi en digestif, le lieutenant Krauss et ses acolytes n'ont rien vu. Arrivés sous la table, François et Georges ont récupéré une à une les armes et les caissettes de munitions. Toujours sans un bruit, ils ont enchaîné les allers-retours pour les apporter à Lucien, qui les passait ensuite aux Borel postés à l'orée du parc. La manœuvre s'est répétée pendant plus de deux heures, jusqu'à ce que tous les fusils aient été déplacés dans le parc sans que personne se rende compte de rien. Nous venions d'accomplir la première partie du plan. À Mademoiselle et moi d'entrer en jeu.

Une fois les armes récupérées, elles devaient être transportées dans un campement de maquisards installé à quelques kilomètres. Il fallait donc les sortir du domaine à l'aide d'un véhicule. Et s'il y a une chose que j'ai remarquée ces derniers jours, c'est que nos Allemands s'ennuient. Mademoiselle et moi leur avons donc proposé d'assister à la répétition générale de la pièce que les enfants de la grande maison préparent depuis plusieurs mois.

Dans la grange, un grand rideau délimitait une scène. Les enfants, ravis, ne se rendaient pas vraiment compte de l'importance de cette soirée. Nous avions invité monsieur le curé, le docteur, le facteur et son fils, et quelques fermiers voisins. L'ambiance était joyeuse malgré la présence des Allemands. Suzanne servait du vin et Titine avait préparé de grandes planches de charcuterie. Une partie de nos réserves avait été sacrifiée, mais « nécessité fait loi » comme dit Titine, qui raffole des dictons. Les trois coups ont retenti, chacun s'est installé et la représentation a commencé. Je ne suis pas certaine que les Allemands aient compris le moindre mot de Blanche-Neige et les sept nains, mais ils semblaient beaucoup s'amuser. Surtout quand Élise, qui jouait Blanche-Neige, s'est véritablement endormie et que le baiser du prince n'a pas suffi à la réveiller. Le pauvre Léon, qui faisait là ses premiers pas d'acteur, a fini par la secouer comme un prunier en lui criant :

– Mais tu vas te réveiller ?

Toute la salle était hilare.

Dans la plus grande discrétion, Claudius et Lucien s'étaient éclipsés dès les premières répliques. Lorsque les applaudissements ont éclaté à la fin de la représentation et que les enfants sont venus saluer, ils étaient revenus. Alors que la fête se prolongeait sur des airs d'accordéon, la voiture transportant les armes était déjà loin.

À la fin de la soirée, le lieutenant Krauss est venu me remercier. Il m'a baisé la main avant de regagner sa chambre. Titine, à qui rien n'échappe, ne voyait pas cela d'un très bon œil. Nous avons ensuite dansé jusque tard dans la nuit. Même Titine a esquissé quelques pas de valse avec Claudius ! La pression redescendait et, après cette journée intense, nous étions heureux de célébrer la réussite de notre plan.

Jeudi 10 juin 1943

Grand-mère ne va pas bien. Le docteur passe à présent presque tous les jours, mais il n'y a rien à faire. Il secoue tristement la tête en soupirant qu'elle n'a plus envie de vivre et que tous les remèdes du monde ne feront rien contre la volonté d'une femme si têtue. À chaque visite du père Lescure, elle l'implore de lui donner les derniers sacrements. S'il s'y refusait jusqu'à présent, il m'a avoué ce matin qu'il accéderait à sa demande.

Papa va essayer de venir dès que possible.

Mercredi 23 juin 1943

Lucien ne s'est pas présenté au Service du travail obligatoire. Mademoiselle est très anxieuse. À sa place, qui ne le serait pas ? Des gendarmes du Puy sont venus à deux reprises le chercher chez les Borel. Mais Lucien se cache. Décidément, il a bien fait de taire son mariage avec Mademoiselle, les gendarmes l'auraient forcément interrogée et personne n'a envie de vivre cela.

La période des foins approche et Claudius a beaucoup de travail à la ferme. Sans Lucien, il s'en sort péniblement. André Gatignol vient parfois donner un coup de main quand son père ne lui demande pas de l'aider à distribuer le courrier. Hélas ! cela ne suffit pas. Les Borel cherchent un garçon de ferme pour les soulager un peu – Papa a même proposé de le rétribuer – mais ils accordent difficilement leur confiance et la plupart des hommes en âge de travailler sont partis pour l'Allemagne ou se cachent comme Lucien.

Mercredi 7 juillet 1943

Les Allemands sont enfin repartis ce matin. Dire qu'ils ne devaient rester que deux semaines ! Le lieutenant Krauss semblait triste de quitter Fayolles, je crois qu'il se plaisait bien ici.

Bien qu'ils aient été aussi discrets et délicats que possible, leur présence nous mettait tous sur les nerfs. Depuis leur arrivée, il y a deux mois, à aucun moment nous n'avons pu baisser la garde. Le moindre rire d'enfant, la moindre silhouette, le moindre jeu un peu bruyant étaient autant de risques de se faire remarquer. À l'instant où j'ai vu leur voiture démarrer et s'éloigner dans l'allée, j'ai senti un poids s'enlever de ma poitrine. Titine aussi était soulagée, mais pour une autre raison. Le lieutenant Krauss est un très bel homme mais je ne dois pas oublier qu'il est aussi notre ennemi. Je me suis moquée de ses craintes, mais elle n'avait pas tout à fait tort. Avant de partir, il m'a tendu un papier avec son adresse.

– Écrivez-moi, s'il vous plaît.

– Oui, d'accord, monsieur.

Je n'avais évidemment pas la moindre intention de le faire.

– Appelez-moi Ulrich, a-t-il dit en me baisant la main.

Dieu merci, Grand-mère n'a pas assisté à ça.

Dimanche 18 juillet 1943

Papa est venu aussi vite qu'il a pu. Trop tard, Grand-mère était décédée.

Même si c'est dans l'ordre des choses, car elle était très âgée, je n'y étais pas préparée. Cela fait quelques jours qu'elle nous a quittés et pourtant je l'entends encore m'appeler depuis sa chambre. Je n'aurais jamais cru cela possible, mais je regrette le temps où elle râlait pour un oui ou pour un non.

L'enterrement a eu lieu cette semaine. Tout a été très rapide. Avec cette chaleur, il était inenvisageable de déplacer le corps jusqu'à Dijon, dans la tombe de Grand-père. Nous n'avons pas eu le choix : Grand-mère a été enterrée dans le cimetière du village. Je l'imagine, de là où elle est, raconter à tout le monde que nous l'avons mise en terre avec les indigents.

Papa est effondré, il s'en veut de ne pas avoir été près d'elle ces derniers temps. Charles est venu avec lui. Au début, je trouvais ça étrange, mais son soutien fait beaucoup de bien à Papa. Après l'enterrement, nous sommes remontés du cimetière à pied, j'avais envie de marcher un peu et Charles a proposé de m'accompagner. Je l'ai laissé faire. Il n'est pas méchant et je lui suis malgré tout reconnaissante d'être là pour Papa.

Gisèle aussi est très triste. Seule Poupette, qui lèche ses larmes à grands coups de langue, lui redonne un semblant de sourire. Elle n'a jamais connu Maman et Grand-mère comptait beaucoup pour elle.

Jeudi 22 juillet 1943

Papa et Charles sont déjà repartis. J'aurais aimé qu'ils puissent rester quelques jours de plus, enfin surtout Papa, mais l'usine tourne en continu, ils ne peuvent s'absenter davantage. La maison semble terriblement vide sans eux. Et sans Grand-mère. Tout est si calme. Même la pauvre Suzanne, habituée à se faire houspiller en permanence, se trouve toute déboussolée. Elle ne sait plus quoi faire.

Gisèle pleure sans arrêt. Je me sens tellement impuissante ! J'aimerais pouvoir l'aider, mais je me sens moi-même vaciller.

Avant de partir, Papa m'a emmenée pêcher à l'étang. Nous étions assis l'un à côté de l'autre sur la berge quand il m'a dit :

– J'ai croisé le père de ton amie Monique. Figure-toi qu'elle vient d'avoir un bébé.

– Monique ? Mais elle vient de se marier !

– Elle s'est mariée l'été dernier, ça n'a rien d'étonnant.

– C'est tellement rapide ! On a le même âge, vous vous rendez compte ?

– Justement, ne crois-tu pas qu'il faudrait songer à te marier, toi aussi ?

Celle-là non plus je ne l'avais pas vue venir.

– Me marier ? Mais j'ai à peine vingt ans ! Il faut d'abord que je passe mon bachot et que je fasse des études. Je veux être médecin.

– Une femme médecin ? Et puis quoi encore ? Grand-mère m'avait dit que tu avais de drôles d'idées en tête, je ne pensais pas qu'elle était si sérieuse. Nous devons penser à ton avenir, tu ne vas pas rester ici toute ta vie à vivre avec les fermiers. Un jour, la guerre se terminera et il faudra rentrer à Lyon. Tu es encore jeune, mais ne tarde pas trop à te trouver un mari.

J'ai eu comme une illumination.

– C'est donc pour ça que vous venez toujours à Fayolles avec Charles ?

– Charles est quelqu'un que j'apprécie beaucoup et je ne serais pas contre le fait de l'avoir pour gendre. Il est gentil, bien élevé, travailleur, du même milieu que nous. Ta grand-mère était de mon avis, c'est un excellent parti, et dans le contexte actuel, tu ne pourras pas trouver meilleure opportunité. Mais je ne t'oblige à rien, bien entendu.

– Bien entendu.

– Tout ce que je te demande, c'est de l'envisager.

Je me doutais bien, au fond de moi, que c'était tout réfléchi, mais je connais Papa, mieux vaut ne pas être trop catégorique.

– Tu sais, Lisette, je te parle comme ça parce que tu es devenue une adulte. Tout ce que tu as accompli ces derniers mois me prouve que j'ai eu raison de te faire confiance. Et je suis très fier de toi.

– Merci, Papa.

– Maintenant que ta grand-mère n'est plus là, c'est toi, le chef de famille. Je ne vais pas vous obliger à rentrer à Lyon, surtout en ce moment, mais je te confie ta sœur. Puis-je compter sur toi ?

– Bien sûr, Papa.

– Et nous reparlerons de cette histoire de mariage. Je te laisse un peu de temps pour y réfléchir.

Depuis cette conversation, je n'arrête pas de repenser aux paroles de Papa. Ai-je vraiment envie de me marier ? Pas avec Charles, c'est certain. Que se passera-t-il après la guerre ? Vais-je revenir à Lyon, reprendre ma vie là où je l'ai laissée, comme si rien ne s'était passé ? Est-ce réellement ce que je veux ? Tout est tellement différent. Je suis différente.

Raphaëlle regarda sa montre, déjà une heure du matin, et sa lecture était loin d'être terminée. Ces dernières pages l'avaient laissée perplexe. Sa grand-mère semblait tout à fait opposée à l'idée de se marier avec Charles, ce garçon « insipide », ce « benêt », ce « Charlot », dont elle se moquait à plusieurs reprises dans son journal. Elle l'avait pourtant épousé et Raphaëlle portait aujourd'hui son nom : Duvernet. Que s'était-il passé ? Pourquoi Élisabeth avait-elle changé d'avis ?

Raphaëlle n'avait aucun souvenir de son grand-père, mais elle était sûre que Lisette avait été heureuse avec lui. Son appartement était plein de photos encadrées où on pouvait les voir en voyage, souriants, rayonnants de bonheur. Jamais sa grand-mère n'aurait fait un mariage arrangé pour satisfaire son père. Elle avait certainement dû apprendre à connaître Charles et à l'aimer avec le temps...

Elle se dirigea vers la salle de bains, se brossa rapidement les dents et s'installa dans son lit pour terminer la lecture. Elle espérait apprendre comment sa grand-mère était tombée amoureuse de son grand-père.

Lundi 2 août 1943

J'aide Marie pour la traite des chèvres tandis que Claudius s'occupe de celle des vaches. Tout à l'heure, j'ai passé plus d'une heure, assise sur un petit tabouret, à récolter le précieux lait pour faire les fromages. Je venais de terminer quand une chèvre s'est reculée et m'a fait perdre l'équilibre. J'ai lâché le seau que je tenais dans les bras. Ma robe était trempée, j'avais perdu toute ma traite. Je me suis mise à pleurer et, depuis, impossible de m'arrêter. Je ne sais même plus pourquoi je pleure. La mort de Grand-mère ? Cette guerre qui n'en finit pas ? Papa qui veut que je me marie ? Ma vie d'avant me manque, la vie d'après m'effraie. Je me sens terriblement démunie. Je mets des traces de larmes partout, je ferais mieux de me reposer. Ça ira mieux demain.

Samedi 28 août 1943

Quel bel été ! Contrairement à l'an dernier, la moisson est excellente. Claudius a retrouvé sa bonne humeur, chaque matin il sifflote sur le chemin des champs, suivi d'une joyeuse bande de gamins. Certains ne restent pas longtemps, quelques jours seulement, dans la grande maison ; nous sommes devenus un point de passage pour les jeunes en partance vers la Suisse. Gisèle vit assez mal ces départs, elle ne comprend pas pourquoi ses amis s'en vont. Elle passe beaucoup de temps avec François et Georges grâce auxquels elle garde un certain équilibre en cette période chaotique. D'ailleurs, pourquoi les deux garçons restent-ils chez les Borel ? Marie me l'a expliqué : le père de François est un riche marchand d'art qui venait en villégiature dans la région avant la guerre. Il avait pris très tôt la décision de mettre son fils à l'abri chez les Borel, à qui il verse une rente importante pour qu'ils prennent soin de lui. Le père de Georges était l'un de ses clients, ils ont décidé de placer leurs enfants ensemble. Tous les six mois, un homme passe chez les Borel pour leur déposer l'argent. Il en profite pour prendre des nouvelles des petits. Cela fait plus de trois ans maintenant. Marie m'a avoué qu'elle espérait parfois que la guerre se prolonge pour que François et Georges restent encore avec elle.

Tous les soirs, il y a des veillées et des bals dans les fermes des alentours. Les gens s'y retrouvent pour boire du vin et danser. Je crois que Suzanne s'est amourachée d'un garçon vacher. J'attends la fin de l'été pour savoir si elle finira avec le cœur brisé ou la bague au doigt...

Comment est-il possible de s'amuser dans un climat si tendu ? La milice, de plus en plus virulente, multiplie les descentes. Elle cherche des juifs et des réfractaires. Les habitants des fermes les plus isolées se font détrousser par des vauriens qui se font passer pour des maquisards à la recherche d'une cache. Ils profitent de leur hospitalité pour les piller.

Scandalisé, Lucien s'est mis en tête de protéger les fermiers locaux. Avec un groupe de résistants, il traque les pilleurs. Il a réussi à en attraper quelques-uns, qu'il a ligotés et déposés devant la gendarmerie comme de vulgaires paquets. Il continue à faire des va-et-vient ; il rentre quelques jours, passe un peu de temps dans la grande maison, descend des enfants à Saint-Étienne et repart. Mademoiselle n'a plus que la peau sur les os à force de se faire du mouron. L'autre soir, à bout, elle m'a avoué que Lucien commençait à flancher, lui aussi, et que, pour la première fois, il avait peur.

Visiblement, il regrette parfois de l'avoir rencontrée ; avant, il n'avait rien à perdre, il ne craignait pas le danger. Cela m'a fait du bien de l'entendre. Moi aussi, souvent j'ai peur, je doute, je me dis que tout ce que nous faisons est de la folie. Mais je n'ose pas en parler aux autres. Le fait de ne pas être la seule à le penser me redonne du courage. Malgré nos peurs, nous continuons. Comme dirait Titine, la peur n'évite pas le danger.

Vendredi 24 septembre 1943

À trois kilomètres de Fayolles, la ferme des Riffard a été attaquée. Nous les connaissons bien, ils nous aident chaque été pour la moisson et leur fils suit la classe de Mademoiselle. Les pillards ont volé tout leur argent et une partie de leurs réserves de nourriture. Quand ils se sont approchés de sa femme, M. Riffard a voulu s'interposer. Il a reçu un coup sur la tête et a perdu beaucoup de sang. Cette histoire nous a tous choqués.

L'école rouvrira lundi. J'ai hâte que les enfants soient occupés pendant la journée, j'ai besoin de quelques heures pour moi.

Papa m'a à nouveau écrit pour savoir si j'ai réfléchi. Je ne sais pas quoi lui répondre. J'espère que Charles, lassé d'attendre, va rencontrer une autre fille et lui demander sa main. Cela règlerait tous mes problèmes.

Ah ! avant que j'oublie, j'avais vu juste ! La grande histoire d'amour de Suzanne avec son garçon vacher n'aura pas duré plus d'un été. Depuis, elle se traîne comme une limace et fond en larmes sans raison. Je suis triste pour elle, mais son attitude me paraît un peu ridicule. Comment peut-on se mettre dans un état pareil pour un homme qu'on connaît à peine ?

Jeudi 7 octobre 1943

Je suis descendue faire quelques emplettes à la mercerie. À force de repriser les vêtements des enfants, nous consommons beaucoup de fil à coudre. Alors que je m'attardais près de la fontaine pour connaître les dernières nouvelles, j'ai appris que le Dr Chatelard avait été arrêté. Mon cœur a bondi dans ma poitrine.

Au lever du jour, une voiture de la milice s'est garée devant chez lui. Trois hommes en sont sortis et ont frappé à sa porte. Le docteur ne s'est pas méfié, il leur a ouvert. Quelques minutes plus tard, ils l'emmenaient. Apparemment, le docteur refusait de partir travailler en Allemagne. Qu'allons-nous faire sans lui ? Tous les hommes de la région vont-ils être emmenés de force ?

Lundi 11 octobre 1943

Impossible de m'endormir. Je me tourne dans tous les sens sous les draps. J'espère qu'écrire me calmera un peu.

Je m'étais pourtant couchée tôt. J'étais en train de lire dans mon lit quand j'ai entendu du bruit. J'ai cru qu'un papillon de nuit s'était cogné contre ma fenêtre, mais ça a recommencé. Quelqu'un jetait des cailloux contre la vitre. C'était Lucien. Sans prendre le temps d'enfiler mes chaussures, je me suis empressée de descendre. Le sol était glacé. Lucien portait un sac à dos et était habillé comme s'il partait en voyage. Après avoir jeté un coup d'œil à l'extérieur, il est entré et a fermé la porte derrière lui.

– Que se passe-t-il ? ai-je demandé. Vous partez ?

– Oui.

– Pour longtemps ?

– Je ne sais pas encore. Sûrement quelques semaines, ou peut-être plus. Ça dépendra.

– Ça dépendra de quoi ?

– Je ne peux pas vous le dire.

– Qu'allons-nous faire pour les enfants ?

– Le père Lescure est prévenu, s'il a besoin de vous, il vous le fera savoir.

– Et Mademoiselle ? Vous avez pensé à elle ?

– Évidemment que je pense à elle ! Mais je n'ai pas le choix. Promettez-moi de veiller sur elle.

– Enfin, Lucien, vous êtes fou ! Avec ce qui se passe en ce moment dans la région ! Regardez, les Riffard, il y a une semaine, ils…

– Je sais tout ça. J'ai demandé à deux de mes gars de venir faire des rondes chaque soir.

– Et vous pensez que ça suffira ? Et si des pillards s'en prenaient à nous ? Des femmes et des enfants, vous croyez vraiment que Claudius pourrait nous défendre tout seul ?

– C'est justement pour ça que je suis ici. Je voulais vous apporter ceci.

Il m'a tendu un fusil. J'ai eu un mouvement de recul ; je déteste les armes à feu. Je refuse toujours d'accompagner Papa à la chasse, je ne supporte pas le bruit des détonations.

– Non, Lucien, il n'est pas question de garder une arme sous mon toit. Et encore moins de m'en servir.

Lucien m'a attrapé le poignet si fort que sa main y a laissé une marque.

– Écoutez, Lisette, c'est pas une plaisanterie. Vous le reconnaissez vous-même, la région n'est pas sûre en ce moment, et nous ne pouvons pas prendre de risque. Je ne vous demande pas de tuer des gens, seulement d'avoir de quoi vous défendre en cas de besoin.

J'ai pris le fusil en tremblant. Lucien m'a serré la main et il est parti. Je suis remontée dans ma chambre, le fusil posé à côté de moi. Que vais-je bien pouvoir en faire ? Où le cacher ? Pourvu que Gisèle ne tombe pas dessus ! Je prie pour ne jamais avoir à m'en servir.

Lundi 6 décembre 1943

De toute ma vie, je n'ai jamais eu aussi froid. Depuis que nous vivons à Fayolles, j'ai pris l'habitude des hivers rigoureux, mais là, ça dépasse tout ce que j'ai pu connaître. La nuit dernière, j'ai oublié de remettre une bûche avant de me coucher et le feu de ma chambre s'est éteint. À mon réveil, une fine couche de glace s'était formée sur le dessus du verre d'eau que je laisse sur ma table de nuit.

Depuis plusieurs semaines, les températures ne cessent de chuter et nous n'avons d'autre choix que d'économiser le bois. Mademoiselle a suspendu les cours dans la grange : le poêle ne suffisait plus à réchauffer la pièce, les enfants avaient les mains gelées et de la buée s'échappait dès qu'ils ouvraient la bouche ! En attendant, nous avons décidé de garder tout le monde dans la grande maison. Les chambres des combles ont été fermées, faute de pouvoir les chauffer convenablement, et les enfants ont été relogés au rez-de-chaussée. La salle commune sert désormais à la fois de chambrée et de salle d'études. C'est un foutoir innommable mais, au moins, les petits sont au chaud. Et l'ambiance y est plutôt chaleureuse. On entend beaucoup rire le soir dans le dortoir. Vivement le retour du redoux, nous avons tous besoin de nous dégourdir les jambes !

Claudius non plus n'a jamais connu un hiver si rude. La burle souffle avec force, soulevant des rafales de neige qui vous fouettent le visage. Des congères se sont accumulées devant l'entrée de l'étable et de la porcherie. Pour y accéder et s'occuper de ses bêtes, Claudius a dû creuser un tunnel dans la neige.

D'un point de vue pratique, la situation est laborieuse : il y a tant de neige que nous avons toutes les peines du monde à franchir la vingtaine de mètres qui séparent le château de la grande maison, alors je ne parle même pas de descendre au village pour nous ravitailler ! Titine a mis en place un véritable rationnement pour tenter de tenir le plus longtemps possible avec les réserves qu'elle a accumulées. Le temps des fruits rafraîchis et des omelettes aux cèpes me semble si loin ! Mais personne ne se plaint. Nous pensons tous à Lucien. Où est-il ? Se cache-t-il dans la montagne ? A-t-il trouvé un abri ou doit-il se réfugier dans la forêt ? Mademoiselle me fait souvent part de ses craintes et je ne sais plus quoi lui répondre pour la rassurer. Nous prions pour Lucien. J'espère qu'il survivra et nous reviendra sain et sauf.

Mardi 28 décembre 1943

Le 25 décembre, personne n'avait le cœur à la fête. Papa et Auguste étaient bloqués à cause des conditions météorologiques, et ce premier Noël sans Grand-mère nous attristait tous. Avec le froid qui perdure, la priorité était avant tout de tenir le coup.

Gisèle avait demandé à passer la journée dans la grande maison avec les autres enfants. Titine n'a pas eu le cœur de refuser et a tenu à l'accompagner. Mais une violente tempête s'est levée, elles n'ont pas pu revenir et ont été contraintes de passer la nuit là-bas. Je suis donc restée seule avec Suzanne au château. Nous avons avalé un bol de soupe dans la cuisine et, pendant que je faisais la vaisselle, Suzanne est partie chercher des bûches. Quelques minutes plus tard, complètement affolée, elle est revenue en hurlant :

– J'ai entendu du bruit dans la remise ! Il y a un pillard qui veut nous tuer et nous voler !

Les mots de Lucien me sont revenus en tête, je n'ai pas hésité une seconde. J'ai couru dans ma chambre attraper le fusil et j'ai dit à Suzanne de m'éclairer. J'ai ouvert la porte de la remise. On n'y voyait pas grand-chose, la lampe à huile ne diffusait qu'une faible lumière. Seule mon ombre, immense, apparaissait sur le mur. Agrippée à mon arme, je me suis avancée et j'ai fait le tour de la Traction Avant de Papa, garée au centre de la pièce. À part quelques stères de bois bien alignés et le mobilier de la terrasse, il n'y avait rien. J'ai baissé les yeux vers le sol, des empreintes de pas qui semblaient encore humides se dirigeaient vers la voiture. D'un coup sec, j'ai soulevé la bâche de protection. Suzanne a poussé un cri, j'ai mis le fusil en joue et j'ai crié :

– Sortez de là !

Un corps était étendu à l'arrière de la voiture. J'ai posé mon doigt sur la gâchette.

– Suzanne, approche la lumière pour que j'y voie mieux.

C'était un homme. Si maigre. Si sale. Ses vêtements étaient trempés. À la lumière de la lampe, on ne distinguait pas bien ses traits. Seuls ses yeux brillaient. Nous n'étions pas en danger, ce n'était qu'un pauvre malheureux qui cherchait du secours. Il a tenté de se redresser, mais semblait à bout de forces. Après avoir réussi à sortir de la voiture, il a fouillé dans sa poche. J'ai cru qu'il allait en sortir une arme et mes doigts se sont resserrés autour du fusil que je n'avais pas lâché.

– S'il vous plaît, aidez-moi, a-t-il dit.

Il m'a tendu un bracelet en or.

– Tenez, prenez ça, c'est tout ce que j'ai. Je vous en supplie, laissez-moi passer la nuit ici, je partirai demain.

Sa main tremblait. J'ai baissé mon fusil.

– Suzanne, monte allumer un feu dans la chambre de Grand-mère, ai-je ordonné. Et prépare le lit.

Ah ! Ce regard qu'elle m'a jeté ! Je ne lui ai pas laissé le temps de protester.

– Allez, dépêche-toi !

Elle n'a pas demandé son reste et s'est exécutée. Je me suis retournée vers l'homme.

– Je n'ai pas besoin de votre argent, vous pouvez rester ici.

J'ai cru qu'il allait dire quelque chose, quand il s'est évanoui.

Après s'être occupée de la chambre, Suzanne m'a aidée à le porter jusqu'au deuxième étage. Je le tenais sous les bras tandis qu'elle portait ses jambes. Il nous a ensuite fallu un temps fou pour réussir à le déshabiller et à le mettre au lit. Son corps était décharné et marqué par de nombreuses cicatrices, il avait dû en endurer des choses, avant d'atterrir ici. Je me suis installée dans le fauteuil de Grand-mère et je l'ai veillé toute la nuit.

Titine est revenue le lendemain matin. À cause des congères, elle a dû sortir par la fenêtre du salon de la grande maison et entrer par celle de la cuisine du château. Elle a mis près d'une heure à parcourir quelques mètres. Je lui ai raconté notre mésaventure de la nuit et elle est immédiatement montée voir l'inconnu, qui dormait toujours. C'est d'ailleurs ce qu'il fait depuis trois jours. Il est brûlant de fièvre. Nous nous relayons pour lui faire des compresses de neige fondue. Nous avons fouillé ses vêtements pour trouver ses papiers mais, à part le bracelet qu'il gardait dans sa poche, nous n'avons rien trouvé. Je l'ai regardé pendant des heures, il doit avoir l'âge d'Auguste. Qui est-il ? D'où vient-il ? Comment est-il arrivé ici ?

Jeudi 30 décembre 1943

L'état de l'inconnu ne s'améliore pas. Son sommeil est agité, il pousse des cris, se débat, prononce des paroles décousues, avant de se réveiller en sursaut, l'air ébahi. Il ne se souvient pas de l'endroit où il se trouve. Titine et moi tentons de le calmer. Il avale quelques gorgées de soupe et replonge dans une sorte de coma. Nous avons envoyé Suzanne dans la grande maison, où Gisèle est aussi restée depuis Noël. La neige a cessé de tomber et le froid la transforme en glace. Nous allons tenter de sortir d'ici quelques jours pour prévenir les Borel, qui sont aussi enfermés chez eux. Titine est inquiète : si l'inconnu ne reprend pas ses esprits, il faudra lui trouver des médicaments. Mais depuis l'arrestation du docteur, personne ne l'a remplacé au village et il est impossible de demander de l'aide à quelqu'un que nous ne connaissons pas.

Lundi 3 janvier 1944

Claudius a une fois encore été extraordinaire. Dès qu'il a été prévenu, il s'est empressé de trouver une solution pour se rendre au village. Dans le fond de sa grange, il garde un vieux traîneau que son père utilisait autrefois pour transporter des troncs d'arbres. Après avoir réparé les essieux et graissé les patins, il y a attelé ses deux plus gros chevaux de trait et nous sommes partis. Bien que la route m'ait semblé plus longue que d'habitude, nous sommes arrivés sans encombre. Titine m'avait confié quelques courses à faire pour remplir le garde-manger, mais le plus important était de voir le pharmacien, un ami du Dr Chatelard.

Claudius m'attendait dans le traîneau. Dans l'officine déserte, une clochette a retenti à mon entrée. Le pharmacien est arrivé en souriant.

– Que puis-je pour vous, mademoiselle ?

Je n'y suis pas allée par quatre chemins.

– Avez-vous déjà travaillé avec le Dr Chatelard sur des cas disons particuliers ?

Il a tout de suite compris de quoi je voulais

parler. Il a jeté un coup d'œil par la fenêtre et a fermé le verrou de l'officine.

– Pouvez-vous m'en dire plus ?

– Un homme est arrivé chez nous il y a quelques jours. Il ne quitte pas le lit, il a de la fièvre et il est à bout de forces.

Il m'a donné des médicaments qui devraient le remettre sur pied rapidement. J'étais en train de payer quand quelqu'un a tenté d'ouvrir la porte. À travers le verre dépoli de la vitre, la silhouette d'un homme portant l'uniforme de la milice se dessinait. J'ai lu la panique dans les yeux du pharmacien. Moi-même, je n'en menais pas large. J'ai vite caché les médicaments sous mon manteau et j'ai tenté d'avoir l'air le plus naturel possible. Le pharmacien s'est ressaisi et est allé ouvrir en s'excusant :

– Cette satanée porte se coince tout le temps à cause de la neige qui fait gonfler le bois.

L'homme est entré et nous a regardés d'un œil méfiant. Je l'ai tout de suite reconnu : il faisait partie des miliciens venus au château lorsque les Allemands logeaient chez nous. Il s'est avancé vers moi et m'a saluée. Il avait dans le regard un je-ne-sais-quoi qui m'a glacé le sang.

– Alors, jeune fille, on fait ses courses toute seule ? Ce n'est pas prudent. Souhaitez-vous que je vous accompagne ?

– C'est très aimable à vous, mais on m'attend dehors.

– Ce n'est pas trop dur d'être enfermée là-bas, dans votre château ? Vous ne devez pas beaucoup vous amuser. À votre âge, on aime aller au bal, rencontrer des garçons…

– Je lis beaucoup et j'étudie. Je n'ai pas le temps de m'ennuyer, vraiment.

– Je devrais vous rendre une petite visite un de ces jours, qu'en pensez-vous ?

Je n'ai pas su quoi répondre. J'ai regardé le pharmacien, qui se tenait aussi immobile qu'une statue, je l'ai remercié en bafouillant et je suis partie le plus vite possible.

Je devais avoir une drôle d'expression quand j'ai retrouvé Claudius.

– Eh bien ! Vous en faites une tête ! Vous avez vu un fantôme ? m'a-t-il demandé.

Je crois que j'aurais préféré voir un fantôme plutôt que ce milicien.

Espérons que le traitement que m'a donné le pharmacien fera effet et que notre inconnu va vite guérir. Pourvu que l'homme ne tienne pas parole et ne vienne pas au château !

Jeudi 27 janvier 1944

Il s'appelle Adam. Il a vingt-cinq ans. Voilà tout ce que j'ai réussi à lui soutirer en un mois. Il n'est pas très causant, c'est le moins qu'on puisse dire. Il a fini par sortir de sa léthargie et a repris un peu de poids. Titine y est pour beaucoup, on dirait qu'elle l'engraisse comme une oie. Si elle pouvait, elle lui mettrait directement la nourriture dans le gosier !

Avec la neige qui nous coupe du monde, nous ne recevons plus beaucoup de visites et les journées sont longues. Cette nouvelle présence, même discrète, dans la maison apporte un peu de vie. Adam passe ses journées dans sa chambre, assis sur son lit, son état ne lui permettant pas de rester longtemps debout. Nous avons découvert qu'il avait une côte cassée. Je suis redescendue chez le pharmacien, qui m'a conseillé de lui enserrer le torse avec un bandage et de lui donner des comprimés contre la douleur, même s'il n'y a pas grand-chose à faire, cela va se réparer tout seul.

Adam voulait s'en aller, mais nous ne lui avons pas laissé le choix. Interdiction de se lever tant qu'il ne sera pas guéri. Et avec ce froid, ce serait une folie. Titine a été si ferme qu'il n'a pas osé refuser ! Pour le plus grand bonheur de Gisèle d'ailleurs, qui a enfin trouvé un adversaire à sa hauteur pour jouer aux dames. Elle passe désormais tout son temps libre dans la chambre d'Adam à se torturer le cerveau pour savoir si elle doit déplacer tel ou tel pion.

Il y a eu un nouvel accident dans la grande maison. Léon ne cessera donc jamais de me surprendre tant son imagination déborde lorsqu'il s'agit d'inventer des bêtises. Cette fois, il s'est mis en tête d'utiliser l'escalier comme piste de luge. Et sa brillante idée s'est transformée en catastrophe : il s'est foulé la cheville. Le pire, c'est que je n'arrive pas à lui en vouloir. Quand il me regarde avec ses grands yeux bordés de longs cils et son adorable sourire, j'ai envie de le prendre dans mes bras et de le cajoler. Mais qu'est-ce qu'il m'en fait voir !

Toujours pas de nouvelles de Lucien.

Mercredi 9 février 1944

Le traitement fonctionne et, malgré une légère douleur quand il respire et tousse, la côte d'Adam semble se réparer correctement. Il peut désormais descendre prendre ses repas avec nous à table. Gisèle a visiblement un petit béguin pour lui. Adam parle peu de lui, mais il nous fait rire, il est tellement drôle et cultivé ! On dirait qu'il a beaucoup voyagé, car il connaît un tas de choses incroyables.

Tout à l'heure, de retour du village où j'étais allée chercher des médicaments, j'ai remarqué que le fumoir était ouvert. Je me suis avancée sans bruit et, par la porte entrebâillée, j'ai aperçu Adam. Il était assis sur le tabouret devant le piano de Maman. Il avait soulevé le couvercle et caressait les touches en silence comme s'il jouait un morceau inaudible. Ses mains sautaient de note en note avec une incroyable agilité. Les yeux fermés, il paraissait totalement absorbé par une musique qu'il était le seul à entendre. Comme il était beau ! Je suis restée cachée derrière la porte pendant de longues minutes à le regarder. Je n'avais pas remarqué ses grandes mains à la fois fines et puissantes. Elles se sont soulevées du clavier avec délicatesse avant de retomber sur ses genoux. Il a rouvert les yeux, il pleurait. C'est alors qu'il m'a aperçue. D'un revers de manche, il a essuyé les larmes qui avaient coulé sur ses joues. Il semblait gêné.

– Vous êtes là depuis longtemps ?

J'avais encore mon manteau sur moi, je ne voulais pas le mettre mal à l'aise.

– Non, je viens d'arriver.

Il a eu l'air soulagé.

– Personne n'y a touché depuis des mois, ai-je ajouté en désignant le piano. Il doit être désaccordé, mais si vous avez envie d'en jouer, n'hésitez pas.

Adam a refermé le couvercle du piano en secouant la tête.

– Je suis fatigué, je ferais mieux de monter me reposer.

Mercredi 16 février 1944

Cela fait plus de quatre mois que Lucien est parti et nous nous faisions tous un sang d'encre. Enfin nous avons eu de ses nouvelles ! Un de ses compagnons du maquis a frappé chez les Borel en plein milieu de la nuit. Il avait marché deux jours dans la neige, il était transi de froid. Lucien a été blessé, nous a-t-il appris. Une balle dans l'épaule. Mais il s'est réfugié chez un couple de paysans dans une ferme reculée à une trentaine de lieues d'ici. Il va rester là-bas le temps qu'il faudra et repartira avant le dégel. Les descentes de la milice dans les fermes sont de plus en plus nombreuses, Lucien ne veut pas faire prendre de risques à ces braves gens qui l'ont secouru.

Claudius a tout de suite voulu aller le chercher, mais Lucien avait fait promettre à son ami de ne pas dire où il était. Se déplacer en ce moment serait pure folie.

Mademoiselle a été prévenue. Comme nous tous, elle a été soulagée, même si l'état de Lucien reste inquiétant. Elle aussi aurait voulu aller le chercher, mais l'ami qui nous avait avertis était déjà reparti. Lucien nous recontacterait dès qu'il serait en lieu sûr, il nous avait laissés sur ces paroles. Il n'y a plus qu'à attendre.

Jeudi 24 février 1944

Après le dîner, Adam, Titine, Gisèle et moi étions regroupés dans le fumoir où trône la table de bridge. Grand-mère voulait absolument que nous soyons initiées à ce jeu. Je l'entends encore me dire : « Mais, voyons, Lisette, le bridge fait partie de l'éducation des jeunes filles comme il faut. » Depuis son décès, nous n'y avons plus joué, et ce n'est pas moi qui m'en plaindrais. Mais Titine tient quand même à ce que Gisèle devienne une « jeune fille accomplie ». Elle a profité que nous soyons quatre pour proposer un bridge… qui a rapidement dégénéré en une partie de crapette bien plus amusante !

Vers vingt-deux heures, Titine a emmené Gisèle se coucher et je suis restée seule avec Adam. J'ai remis une bûche dans la cheminée et me suis assise dans le fauteuil de Papa, le mou, celui qui vous avale en entier et duquel on n'a plus du tout envie de se relever une fois qu'on y est installé. Je regardais Adam du coin de l'œil, il ne pouvait détacher ses yeux du piano.

– Vous êtes musicien ?

Il a répondu d'un geste de la main.

– Tout le monde l'est plus ou moins, non ?

Sa réponse m'a agacée. Voilà des semaines que nous nous occupons de lui sans rien savoir de sa vie. Titine, à qui je m'en étais ouverte, m'avait incitée à rester discrète et à respecter son silence. Mais ma curiosité était piquée.

– Dites-moi, Adam, pourquoi vous ne répondez jamais quand on vous pose une question ?

– Pourquoi dites-vous ça ?

– Vous voyez, vous recommencez. Dès qu'on vous demande quelque chose, vous répondez avec une pirouette amusante et vous détournez l'attention pour ne pas avoir à parler de vous. Vous n'avez pas envie qu'on vous connaisse ?

J'ai aperçu un sourire aux coins de ses lèvres.

– Bravo, Lisette, vous êtes la première à avoir percé à jour ma technique.

– Et voilà, vous continuez à esquiver !

Son visage s'est refermé.

– Je n'aime pas parler de moi. Surtout ces derniers temps.

J'ai commencé à franchement m'agacer.

– Mais comment pourrais-je mieux vous connaître si vous ne me dites rien ?

– Pourquoi voudriez-vous mieux me connaître ? a-t-il dit, surpris. Je ne suis que de passage.

Mille questions me venaient et je ne savais par où commencer. Où allait-il ? Quelle était son histoire ? Comment s'était-il retrouvé dans ce coin perdu en Haute-Loire ?

Après une hésitation, il s'est levé, s'est dirigé vers le piano, a ouvert le couvercle et a posé ses mains sur le clavier. Pendant quelques secondes, il est resté immobile, les yeux fermés. Je n'osais pas bouger. Il a pris une profonde inspiration, a levé sa main droite avec lenteur avant de laisser ses doigts danser sur les touches. Les premières notes se sont envolées dans la pièce. C'était ce nocturne de Chopin qu'Auguste, persuadé d'être un immense artiste, avait massacré à plusieurs reprises. Les mains d'Adam volaient sur le clavier, avec une grande intensité et une infinie douceur. Je n'avais jamais rien entendu d'aussi beau. Tout en continuant de jouer, il a ouvert les yeux et m'a regardée. Je veux dire, il m'a vraiment regardée, comme personne ne l'avait jamais fait. J'avais la sensation qu'il lisait en moi. Ses yeux bleus paraissaient encore plus clairs que d'ordinaire. Nous n'étions plus à Fayolles, la guerre n'existait plus, nous étions ailleurs.

À la fin de la dernière mesure, il a attendu quelques instants avant de pousser un soupir de soulagement. Il s'est levé et s'est avancé vers moi.

– Merci, Lisette, cela faisait bien longtemps que je n'avais pas joué. Allons nous coucher maintenant, il est tard.

Voyant que j'avais du mal à m'extirper du fauteuil de Papa, il m'a tendu le bras pour m'aider à me relever. Lorsque sa main a touché la mienne, je me suis sentie troublée. J'ai été parcourue par un frisson, puis par une vague de chaleur. Je devais être toute rouge, car je sentais mes joues me brûler. Je n'osais pas le regarder dans les yeux, de peur qu'il ne voie dans quel état je me trouvais.

– Oui, bonne nuit, Adam !

Et je suis montée dans ma chambre en vitesse, en le laissant en plan dans le fumoir.

Je n'arrive pas à dormir, je n'arrête pas de penser à ce soir. Je n'ai jamais ressenti cela auparavant, être à la fois heureuse et triste. Comme si mon cœur allait exploser. J'ai envie d'éclater de rire et de fondre en larmes. Mais qu'est-ce qui m'arrive ?

Mardi 7 mars 1944

Mon Dieu, il s'est passé quelque chose d'épouvantable hier soir ! Je ne sais même pas si je dois le raconter. Et si quelqu'un tombait un jour sur mon journal ? Je devrais peut-être arrêter d'écrire. Ou le brûler. Mais je ne peux pas garder ça pour moi, c'est trop affreux !

Il devait être pas loin de minuit et j'étais restée lire dans le salon. Titine et Gisèle s'étaient couchées tôt, Adam les avait suivies de peu. Depuis la dernière fois dans le fumoir, je me sens mal à l'aise dès que je me retrouve face à lui. Je rougis, je bafouille, je n'ai plus les idées claires. Je fais de mon mieux pour l'éviter, mais ce n'est pas évident. Surtout que je n'arrête pas de penser à lui… Bon, je m'égare. J'étais donc dans le salon, seule, quand quelqu'un a frappé à la porte. Ça ne pouvait pas être Claudius, il s'est absenté quelques jours pour se rendre à une foire à l'autre bout du département. J'ai regardé par la fenêtre, il faisait si sombre qu'on n'y voyait rien. J'ai entrouvert le loquet de la porte et j'ai demandé :

– Qui est-ce ?

Une voix grave a répondu :

– C'est moi.

Je l'ai immédiatement reconnue. C'était la voix de l'homme de la milice, celui que j'avais croisé à la pharmacie. J'hésitais à lui ouvrir mais il s'est acharné sur le heurtoir en criant :

– Ouvrez, sinon j'enfonce la porte.

Je me suis exécutée. À présent, j'étais seule face à lui et j'appréhendais ce qu'il allait me dire. Il a refermé la porte derrière lui et s'est avancé dans l'entrée. Il titubait et arborait un sourire narquois.

– Bonsoir. Mademoiselle Rousseau, c'est bien ça ? Je me permets une petite visite de courtoisie. Vous allez bien me recevoir ?

Si seulement j'avais gardé le fusil de Lucien à portée de main ! Il était rangé dans ma chambre et il était trop tard pour aller le chercher. Je pensais aussi à Adam, Titine et Gisèle, qui dormaient deux étages plus haut.

– Il est très tard pour une visite de courtoisie. Je m'apprêtais à aller me coucher.

Mes mains étaient moites, je tentais de les dissimuler dans mon dos.

– Vous ne m'offrez rien à boire ? Vous êtes plus accueillante avec les autres hommes.

– Je ne vois pas du tout à quoi vous faites allusion. Si vous parlez des Allemands, vous savez bien que nous n'avions pas le choix.

Il s'est approché de moi et m'a saisie brutalement par le bras.

– Lâchez-moi, vous me faites mal ! ai-je hurlé.

Il a ri.

– Tu crois que je n'ai pas compris ton petit manège ? Tu as peut-être réussi à berner les autres, mais je ne suis pas bête. Ça fait un moment que je te surveille, alors maintenant, tu vas être gentille avec moi si tu ne veux pas que je raconte ce que tu caches ici.

Il m'a serrée plus fort contre lui et a commencé à soulever ma jupe. Je me suis débattue :

– Arrêtez-ça tout de suite ! Sinon je...

– Sinon quoi ? Tu iras voir les gendarmes ? Allez, tu sais bien que tu ne diras rien. Qu'est-ce qu'ils vont penser de ce que tu traficotes avec le pharmacien ? Ce serait dommage qu'il se fasse arrêter, lui aussi. Parce que j'imagine bien que ce n'est pas pour toi que tu descends si souvent acheter des antidouleurs... Je veux bien fermer les yeux pour cette fois mais il va falloir y mettre un peu du tien.

Il m'a renversée contre la table avec une telle violence que je ne pouvais plus bouger. J'essayais de le repousser quand j'ai entendu un bruit sourd. L'homme s'est figé au-dessus de moi, comme pétrifié, avant de tomber de tout son long, face contre terre. Je me suis relevée. Gisèle était debout, dans sa chemise de nuit à fleurs. Elle tenait dans ses mains le tisonnier de la cheminée. Elle tremblait comme une feuille.

– Poupette a dû entendre du bruit, elle s'est précipitée dans le salon, alors je suis descendue pour la récupérer.

Elle s'est tournée vers le corps de l'homme.

– Tu crois qu'il est mort ?

Je lui ai pris le tisonnier des mains.

– Monte chercher Titine et va te recoucher. Ne redescends surtout pas.

Rien que d'écrire ces lignes, je suis toute flageolante. Est-ce que tout cela est bien réel ? J'ai l'impression d'être en plein cauchemar.

Une fois Gisèle partie, je me suis penchée sur l'homme à terre. Il n'avait toujours pas repris connaissance. J'ai tenté de le retourner pour m'assurer qu'il respirait encore, et c'est là que j'ai vu la tache. Une immense flaque rouge et visqueuse qui imbibait le magnifique tapis persan. J'ai posé mes doigts sur sa gorge comme le Dr Chatelard me l'avait appris. Pas de pouls. Titine est arrivée quelques secondes après, complètement affolée.

– Que s'est-il passé ?

Je lui ai résumé la scène en quelques mots.

– Vous êtes sûre qu'il est mort ?

– Aucun doute là-dessus, vu la quantité de sang qu'il a perdue.

Titine a hésité quelques secondes.

– Quelqu'un d'autre sait qu'il est ici ?

– À mon avis, personne.

D'un simple regard, nous nous sommes comprises. Nous devions nous débarrasser de ce corps coûte que coûte. Mais comment ? Ni Titine ni moi n'avions jamais fait disparaître de cadavre. Comment s'y prendre ? L'enterrer ? Le jeter au feu ? Si quelqu'un le retrouvait, nous étions fichues et tous les enfants aussi. Il fallait agir vite.

– Titine, les cochons !

C'est la première chose qui m'est venue à l'esprit. Claudius nous demande toujours de faire attention, car ces animaux sont de faux gentils. « Un bon cochon, ça vous bouffe tout sans laisser la moindre trace. » Titine a repris ses esprits. J'ai toujours été très impressionnée par son pragmatisme et par sa capacité à mettre de côté ses émotions.

– Lisette, allez chercher la charrette que les enfants utilisent pour ramasser du bois et laissez-la au pied du perron.

Pendant ce temps, elle est montée récupérer des vêtements de Papa, que nous avons ensuite revêtus. Nous avons entièrement déshabillé le milicien et l'avons traîné dehors. On parle toujours du poids d'un âne mort, mais un homme mort aussi, ça pèse une tonne ! Nous avons réussi à le hisser dans la charrette que nous avons tirée jusqu'à la porcherie en essayant d'être les plus discrètes possible. Quelle galère ! Il faisait un froid glacial et les roues de la charrette lestée par le poids du milicien glissaient sur les pierres du chemin. Par chance, grâce à la lune, on voyait suffisamment pour avancer sans encombre. Mètre après mètre, nous avons fini par arriver à l'étable aux cochons. Nous avons porté le corps jusqu'au fond de la pièce, là où la lumière n'entre pas et où personne ne va jamais. L'odeur était atroce et les bêtes, réveillées par cette visite inhabituelle, poussaient des cris rauques terrifiants.

En rentrant à la maison, nous étions couvertes de sang et d'une bouillasse répugnante. Nous avons ôté les vêtements de Papa et les avons jetés dans le poêle de la cuisine. Titine a arraché les boutons de l'uniforme du milicien avant de le jeter au feu, il n'en reste plus que des cendres.

– Et pour la tache on fait quoi ? j'ai demandé en montrant la grosse trace de sang qui avait traversé le tapis et marquait le plancher.

Nous avons eu beau frotter, impossible de la faire disparaître. Nous avons fini par la camoufler avec le tapis de la chambre de Papa, absolument identique, en espérant que personne ne remarquerait la différence. Nous avons caché le tapis souillé dans la cave où nous l'avons entièrement lessivé. La tache a disparu. Dès qu'il sera sec, nous le remettrons en place.

Vers quatre heures du matin, nous avions enfin fait disparaître toutes les preuves de ce qui s'était passé. Je m'apprêtais à regagner ma chambre pour aller dormir un peu quand Titine a enfilé son manteau.

– Pourquoi tu ressors ?

– Allez vous coucher, Lisette. Il reste un détail que nous avons oublié, mais je m'en occupe.

– Quel détail ?

– Il n'est certainement pas venu à pied. Vu que la barrière est fermée, il a dû laisser sa voiture en contrebas de l'allée. Je vais aller voir et la garer plus loin.

Décidément, Titine pense vraiment à tout ! Mais je n'ai aucun souvenir de l'avoir vue au volant du moindre véhicule.

– Tu sais conduire ?

– Pas encore. Mais si les hommes y arrivent, il n'y a pas de raisons pour que je ne m'en sorte pas.

Elle a fermé la porte et s'est enfoncée dans la nuit. Je suis restée seule dans le salon. J'ai regardé autour de moi, tout était en ordre.

Dans mon lit, je n'ai pas réussi à dormir. Je me repassais sans cesse les images de cette horrible soirée. Qu'avons-nous fait ? Tuer un milicien et dissimuler son corps, c'est certainement passible de la peine de mort ! J'entends encore le bruit sourd du tisonnier fracassant son crâne, je vois son corps étendu par terre, je sens sur moi l'odeur âcre de son sang mêlé de boue. J'ai beau me frotter la peau, c'est comme si le parfum de notre crime ne me quittait plus. Cette odeur partira-t-elle un jour ?

Ce matin, je me suis levée à la même heure que d'habitude et je suis allée réveiller Gisèle. Elle était dans son lit, encore endormie, Poupette roulée en boule sur son édredon. J'ai passé la main dans ses cheveux et elle a ouvert les yeux.

– Il est mort ?

C'est la première chose qu'elle m'a demandée. Comme nous en étions convenues avec Titine, je lui ai menti.

– Bien sûr que non ! Qu'est-ce que tu vas imaginer ?

Elle s'est redressée, à la fois soulagée et effrayée.

– C'est vrai ? Mais alors il va revenir me chercher ! Je vais avoir des ennuis ? Tu crois que je vais aller en prison ?

– Rassure-toi, rien de tout cela n'arrivera. Il était tellement ivre quand il est arrivé qu'il a à peine senti ton coup. Quand il s'est réveillé, il avait une belle bosse mais ne se souvenait plus de rien. Titine lui a donné un verre de cognac et il est reparti.

– Tu en es bien sûre ?

– Titine était là et peut en témoigner aussi. En revanche, je pense qu'il est préférable de ne jamais parler de cette soirée à qui que ce soit. Même au Club des Petits Orteils. Il ne se souvient de rien mais on ne voudrait pas que la mémoire lui revienne, tu comprends ? J'ai ta parole ?

– Oui, c'est promis. Croix de bois, croix de fer, si je mens je vais en enfer.

Gisèle semble m'avoir crue mais, plus tard, je l'ai surprise à inspecter le tisonnier. Espérons qu'elle ne soulève pas le tapis.

Jeudi 9 mars 1944

Je crois que je ne réussirai plus jamais à dormir de toute ma vie. Mon Dieu, nous sommes des meurtrières ! Nous avons tué un homme ! Certes, c'était de la légitime défense. Mais comment vivre avec cet horrible sentiment de culpabilité ? Je ne peux même pas aller me confesser, personne ne doit savoir.

Le moindre bruit me fait sursauter. Je crains à chaque instant que les gendarmes ne viennent nous chercher. J'aimerais partir loin, en finir avec cette guerre. Que tout cela ne soit plus qu'un lointain souvenir dont je ne parlerais plus jamais.

Vendredi 10 mars 1944

Les gendarmes sont passés tout à l'heure. Quelle angoisse ! J'ai l'impression que nous avons réussi à les duper. Mais pour combien de temps ?

Titine, Gisèle et moi étions en train de boire un thé bien chaud quand nous avons entendu le bruit d'une voiture dans l'allée. Adam lisait à l'étage et j'ai vite envoyé Gisèle dans sa chambre. Ils étaient deux. Titine leur a ouvert et les a fait entrer.

– Bonjour, mesdames, nous sommes à la recherche d'un homme de la milice porté disparu depuis quelques jours. Sa voiture a été retrouvée au bord du Lignon à quatre kilomètres d'ici.

Nous avons bien sûr joué les étonnées.

– Non, nous n'en avons pas entendu parler, a dit Titine. Mais si nous apprenons quelque chose, nous vous contacterons.

Heureusement que Titine a su garder son sang-froid, je me sentais si nerveuse qu'aucun son n'aurait pu sortir de ma gorge.

Une fois les gendarmes repartis, je suis montée rassurer Gisèle.

– Qu'est-ce qu'ils voulaient ? m'a-t-elle tout de suite demandé.

– Ils cherchaient des juifs.

Encore un mensonge, mais c'est pour la protéger.

Lorsque nous étions enfants, Papa avait fait aménager dans les combles du château une sorte de cabane secrète par laquelle on accède en faisant coulisser un pan de mur posé sur un rail. Une formidable cachette où nous avons décidé d'installer Adam. La pièce mesure une douzaine de mètres carrés et dispose d'une banquette moelleuse. Certes, il y fait très froid en hiver, mais les températures commencent à remonter et Adam n'est pas du genre à se plaindre. Il a conscience que la région est de moins en moins sûre et qu'il est plus en sécurité à Fayolles qu'ailleurs pour le moment. Il ne m'a toujours rien avoué, mais j'ai compris qu'il était en fuite. Au moindre coup de marteau sur la porte, il bondit et part se réfugier à la cave. Quand je lui ai exposé l'idée de l'installer sous les combles, il m'a dit :

– Merci, Lisette. Merci pour tout ce que vous faites pour moi.

Et il a posé sa main sur ma joue. Elle était chaude, douce…

Samedi 11 mars 1944

Il n'est pas né de la dernière pluie, celui qui bernera Claudius !

Rentré ce matin de la foire où il était parti vendre ses fromages, il est passé nous rendre visite. Il a toqué à la fenêtre et m'a fait signe de sortir. J'ai mis mon manteau et l'ai retrouvé sur la terrasse.

– Alors, ma p'tite Lisette, tout va bien ?

– Très bien, Claudius, très bien. Et la foire, alors ? Vos fromages se sont bien vendus ?

– Ma foi, ça fait aller. Dites-moi, vous êtes sûre que tout s'est bien passé ici pendant mon absence ?

– Oh oui, toujours la même routine. Vous savez ce que c'est...

– Marie m'a dit que les gendarmes étaient passés à la ferme hier, ils cherchent un milicien qui a disparu. Vous étiez au courant ?

J'ai essayé de garder mon calme et de paraître détachée.

– Oui, ils sont venus au château aussi. Ils interrogent tout le monde. Mais nous n'avons rien vu.

– C'est drôle, quand je suis rentré, j'ai tout de suite eu l'impression que quelque chose n'était pas comme d'habitude. Mes cochons étaient si calmes… Vous êtes certaine de ne rien avoir vu d'inhabituel ?

J'ai senti que je rougissais. J'ai baissé la tête. Claudius a alors sorti sa main de sa poche et a ouvert sa paume. Il y avait dedans une grosse dent humaine.

– Claudius, je peux tout vous expliquer.

– Tsss tsss tssss. Il n'y a rien à expliquer. C'est fou c'qu'on peut trouver comme cochonneries dans une porcherie.

Et il a explosé de rire, fier de son jeu de mots idiot qu'il avait dû préparer avant même d'arriver ici.

– Allez, jeune fille, je dois retourner à mes bêtes. J'voulais juste vous dire de n'pas vous tracasser, je n'ai rien trouvé d'autre. Mes cochons ont fait du bon boulot. Maintenant, je ne sais pas si ceux-là j'arriverai à les manger.

Il m'a donné une tape sur l'épaule et est parti en me laissant toute pantoise.

Alors voilà, c'est tout. Notre plan a fonctionné et, à part cette molaire, il ne reste plus rien du milicien.

J'ai honte de le dire, mais je me sens libérée d'un poids.

Vendredi 17 mars 1944

Mademoiselle est tombée malade. Rien de surprenant, depuis qu'elle attend des nouvelles de Lucien, elle ne dort plus et mange à peine. Les traits de son visage se sont creusés et ses bras sont devenus aussi fins que de la ficelle ! L'autre matin, elle a manqué s'évanouir pendant la classe. Elle est épuisée.

– Je pourrais la remplacer, le temps qu'elle guérisse, s'est tout de suite proposé Adam.

– Vous n'y pensez pas ! ai-je répondu. Les enfants ne vous connaissent pas. Comment leur expliquer qui vous êtes ?

– Ils savent qu'un homme vit au château, Gisèle leur a parlé de moi comme d'un ami de la famille. Il suffit de leur dire que je suis aussi professeur. C'est très simple.

J'étais un peu circonspecte.

– Pourquoi tenez-vous tant à nous aider, Adam ?

– C'est la moindre des choses après tout ce que vous avez fait pour moi.

– Nous n'avons rien fait d'exceptionnel, n'importe quel catholique vous aurait ouvert sa porte.

Il a hésité quelques instants avant d'ajouter, sur le ton de la confidence :

– C'est bien plus que ça, et vous le savez très bien.

J'ai commencé à transpirer. À quoi faisait-il allusion ? Aurait-il compris ce que je ressens pour lui ? Il a continué :

– Gisèle m'a raconté ce qui s'était passé ici l'autre soir avec le milicien. Quelle chance qu'il soit totalement amnésique !

J'allais l'interrompre quand il a posé son doigt sur ma bouche :

– Je n'ai pas besoin d'explication. Je sais simplement que chaque jour qui passe, je vous dois la vie. Rien que pour cela, je serai lié à vous pour toujours. Promettez-moi de ne plus vous mettre en danger et laissez-moi vous aider pour les enfants, c'est si peu de choses à côté de ce que vous nous offrez.

Je n'ai pas su quoi dire. Mon cœur battait si fort sous mon corsage. Nous sommes restés l'un en face de l'autre sans un mot.

Titine s'est donné pour mission de faire manger Mademoiselle coûte que coûte. En attendant, Adam fait des miracles avec les enfants de la grande maison. En à peine quatre jours, il se les est tous mis dans la poche. Et voilà qu'ils ont décidé de monter une chorale ! En m'approchant de la grange, j'ai pu entendre quelques notes. Les enfants, enchantés, annoncent déjà à tout le monde qu'ils vont organiser un concert. Décidément, Adam est un musicien qui sait transmettre sa passion, il ne peut pas le nier !

Je ne crois pas me tromper en disant qu'il est heureux d'avoir trouvé une occupation. Cela faisait un moment que je le voyais tourner en rond. Je lui avais bien suggéré de s'entraîner au piano, ce qu'il a refusé tout net. Pourquoi est-il si réticent ? Que cache-t-il ?

Mardi 11 avril 1944

Au village aujourd'hui, la femme du boulanger discutait avec une cliente. Elle parlait du milicien disparu. J'ai tendu un peu plus l'oreille. L'enquête des gendarmes piétine, ils n'ont aucune idée de ce qui a pu se passer. Apparemment, le milicien était un vilain bougre. Buveur, bagarreur, il avait un mauvais fond. Les gendarmes commencent à penser qu'il était « rond comme une queue de pelle » (je cite la boulangère !), il avait certainement dû tomber dans le Lignon et s'y noyer. C'était un « sale bonhomme » et les gendarmes ne feraient pas beaucoup de zèle pour le retrouver, vu la réputation qu'il avait dans la région.

– Bon débarras, une vermine de moins, a ajouté la boulangère.

Ces nouvelles m'apaisent, même si je continue à ne jamais me sentir totalement sereine. Je me réveille encore chaque nuit, en sueur, après avoir revécu en rêve cet assassinat dont je suis complice.

Vendredi 28 avril 1944

En descendant au village, j'ai appris qu'à quelques kilomètres d'ici des résistants qui se cachaient avaient été tués par des miliciens de Saint-Étienne. Les paysans qui les hébergeaient avaient également été exécutés et leur ferme incendiée. J'ai tout de suite pensé à Lucien. Pourvu qu'il ne soit pas dans le lot…

Depuis plusieurs semaines, la violence monte sur le plateau, il ne se passe plus une journée sans que des histoires de rafles et de pillages nous arrivent aux oreilles. Je n'ai rien dit à Mademoiselle pour ne pas l'inquiéter plus encore. Elle a enfin repris ses leçons le matin, l'après-midi étant réservé aux répétitions avec Adam, et nous n'avons aucune preuve que Lucien ait été tué.

Claudius a contacté le père Lescure pour qu'il se renseigne discrètement. Je croise les doigts. En attendant, il laisse les chiens dormir dehors et fait des rondes plusieurs fois par nuit pour assurer notre sécurité.

Mardi 9 mai 1944

Il faut vite que je note tout ce qu'il m'a dit pour ne pas oublier. Enfin, Adam s'est ouvert à moi !

Réchauffée par le soleil du matin, je lisais sur la terrasse quand il est apparu :

– On va se promener ?

Nous sommes descendus à l'étang, accompagnés de Poupette, qui ne le quitte pas d'une semelle quand Gisèle est en classe ; Mademoiselle lui a interdit l'accès à la grange pendant les leçons car elle déconcentre les enfants. Adam semblait perdu dans ses pensées.

– Adam, vous êtes ailleurs.

Il a ri.

– Décidément, on ne peut rien vous cacher ! Les enfants m'ont raconté qu'ils avaient construit un bateau pour naviguer sur l'étang, je me demandais où il était.

Je lui ai indiqué où se trouvait ce qui restait de leur embarcation. L'hiver l'a abîmée, Claudius a promis de la réparer d'ici l'été prochain.

– C'est amusant comme tous les enfants du monde aiment les bateaux, a-t-il poursuivi. Quand j'étais petit, dans la maison de mes grands-parents, sur le lac Léman, mon grand-père avait une barque et, chaque matin, en été, nous partions pêcher au lever du soleil. C'était la liberté, c'était le bonheur.

– Vous êtes suisse ?

– Oui, de naissance. Mais mes parents se sont installés en France quand j'avais neuf ans et j'ai grandi à Paris.

– Où sont-ils maintenant ?

– Ils sont décédés peu de temps après. Un terrible accident.

– Qui vous a élevé ? Vos grands-parents ?

– C'est une cousine de mon père qui s'est occupée de moi. Ou plutôt qui m'a envoyé en pension. Mes grands-parents s'étaient brouillés avec mes parents. C'est pour ça que nous sommes partis. Je ne connais même pas leur adresse, il ne me reste que quelques souvenirs. Le lac, la barque et une grande maison aux volets bleus et jaunes.

– Bleu et jaune ? Quelle drôle d'idée !

– Au moment de repeindre, mon grand-père m'avait demandé quelle était ma couleur préférée. J'avais cinq ans et je n'arrivais pas à me décider entre le jaune et le bleu, alors il a cédé et les volets ont été peints en deux couleurs. C'était très original et finalement pas si laid. Tout ce que j'espère aujourd'hui, c'est que les volets n'ont pas été changés ; c'est ma seule piste pour retrouver la maison quand j'arriverai là-bas.

– Vous repartez pour la Suisse ?

– Oui, c'est pour ça que je suis ici. On m'a indiqué que la région était un lieu de passage vers la Suisse et j'ai tenté ma chance. Je n'avais pas anticipé que les conditions météorologiques seraient si dures. Ni que je ferais la plus merveilleuse des rencontres qui ne me donnerait plus envie de poursuivre ma route…

J'étais émue par ses mots. Je voulais lui répondre, lui dire que je l'aimais, que je ferais n'importe quoi pour lui – et ne l'avais-je pas déjà fait ? –, mais aucun son ne sortait de ma gorge. Comme si mes mots étaient coincés. Je pensais à tant de choses… Quand il repartira vivre en Suisse, moi, où irai-je ? Je ne pourrai pas quitter Fayolles, Gisèle, Titine, Papa. Sans parler d'épouser un juif, dans ma famille, ça ne se fait pas. Les obstacles que j'avais refusé de voir jusqu'à présent me sautaient au visage et me tétanisaient.

Je suis restée immobile devant lui, sans savoir quoi faire, quoi dire. Ne voyant pas de réaction de ma part, il a eu l'air chagriné.

– On devrait peut-être rentrer, les autres vont nous chercher.

Nous sommes remontés vers le château en marchant l'un à côté de l'autre. Sans un mot. En arrivant, il est parti vers la grange et je ne l'ai pas revu jusqu'au soir. Quelle imbécile, j'ai tout gâché !

Vendredi 12 mai 1944

J'étais dans mon lit en train de lire quand Titine a frappé à ma porte et s'est assise à côté de moi. Elle n'a pas tourné longtemps autour du pot.

– Vous avez l'air de bien vous entendre avec Adam.

J'ai senti mes joues devenir brûlantes – si seulement j'arrêtais de piquer un fard dès que je suis mal à l'aise, c'est très handicapant – et j'ai fondu en larmes. Un flot d'émotions qui débordaient et que je ne pouvais pas retenir. Ça coulait, ça coulait, j'ai bien cru que ça ne s'arrêterait jamais ! Titine m'a prise dans ses bras et m'a bercée doucement, comme elle le faisait quand j'étais petite.

– Allons, allons, ça va passer. C'est juste l'amour.

Comment pouvait-elle savoir ? Je n'en avais parlé à personne.

– Comment tu es au courant ?

– Ça saute aux yeux que vous êtes amoureuse d'Adam et que c'est réciproque.

Je n'arrivais pas à le croire.

– Ah bon, tu penses qu'il m'aime aussi ?

– C'est évident ! Il devient nerveux et maladroit dès que vous entrez dans une pièce. Et pourquoi croyez-vous qu'il n'est pas reparti ? Il est resté pour vous. Vous pouvez me faire confiance, il n'y a pas le moindre doute, ce jeune homme est fou amoureux de vous.

– De toute façon, c'est trop tard. J'ai tout gâché.

– Il n'y a que quand on est mort qu'il est trop tard. Avant, il reste toujours une petite chance. Allez, racontez-moi ce qui s'est passé.

Je lui ai tout dit. Je ne sais pas si c'est le fait d'avoir pleuré un bon coup – Grand-mère disait toujours que ça aide à évacuer la pression – ou d'avoir vidé mon sac, mais je me sens mieux. Je vais aller parler à Adam, je vais lui dire que je l'aime. On verra pour la suite.

Lundi 15 mai 1944

J'ai suivi les conseils de Titine et je suis allée parler à Adam hier soir. J'ai eu toutes les peines du monde à me retrouver seule avec lui. Depuis nos derniers échanges à l'étang, il m'évite, il a toujours quelque chose à faire : les répétitions de la chorale, la réparation du bateau des enfants car Claudius n'avait pas le temps de s'en occuper, aider Suzanne pour le grand ménage de printemps... Il ne s'arrête jamais ! J'ai dû m'armer de patience pour réussir à le coincer.

C'était la fin de la journée. Tout le monde s'affairait dans la grande maison pour préparer le dîner d'anniversaire de Mademoiselle et les enfants avaient tenu à lui préparer une belle soirée. Elle était d'humeur joyeuse, car Lucien lui avait fait parvenir des nouvelles. Sa blessure était presque guérie et il espérait passer quelques jours ici prochainement. J'étais allée chercher mon appareil photo et m'apprêtais à les rejoindre quand j'ai aperçu Adam qui fumait sur la terrasse. Il était si concentré à étudier la grosse tête de pierre sculptée qui domine le parapet qu'il ne m'a pas entendue arriver. Je ne pouvais plus reculer.

– Je vous dérange ?

Il a sursauté et a rougi.

– Non, non, vous ne me dérangez pas. J'étais en train de regarder cette sculpture, je n'y avais jamais vraiment fait attention.

J'ai passé ma main sur la statue. Je connais par cœur ce visage gravé dans un bloc de pierre rugueux couvert de lichen, ses grands yeux, sa moustache sculptée et sa bouche entrouverte qui, dans une autre vie, avait craché l'eau d'une fontaine.

– Figurez-vous que c'est uniquement pour cette sculpture que mon père a acheté Fayolles.

– Comment ça ?

– Il voulait offrir à ma mère une belle maison où elle pourrait recouvrer un peu la santé. Ils en ont visité plusieurs dans la région mais, quand ils sont entrés ici, la sculpture a tout de suite tapé dans l'œil de Maman. Elle a dit à Papa que c'était là qu'elle voulait s'installer, et nulle part ailleurs, sans même avoir vu l'intérieur du château !

– Effectivement, c'est un coup de foudre !

– Elle disait que cette statue était l'âme de Fayolles, qu'elle veillait sur nous, sur le château. Elle a survécu à bien des tempêtes, car elle est taillée dans une pierre solide. Ma mère a toujours aimé les pierres. Ici, tout le monde dit que l'air est pur et que la montagne est belle. Mais ce que préférait ma mère, c'étaient les pierres, les lauzes sombres des toits, les lourds blocs de granit dont sont faites les maisons. Elle se sentait en sécurité. Je me souviens qu'elle venait souvent s'asseoir ici, comme vous le faites aussi parfois, et qu'elle caressait les pierres du parapet. Elle en connaissait par cœur chaque aspérité, le moindre éclat, la plus petite fissure.

– Je comprends ce que ressentait votre mère, j'éprouve exactement la même chose.

– Adam, je voulais revenir sur ce que vous m'avez dit l'autre jour...

– Oh ! pas la peine ! C'était bête de ma part. Je ne sais pas pourquoi j'ai dit ça. Je vous demande pardon de vous avoir mise dans l'embarras. Je n'en pensais rien.

Ses paroles ont été comme un coup de poing dans le ventre, mais je n'ai pas baissé les bras. Je ne pouvais plus garder mes sentiments pour moi. Les mots sont sortis tout seuls.

– Je voudrais simplement vous dire que, moi aussi, je tiens beaucoup à vous. Vraiment beaucoup. Je remercie le Ciel de vous avoir mis sur ma route. Je sais que vous devrez repartir et cela me fait terriblement peur. Je n'imagine pas vivre sans vous.

Adam s'est levé et m'a prise dans ses bras. Je sentais la chaleur de son corps contre le mien. L'odeur de son cou. Son souffle qui se mêlait au mien. Son visage qui frôlait ma joue. Et sa bouche contre la mienne. Mon Dieu, rien que d'y repenser, mon cœur s'emballe ! Je me nourrissais de lui et lui de moi. J'avais envie de me fondre en lui. C'est donc ça, l'amour ? J'aime Adam et Adam m'aime, plus rien d'autre ne compte.

Vendredi 19 mai 1944

André Gatignol est venu me porter une lettre. Monsieur le curé m'écrivait qu'il était disponible pour me confesser. Il y avait urgence.

Je suis descendue au village après le déjeuner, l'église était déserte. Le père Lescure m'attendait.

– Nous n'avons pas beaucoup de temps, m'a-t-il dit en s'installant dans le confessionnal. D'après les rumeurs qui circulent, la milice va renforcer les contrôles dans les maisons, il va falloir évacuer les derniers enfants vers la Suisse.

Ils ne sont plus que six, et monsieur le curé a pu arranger leur départ dans les prochains jours. Il passera nous rendre visite dimanche après la messe pour organiser les derniers détails pratiques, et les enfants doivent être prêts à partir.

Quelqu'un viendra les chercher avant le lever du jour pour les emmener à la gare. Ils feront ensemble le changement à Dunières avant d'être récupérés à Saint-Étienne où ils prendront le train pour Lyon. Là, ils seront pris en charge et transférés à Genève. Tout sera orchestré avec précision, nous n'avons pas le droit à l'erreur. C'est une chance inespérée, nous devons la saisir.

En remontant à Fayolles, j'ai réalisé que nous étions arrivés au bout de ce que nous pouvions faire pour ces enfants. Fayolles sera tellement différent une fois qu'ils seront partis… La grande maison retrouvera son calme et les draps de coton qui protègent ses meubles, comme de drôles de fantômes. L'école aussi fermera ses portes. Mon Dieu, que ces enfants vont me manquer ! Je crois même que je regretterai un peu les bêtises de Léon ; elles finissaient par nous faire rire ! Et ma pauvre Gisèle… Je n'ose imaginer son chagrin lorsque les parents de François et Georges viendront les chercher.

Et Adam ! Lui aussi devra partir un jour ou l'autre. La région devient trop dangereuse. Je dois m'y préparer, mais comment vais-je tenir sans lui ? Notre amour vient seulement d'éclore, je ne supporterai pas de le perdre si rapidement. J'ai encore besoin de quelques minutes pour me remettre les idées en place et annoncer à Titine que nous allons devoir dire au revoir aux petits.

Vendredi 26 mai 1944

Il est quatre heures du matin, Adam vient de quitter ma chambre. Je me sens différente. Tout va si vite. C'est si merveilleux... Adam et moi allons nous marier !

Je culpabilise de ressentir tant de joie, je devrais avoir peur. Mais je ne peux pas freiner ce que me dicte mon cœur. Les enfants partent tout à l'heure et Gisèle n'est pas au courant. Mieux vaut la mettre devant le fait accompli plutôt que lui infliger des adieux douloureux. Les enfants non plus ne savent pas. Suzanne et Mademoiselle ont préparé leurs affaires en secret, ils apprendront leur départ quand elles les réveilleront.

Une fois tout le monde au lit, je suis montée dans ma chambre. Je venais d'éteindre quand la porte s'est entrouverte. Adam est entré et s'est approché de moi.

– Tu dors, mon ange ?

Les yeux toujours fermés, j'ai souri et il m'a embrassée. Il a allumé la bougie que je laisse toujours sur ma table en cas de coupure d'électricité.

Comme il était beau sous la lumière vacillante de la flamme ! Il ne fallait pas faire de bruit, de crainte de réveiller Titine et Gisèle, qui dormaient dans les chambres voisines. Adam s'est approché encore un peu plus près et m'a murmuré à l'oreille :

– Je suis le plus heureux des hommes. Je veux vivre en passant le reste de ma vie à tes côtés.

Il a sorti de sa poche un bracelet en or. Je l'ai immédiatement reconnu. C'est celui qu'il m'avait tendu la nuit de son arrivée à Fayolles. J'ai tellement peur d'oublier ses mots, je les écris ici pour qu'ils ne s'effacent jamais :

– Ma chérie, je t'aime plus que ma vie. Acceptes-tu d'être ma femme ?

Ma vue s'est brouillée de larmes. J'ai dit « oui » en pleurant de joie.

Il a saisi ma main et y a passé le bracelet.

– Il appartenait à ma mère. C'est tout ce qu'il me reste. La phrase qui y est gravée est une citation du Talmud. Elle ne pourrait mieux te correspondre… Porte-le en signe de notre amour, en attendant que je puisse t'offrir une bague.

– C'est un bracelet de fiançailles, alors ?

– C'est une promesse d'amour.

Adam s'est blotti contre moi. Je voyais le jonc en or qui brillait à mon poignet. Nous avons passé la nuit collés l'un contre l'autre. Nous respirions ensemble, je sentais ses lèvres sur ma peau, ses mains caressant mon dos, ma nuque, ma poitrine, mes cuisses. Adam et moi ne faisions plus qu'un, unis dans un amour que rien ne pourra jamais éteindre.

Vendredi 26 mai 1944 (soir)

Comment ai-je pu être aussi aveugle, aussi bête ? J'aurais dû voir les signes, ils étaient évidents. Pourquoi Adam m'a-t-il fait ça ? Après toutes ces promesses que nous nous étions faites… J'aimerais le retrouver, le frapper, lui crier qu'il n'avait pas le droit, que je ne lui pardonnerai jamais. Pourquoi être parti sans un au revoir ? Pourquoi ?

Après la nuit inoubliable que j'ai passée avec lui, Adam est remonté dans les combles, « pour ne pas que Gisèle ou Titine nous surprennent au petit matin ». Il a déposé un baiser sur mon front.

– Fais de doux rêves, mon ange.

Je lui ai répondu, dans un demi-sommeil :

– Tu as remarqué, on se tutoie maintenant.

– Je t'aime.

Et il s'est sauvé.

À mon réveil, je me suis hâtée de rendre visite à Mademoiselle dans la grande maison. Tout s'était bien passé ; quelqu'un était venu chercher les enfants comme prévu et ils étaient partis. Léon a pleuré, il ne voulait pas nous quitter sans dire au revoir à Gisèle. Nous n'avons pas eu le choix. J'espère qu'ils arriveront à bon port. Qui sait, peut-être qu'un jour nous aurons des nouvelles…

Nous avons bu un thé dans la salle à manger déserte. Voilà bien longtemps qu'elle n'avait pas été si calme. Certains enfants étaient restés quelques jours, d'autres plusieurs mois. Combien sont passés par ici ? Je ne saurais le dire, mais chacun y a laissé son empreinte d'une façon ou d'une autre.

De retour au château, j'ai été parler à Gisèle, je ne voulais pas qu'elle apprenne le départ de Léon et des autres membres du Club des Petits Orteils par quelqu'un d'autre. Comme je m'y attendais, sa réaction a été violente. Elle a éclaté en sanglots, m'a insultée.

– Je ne veux plus te voir ! a-t-elle hurlé en s'enfermant dans sa chambre.

J'ai prévenu Mademoiselle qu'il n'y aurait pas de leçon aujourd'hui, Gisèle n'aura pas le cœur à travailler.

En fin de matinée, étonnée de ne pas voir descendre Adam, je suis montée sous les combles. Après la nuit que nous avions passée, il était sûrement fatigué. J'ai frappé trois coups discrets à la cloison, pas un bruit. Il devait dormir profondément. J'ai fait coulisser le panneau de bois, la pièce était vide et le lit, fait. Toutes ses affaires avaient disparu, comme s'il n'avait jamais été là. Je me suis approchée du lit, il y avait un feuillet posé sur le drap. Le lâche ! Partir comme un voleur en ne me laissant que quelques mots écrits à la va-vite sur un bout de papier froissé.

« Mon amour, pardonne-moi, je n'ai pas eu la force de te dire au revoir. Mais je ne peux pas me cacher éternellement. Je suis parti ce matin avec les enfants. Je reviendrai te chercher pour t'emmener en Suisse, je t'en fais la promesse, une promesse d'amour, et nous serons heureux pour toujours. Je t'embrasse comme je t'aime. Adam.

P.-S. : N'en veux pas à Titine et à Mademoiselle, je leur ai fait jurer de ne rien te dire pour te protéger. »

Titine et Mademoiselle étaient au courant. Elles savaient et elles ne m'ont rien dit. Pourquoi cette trahison ? Pourquoi ces mensonges ? Mademoiselle connaît la douleur d'être séparée de celui qu'on aime. Et Titine ? Je lui avais tout avoué de mon amour pour Adam. Jamais je ne leur pardonnerai.

Je suis dans ma chambre et je ne veux voir personne. Je me sens vide, seule. Adam me demande de l'attendre, mais comment puis-je avoir confiance après ce qu'il m'a fait ?

~~Je le déteste~~.

Samedi 27 mai 1944

Je vis un cauchemar. J'ai entendu, par la fenêtre ouverte, le petit Gatignol venu nous porter le courrier raconter à Titine qu'il y avait eu un bombardement à la gare de Saint-Étienne. Il n'a pas plus d'informations, seulement que les morts se comptent par centaines et que la gare a été détruite.

Mon Dieu, je vous en prie, faites que les enfants soient passés avant, faites qu'Adam n'ait rien !

Dimanche 4 juin 1944

Je n'en peux plus d'attendre, il faut que je sache. Tout le monde au village ne parle que de ça. Ce sont les Américains qui ont lâché les bombes, nos ALLIÉS !!!! Des quartiers entiers ont été détruits et c'est surtout la gare de Châteaucreux qui a été ciblée, un axe de communication majeur. Le père Lescure remue ciel et terre pour essayer d'obtenir des renseignements, mais c'est le chaos total. Après avoir contacté des amis haut placés, il n'a eu que des informations contradictoires. Le nombre de blessés et de morts ne cesse de croître, et nous avons perdu la trace des enfants et d'Adam. J'en veux tellement à monsieur le curé. Sans lui, Adam serait encore avec moi à Fayolles. Pourquoi lui a-t-il proposé d'accompagner les enfants en Suisse ?

Bon, la priorité est de nous assurer que tout le monde est sain et sauf. Je vais appeler Papa et, si ce n'est pas suffisant, j'appellerai Auguste. Il faut ce qu'il faut.

Vendredi 9 juin 1944

Toutes les lignes téléphoniques avaient été coupées depuis plusieurs jours, mais j'ai enfin réussi à joindre Papa. Les Alliés ont débarqué en Normandie. La guerre va-t-elle toucher à sa fin ?

Nous n'avons toujours pas de nouvelles d'Adam et des enfants. Léon aurait été aperçu à la descente de la Galoche ; quelqu'un se souvient d'un garçonnet aux « cils de biche », ça ne peut être que lui, mais depuis nous avons perdu leur trace. J'ai tant pleuré que plus aucune larme ne coule de mes yeux. Le bracelet d'Adam à mon poignet, je m'accroche à sa promesse d'amour. Il m'a dit qu'il reviendrait, il tiendra parole. Je le sais.

Samedi 17 juin 1944

Toujours pas de nouvelles.

Je ne connais même pas son nom de famille. Adam est-il son vrai prénom ? Comment chercher quelqu'un dont on ne sait pas l'identité ?

Je ne vis plus.

Dimanche 2 juillet 1944

Papa est arrivé à Fayolles. Comme d'habitude, il n'est pas venu seul. Charles l'accompagne. Je ne suis pas dupe ; maintenant que j'ai fêté mes vingt et un ans, il va vouloir que je prenne une décision et que je me marie. Je n'ose pas lui dire que mon cœur est déjà pris, je suis promise à Adam. Comment comprendrait-il ? Je fais mine de ne pas relever ses allusions, mais il devient très insistant : « Lisette, pourquoi ne montres-tu pas le Lisieux à Charles ? », « Ma chérie, tu devrais emmener Charles à la levée des frères pour y pêcher », « Charles, vous qui aimez la montagne, demandez donc à Lisette de vous faire découvrir la région ». Charles semble aussi gêné que moi et je lui sais gré de ne pas encourager les efforts inutiles de Papa.

À vrai dire, sa présence me réconforte un peu. Le chagrin me rend apathique. J'en veux toujours à Titine et à Mademoiselle, même si ma sœur m'a fait réaliser que j'avais agi de la même manière pour la protéger, et Gisèle me fait toujours la tête. Elle m'évite en passant ses journées dans les champs à s'occuper des vaches avec François et Georges. Depuis que les enfants sont partis, Fayolles me paraît sinistre. Finalement, Charles est d'une compagnie plutôt agréable, je me surprends même à avoir plaisir à discuter avec lui.

Tout à l'heure, nous sommes allés nous promener vers la route des Creux et, avec une grande finesse, il a su me cerner mieux que mon propre père.

– Qu'est-ce qui ne va pas ? m'a-t-il demandé. Je vous sens absente.

J'ai fondu en larmes et je lui ai raconté pour Adam.

– Vous avez beaucoup de chance d'avoir rencontré le grand amour. J'espère qu'Adam est sain et sauf et que vous pourrez vous marier un jour.

– Dites-moi, vous croyez que mon père supportera que j'en épouse un autre que vous ? l'ai-je taquiné.

Il m'a répondu avec un clin d'œil :

– Il faudra qu'il se fasse à l'idée que vous n'êtes pas assez bien pour moi.

Je lui ai donné une petite tape, d'un air faussement offensé. Il me fait rire.

– Et vous, Charles, avez-vous rencontré le grand amour ?

Son visage s'est assombri.

– Oui, j'aime quelqu'un. Mais c'est un amour impossible. Pour les hommes comme moi, les choses ne sont pas simples.

Je ne m'attendais pas à une telle confidence, je n'ai pas su quoi dire d'autre que :

– Pardon, je ne savais pas, je…

– Personne ne sait.

Il était ému. J'ai serré ses mains dans les miennes et quelque chose s'est scellé entre nous. Un pacte. Les bases d'une amitié profonde. Papa avait raison, Charles est un homme bien.

Vendredi 21 juillet 1944

Qu'est-ce que je vais devenir ?

Je ne peux en parler à personne mais cela va finir par se savoir.

Les morts du bombardement n'ont pas tous été identifiés, mais les chances pour qu'Adam et les enfants s'en soient sortis sont infimes. Cela fait presque deux mois maintenant. Je ne vais plus pouvoir attendre. Je n'arrive plus à penser. Que dira Papa ? Va-t-il m'éloigner de Gisèle, de Titine ?

J'aimerais tant que Charles soit ici, il aurait sûrement été de bon conseil. Nous nous sommes beaucoup parlé le mois dernier et je sens que je peux lui faire confiance. Papa doit revenir à Fayolles pour l'Assomption. Je vais lui demander d'inviter Charles, il sera ravi.

Jeudi 31 août 1944

Demain, j'épouserai Charles. À la fin de la journée, je serai officiellement Mme Élisabeth Duvernet. Papa est fou de joie ! Il clame partout :

– Lisette a choisi le meilleur des maris ! Grâce à lui, l'usine va rester dans la famille.

J'ai fini par me faire une raison : Adam ne reviendra pas. À quoi bon continuer à espérer ? De toute façon, je n'ai pas le choix. Charles sera un époux fidèle et prévenant, j'ai tout de suite accepté sa demande. Je lui ai dit toute la vérité, il sait que

TROISIÈME PARTIE

Le récit s'arrêtait là. En plein milieu d'une phrase. Comme si sa grand-mère avait été interrompue. Raphaëlle examina le journal de plus près. Les dernières pages avaient été arrachées. Par qui ? Pourquoi ? Que contenaient-elles de si important ?

Elle regarda sa montre, il était presque deux heures du matin, bien trop tard pour appeler Hanna. Elle composa le numéro d'Élie. Pas de réponse. Elle rangea le journal dans son sac et éteignit la lumière. Elle ne parvenait pas à trouver le sommeil, un tas de questions se bousculaient dans sa tête. Pour quelles raisons sa grand-mère lui avait-elle caché cette partie de sa vie ? Pourquoi ne lui avait-elle jamais parlé de Fayolles, ni même de Titine ? Elle ralluma la lumière, attrapa son ordinateur et se connecta à Internet. Ce qu'elle apprit sur les enfants juifs cachés en Haute-Loire la stupéfia. Des milliers d'articles, de témoignages, de photos... Tout cela semblait irréel. Alors que personne n'avait parlé pendant des années, les langues avaient commencé à se délier et la vérité, à refaire surface. Dans le moteur de recherche, la jeune femme tapa le nom d'Hanna Meyer. Elle découvrit que l'amie de sa grand-mère avait publié de nombreux livres et était une experte reconnue dont les travaux étaient lus dans le monde entier. À la première heure demain, elle lui passerait un coup de fil. Elle seule pourrait lui apporter des réponses.

En arrivant au dispensaire peu avant sept heures, Aliya fut surprise de trouver la porte déjà ouverte. Elle entra prudemment ; le local était encore plongé dans le noir. Elle aperçut un trait de lumière sous la porte du bureau de Raphaëlle. Elle frappa doucement. De l'autre côté, Raphaëlle répondit :

– Entre !

– Mais qu'est-ce que tu fais là ? demanda Aliya, étonnée. Tu es tombée du lit ou quoi ?

– Je te retourne la question : depuis quand tu arrives si tôt ?

– Je déteste traîner chez moi. Et puis comme ça je suis au calme pour gérer toute la paperasse sans être interrompue par le téléphone et les patientes. Et toi, tout va bien ?

Aliya dévisagea Raphaëlle. Elle avait les traits tirés et des petits yeux.

– La nuit a été courte. Je prendrais bien un café. Ça te tente ?

Cinq minutes plus tard, elles étaient installées au comptoir du bistrot, en face du dispensaire.

– Alors, tu me racontes ? Qu'est-ce qui te tracasse ? interrogea Aliya.

– Je suis allée voir Hanna Meyer hier. Tu sais, la femme qui a fait un discours à l'enterrement de Mamie.

– Et ?

Elle sortit de son sac l'épais carnet de cuir et le posa sur la table.

– Voilà ce qu'elle m'a donné, c'est le journal intime de Mamie.

– Eh bien, ça en fait de la lecture ! Te connaissant, tu n'as pas dû attendre pour le lire ! De quoi elle parle ? De toi ?

– Non, c'est un journal qu'elle a écrit pendant la guerre. Elle avait dix-sept ans quand elle l'a commencé. J'ai appris tellement de choses sur elle. Moi qui croyais la connaître par cœur, j'étais loin d'imaginer qu'elle avait été fiancée à un autre homme avant mon grand-père. Un certain Adam.

– Fiancée ? Et tu sais pourquoi elle ne l'a pas épousé ?

– Il a disparu dans un bombardement alors qu'il fuyait vers la Suisse avec des enfants juifs qu'il accompagnait. Une histoire horrible. Je ne sais même pas par où commencer, tout ce que j'ai découvert dans ce journal est bouleversant.

– À ce point ?

– Tu n'as pas idée ! Et il reste encore plein

de zones d'ombre. Il faut vraiment que je parle à Hanna, j'espère qu'elle pourra m'en dire plus.

– Tu vas montrer le journal à ton père ?

– Je ne sais pas. Maman est tout le temps sur son dos. Elle n'a qu'une idée en tête : se débarrasser au plus vite des affaires de Mamie et vendre l'appartement. Papa n'a pas une minute pour souffler, je ne suis pas certaine que ce soit le bon moment pour lui faire lire ce journal. C'est trop tôt. Je vais attendre un peu que les choses se tassent.

À travers la vitre du café, Aliya aperçut des silhouettes qui attendaient devant la porte du dispensaire. Il n'était pas rare que des femmes arrivent avant l'ouverture. Aliya prenait toujours le temps de les accueillir, de leur offrir une tasse de thé, de les écouter. Les patientes du matin étaient souvent les plus isolées et Aliya tenait à être présente pour leur ouvrir la porte, quelle que soit l'heure.

– On devrait y aller. Il commence à y avoir du monde.

– Tu as raison. Je vais appeler Hanna ce matin et j'essayerai de passer la voir en fin de journée.

Au moment où Raphaëlle saisit le journal pour le ranger dans son sac, la couverture se détacha et un morceau de papier glacé en glissa avant de tomber par terre. Aliya se baissa pour le ramasser et le lui tendit en y jetant un coup d'œil.

– Fais attention, tu as perdu une photo. Tiens, c'est marrant, je n'avais jamais vu ton père jeune. Il était beau gosse !

Raphaëlle regarda rapidement le cliché en noir

et blanc. Aliya se trompait, le jeune homme en bras de chemise qui posait en souriant devant une tête de pierre n'était pas son père. Elle retourna la photo et reconnut l'écriture de sa grand-mère : « Adam, mai 1944 ».

Aliya s'était levée et se dirigeait vers la porte. Raphaëlle réunit ses affaires, fourra la photo dans sa poche et suivit son amie.

Au dispensaire, elle composa le numéro d'Hanna. Le téléphone sonna dans le vide pendant plusieurs secondes avant que le répondeur se déclenche : « Vous êtes bien sur la boîte vocale d'Hanna Meyer. Je suis en déplacement à l'étranger : en cas d'urgence, n'hésitez pas à me contacter sur mon portable. » Elle se rappela qu'Hanna avait mentionné un séjour en Israël pendant l'été pour un cycle de conférences. Quelle idiote ! Elle n'avait pas pensé à lui demander son numéro de portable et n'avait aucun autre moyen de la joindre. Elle laissa tout de même un message demandant à Hanna de la rappeler de toute urgence. Peut-être consulterait-elle sa messagerie à distance ? Raphaëlle posa la photo d'Adam sur son bureau, enfila sa blouse et commença ses consultations. Au moins, elle n'aurait pas le temps de penser.

Le dispensaire fermait ses portes à dix-sept heures. Passé cette heure, les femmes du quartier ne venaient plus. Les enfants étaient sortis de l'école, il fallait rentrer à la maison préparer le dîner, être là quand leur mari reviendrait. Raphaëlle termina de remplir quelques dossiers pendant qu'Aliya rangeait le matériel. Elle aperçut alors la photo restée sur son bureau. Maintenant qu'elle la regardait plus attentivement, elle comprenait pourquoi Aliya avait pris Adam pour son père. Ils avaient le même regard, la même forme de visage et, détail plus saisissant encore, la même fossette au creux du menton. Mais son père était né en mai 1945, près d'un an après la disparition d'Adam. Ces deux-là ne pouvaient avoir aucun lien de parenté. De plus, malgré leurs points communs, certains traits les différenciaient : Adam avait un nez aquilin, une bouche pulpeuse et une silhouette mince et élancée, tout le contraire de Pierre. Une vague ressemblance ne voulait rien dire, Raphaëlle avait souvent plaisanté sur les airs de George Clooney de son père, et pourtant, s'ils avaient été de la même famille, elle l'aurait su ! Cependant, quelque chose commençait à la titiller. Elle devait en avoir le cœur net.

Elle ferma la porte de son bureau et souhaita un bon week-end à Aliya avant de récupérer sa voiture garée dans une rue voisine. Elle parcourut rapidement les quelques kilomètres qui séparaient le dispensaire du domicile d'Élisabeth. Ce trajet, elle l'avait fait des centaines de fois pour aller lui rendre visite. Elle gardait toujours la clef de l'appartement de sa grand-mère accrochée à son trousseau, au cas où elle aurait eu besoin de venir la voir. Depuis son décès, elle n'avait pas eu le courage de l'en détacher. Arrivée en bas de l'immeuble, elle leva la tête et remarqua que les fenêtres de l'appartement n'étaient pas fermées. Elle se hâta de monter les deux étages et ouvrit la porte. Dans l'entrée, sa sœur entassait des livres dans un carton.

– Caro ? Qu'est-ce que tu fous là ?

– Bonjour quand même ! Toujours aussi aimable ! J'espère que tu es plus sympa avec tes patients. Maman m'a demandé de venir l'aider à vider les affaires de Mamie.

Raphaëlle se précipita dans le salon. Sa mère, un tablier noué autour de la taille, triait l'argenterie. Autour d'elle, de grands sacs-poubelle béants dans lesquels de nombreux objets avaient été jetés. La surprise se lut sur le visage de Solange.

– Raphaëlle ! Tu n'es pas à ton travail ?

– Qu'est-ce que tu es en train de faire ? On avait dit qu'on trierait ensemble les affaires de Mamie.

– J'ai essayé de te joindre hier pour te prévenir mais tu n'as pas daigné me répondre. On ne peut plus attendre, il y a quelqu'un qui est intéressé par l'appartement.

– Tu plaisantes ? On n'a même pas vu le notaire. On ne peut pas vendre tant que la succession n'est pas réglée. Et puis, j'aimerais garder l'appartement. J'en ai parlé avec Papa et il m'a dit qu'il n'y voyait aucun inconvénient.

– Ce n'est pas à ton père de décider. Tu vois bien qu'il n'en a rien à faire. La preuve, il n'est même pas là !

– Mets-toi à sa place deux secondes ! Il vient tout juste de perdre sa mère. Tu ne crois pas qu'on pourrait lui laisser quelques semaines pour faire son deuil ? Je vois que toi, en revanche, tu es bien pressée de récupérer le trésor de guerre… Tu auras assez de place dans tes placards pour ranger toutes les affaires de Mamie ?

– Je t'interdis de me parler sur ce ton !

– Tu n'as rien à m'interdire, je ne suis plus une enfant !

– Je suis ta mère, que ça te plaise ou non. Si tu n'es pas contente, tu n'as qu'à partir. Tu ne manqueras à personne !

Caroline, alertée par les cris de sa mère et de sa sœur, accourut dans le salon.

– Mais ça ne va pas vous deux ? On dirait deux chiffonnières ! Vous n'avez pas honte de vous engueuler comme ça ? Vous croyez que Mamie aurait aimé ? Maman, calme-toi un peu. Raphaëlle n'a pas tort. Pourquoi doit-on vider l'appartement si rapidement ? Rien ne presse. Faisons ça après les vacances, comme prévu.

Raphaëlle avait-elle bien entendu ? Sa sœur venait de prendre son parti contre leur propre mère, du jamais-vu ! Solange en était restée bouche bée. Même si elle s'était vite ressaisie, furieuse de voir ses deux filles se liguer contre elle.

– Très bien, puisque c'est comme ça, je m'en vais. Ne comptez pas sur moi pour me taper le sale boulot ! Je voulais juste aider votre père mais, apparemment, tout le monde est contre moi. Débrouillez-vous toutes seules, moi, je m'en lave les mains.

Caroline tenta de calmer sa mère, mais Solange avait enlevé son tablier, qu'elle avait théâtralement jeté au milieu de la pièce, récupéré son sac à main et sa veste, et se dirigeait vers la porte d'entrée. Elle fit demi-tour, attrapa sur la table une louche en argent et une boîte à bijoux et quitta l'appartement en claquant la porte.

Raphaëlle ne savait que dire. Caroline se dirigea vers le bar, en sortit une bouteille de whisky et deux verres qu'elle remplit généreusement. Elle en tendit un à sa sœur, sortit de son sac un paquet de cigarettes et s'affala dans le canapé.

– Bon débarras ! Qu'est-ce qu'elle est chiante en ce moment !

Raphaëlle n'en revenait pas. Était-ce bien sa sœur, Mme « du-Trou-du-Cul », qui parlait ainsi, avachie comme une adolescente, en train de boire de l'alcool et de se griller une clope ?

– Franchement, je n'en peux plus. Tu te rends compte qu'elle m'a fait annuler mes vacances pour rester ici et l'aider à vider l'appart' ?

– Qu'est-ce que tu as fait des petits ? Tu les as laissés avec Edgar ?

– Tu plaisantes ? Le jour où il s'occupera de ses gosses, celui-là, on en reparlera ! Il est en mission diplomatique au Japon pour un mois et demi. J'ai fait l'aller-retour hier dans la journée pour déposer les enfants chez mes beaux-parents à Aix, ils vont rester là-bas jusqu'en août.

– Et qu'est-ce que tu vas faire, seule à Paris, pendant tout ce temps ?

Caroline aspira une longue bouffée de sa cigarette et répondit, en soufflant bruyamment la fumée :

– Ce ne sont pas les occupations qui vont manquer, je t'assure.

– C'est vrai, avec toutes tes activités, tu ne dois pas t'ennuyer.

– Arrête de te foutre de moi. Tu crois que je ne vous vois pas, Papa et toi, vous moquer de moi, de ma vie ? Mais qu'est-ce que vous connaissez à ma vie au juste ?

Déconcertée, Raphaëlle tenta de se justifier.

– Je ne me moque pas du tout ! Au contraire, elle a l'air tellement parfaite. L'opposé de la mienne. Tu as des enfants super, une belle maison, un mari qui t'aime. Tout semble te réussir.

Caroline se resservit un verre de whisky qu'elle avala d'une traite.

– Ah ! voilà, ma petite vie parfaite ! Caroline, la « Bree Van de Kamp » de la famille, la femme d'intérieur accomplie, toujours gentille, toujours souriante, qui s'occupe de ses enfants et fait des bouquets ! Mais franchement, ça fait rêver qui ? Ma vie, c'est de la merde, tu m'entends ? De la merde !

Caroline fondit en larmes sous le regard décontenancé de Raphaëlle. Jamais elle n'avait vu sa sœur dans un tel état. Timidement, elle s'assit à côté d'elle et la prit dans ses bras. Caroline se laissa aller et continua à pleurer sur l'épaule de Raphaëlle. Depuis combien d'années ne s'étaient-elles pas trouvées en tête à tête ? Fallait-il la mort de Mamie pour que le mur d'incompréhension qui s'était érigé entre elles se fissure ?

Caroline finit par se calmer. D'un revers de manche, elle essuya ses larmes.

– Excuse-moi, ça va passer. C'est la fatigue, c'est tout. Je suis ici depuis ce matin et je n'ai pas arrêté. Demain, ça ira mieux.

– Pourquoi on ne commanderait pas des sushis ? Puisque Edgar est en voyage et que les petits sont en vacances, tu es libre ce soir, non ? On n'a qu'à dîner toutes les deux et profiter un peu de l'appartement de Mamie. On pourrait même dormir dans son lit, comme quand on était petites !

– Oui, ce serait chouette.

– Wow ! Déjà quatre heures du matin ? Je n'ai pas vu le temps passer. On ne va jamais réussir à se lever !

– Pas grave, on se reposera quand on sera mortes, comme Mamie !

Raphaëlle pouffa de rire.

– Enfin, Caroline, tu n'as pas honte ? dit-elle en imitant la voix de leur mère. Insinuer de pareilles sottises chez ta grand-mère, qui est encore chaude dans sa tombe, en plus. Que vont raconter les gens ?

Caroline attrapa la bouteille de vin et versa les dernières gouttes dans son verre.

– Quoi ? Cette bouteille-là aussi est finie ? Je crois qu'on a carrément abusé ce soir !

– On s'en fout, on fera la grasse mat'. Ça sert à ça, le week-end ! En plus, je suis sûre que Mamie aurait été ravie qu'on boive à sa santé !

– Allez, on va se coucher. Je suis cuite. On laisse tout, on rangera demain.

Caroline et Raphaëlle s'allongèrent côte à côte dans le grand lit. Raphaëlle sentait venir le sommeil quand Caroline lui demanda, comme elle le faisait, petite :

– Tu dors ?

– Oui, je dors.

Caroline sourit dans le noir.

– Je voulais te dire... Je... Enfin... Je suis désolée pour l'enterrement de Mamie. Je ne voulais pas faire ce discours, mais tu connais Maman, c'est difficile de lui refuser quoi que ce soit et je n'avais pas envie de me battre avec elle. Mais, dans le fond, ça aurait été mieux si ç'avait été toi.

Des larmes montèrent aux yeux de Raphaëlle.

– Merci, chuchota-t-elle.

– Je suis contente qu'on ait passé cette soirée toutes les deux, reprit Caroline. Ça m'a manqué de passer du temps avec toi.

– Moi aussi, ça m'a manqué.

– Je peux te dire un secret ?

– Oui.

– Tu me promets que tu n'en parleras à personne ?

– Promis-juré-craché.

– Je vois quelqu'un.

– Tu as un amant ?

– Mais non, idiote ! Je vais voir un psy. Depuis un moment, je ne me sens pas à ma place. J'y vais une fois par semaine, ça me fait énormément de bien. Il m'ouvre les yeux sur beaucoup de choses que je ne voulais pas voir. D'abord, je vais retourner à la fac. Je me suis mariée avant la fin de mes études, Maman me disait qu'un diplôme ne me servirait à rien mais, aujourd'hui, je regrette de l'avoir écoutée. J'ai envie de travailler, de gagner ma vie, d'être indépendante. Comme toi.

Décidément, cette soirée était pleine de surprises ! Caroline qui enviait sa vie ? Raphaëlle avait du mal à le croire.

– Ah ! et puis je vais demander le divorce.

– Quoi ? Mais pourquoi ?

– On s'est mariés pour de mauvaises raisons. On ne partage rien. Je suis juste une potiche qui lui permet de briller un peu en société. Son accessoire, en quelque sorte. Edgar ne le sait pas encore. J'attends son retour du Japon pour le lui annoncer. Tu gardes ça pour toi, d'accord ?

Raphaëlle attrapa la main de sa sœur. Les deux femmes finirent par s'endormir, assommées par la fatigue, le vin et ces retrouvailles imprévues.

Lorsqu'elle ouvrit les yeux le lendemain matin, Raphaëlle tenait encore la main de sa sœur. Elle regarda sa montre. Midi. À ses côtés, Caroline commençait tout juste à émerger, le whisky et les trois bouteilles de vin de la nuit lui avaient laissé une gueule de bois carabinée.

– C'est la dernière fois que tu me fais boire comme ça, Raphi.

Raphaëlle ne put s'empêcher de penser que sa sœur ne l'avait pas appelée ainsi depuis plus de trente ans.

– La bonne blague ! répliqua-t-elle. Je te rappelle que tu as insisté pour piller la cave de Mamie ! C'est même toi qui as choisi les meilleures bouteilles parce que, je cite : « C'est déjà ça que cette vautour de Maman ne pourra pas voler. »

– Je nie tout en bloc.

– En attendant, je reconnais que prendre une cuite au château-petrus, c'est la classe.

– C'est bon, on a compris. Tu m'apporterais une aspirine au lieu de me faire la morale ?

– Mieux que ça, je te prépare un bon petit-déjeuner. Allez, file prendre une douche. Et lave-toi bien les dents, Madame Parfaite, tu as une haleine de poney aviné.

Caroline s'exécuta en grimaçant, pendant que Raphaëlle descendait à la supérette faire quelques courses.

Les deux sœurs se retrouvèrent dans la cuisine. Raphaëlle avait préparé des œufs au plat, du pain grillé et tendit à Caroline une bouteille de bière.

– Bois ça, ça ira mieux.

– T'es pas bien ? Tu veux m'achever ou quoi ?

– Fais-moi confiance. Ordre du médecin. Tu verras, ça aide à diminuer la gueule de bois. Et ensuite, je t'apporte un bon café.

– Pff ! quelle soirée quand même ! Je crois que je n'ai jamais autant bu de toute ma vie.

– J'avoue qu'on y a été un peu fort. Mais je suis vraiment contente qu'on ait pu se parler.

– Moi aussi, ça m'a fait du bien. À part mon psy, je n'ai personne à qui me confier.

– Tu sais, Caro, je serai là pour t'aider quand tu feras le grand saut, d'accord ?

– Merci, Raphi.

Raphaëlle hésita un instant, puis se leva. Elle revint quelques secondes plus tard avec à la main le journal intime de leur grand-mère.

– Puisqu'on en est à parler sincèrement, il y a une chose dont je voudrais te faire part.

Elle raconta alors à sa sœur comment elle avait récupéré le journal et ce qu'elle y avait découvert. Caroline l'écouta sans perdre une miette. Puis Raphaëlle lui tendit la photo d'Adam.

– Il ne te rappelle pas quelqu'un ?

– Fais voir. Je ne sais pas, la photo est vieille. Tiens, c'est marrant, il ressemble à Papa quand il était plus jeune !

– Je sais. Regarde derrière.

Caroline retourna la photo. Elle eut un air perplexe.

– C'est le Adam dont tu m'as parlé ?

– Oui.

– C'est vrai qu'en y regardant de plus près, la ressemblance est troublante !

– Je sais bien, c'est pour ça que je suis venue ici, pour trouver un document officiel qui prouve la date de naissance de Papa. Juste pour être sûre.

Caroline se concentra quelques instants, essayant de se souvenir où leur grand-mère rangeait son livret de famille. Quand son visage s'éclaira.

– Attends, je sais où on peut trouver ça !

Raphaëlle la suivit dans la chambre. Rien n'avait été déplacé, Solange n'avait pas eu le temps de s'en occuper. Sur la table de chevet, un flacon de

Shalimar, le parfum qu'Élisabeth avait porté toute sa vie. Elle n'en avait jamais changé. Elle aimait raconter que c'était le premier cadeau de son mari et qu'elle avait été fidèle à l'un comme à l'autre. Raphaëlle ôta le bouchon et en respira la fragrance enivrante. Cette odeur lui manquait terriblement.

– C'est bon, je l'ai !

Caroline brandissait fièrement un fascicule sombre qu'elle venait d'extraire du tiroir du secrétaire où Élisabeth conservait tous ses papiers importants. Raphaëlle s'approcha et ensemble elles ouvrirent le livret de famille.

– Tiens, regarde, dit Caroline : « Mariage d'Élisabeth Marie Catherine Rousseau et de Charles Emmanuel Henri Duvernet le 1er septembre 1944. » Et voilà l'acte de naissance de Papa. Naissance le 20 mai 1945. Oh ! C'est marrant, je ne savais pas qu'il était né en Haute-Loire. J'ai toujours cru qu'il était né à Lyon.

– Pourquoi ?

– Presque toutes les photos de lui bébé ont été prises dans l'appartement de la rue Vaubecour.

– Quelles photos ?

– Mamie ne t'a jamais montré cet album ? Il faut dire qu'elle en avait tellement ! Je n'en revenais pas quand je suis tombée dessus hier ! Je vais te montrer.

Caroline emmena sa sœur dans l'entrée et ouvrit la porte d'un placard.

– C'est là que Mamie stockait ses albums de photos. Elle a toujours été dingue de photographies, il y en a un paquet.

Raphaëlle parcourut des yeux les rayonnages sur lesquels s'alignaient des rangées entières d'albums de cuir vert. Elle se saisit de celui qui semblait le plus ancien. Sur les pages noires cartonnées, des clichés en noir et blanc affichaient des paysages de montagne, des fleurs, des visages souriants, un petit chien.

Caroline attrapa un autre album, recouvert de poussière.

– Voilà, c'est celui-là. C'est écrit dessus : « Pierre ». Et voici la première photo de Papa. La légende est un peu effacée mais on arrive toujours à lire : « Naissance de Pierre, première photo avec son papa et sa maman. »

Sur le cliché, Élisabeth, assise dans un fauteuil, souriait et tenait dans ses bras un adorable nouveau-né emmailloté. Charles, debout derrière elle, posait une main protectrice sur son épaule en regardant tendrement l'enfant.

Il fallait se rendre à l'évidence, la preuve était là.

– Tu as l'air déçue, remarqua Caroline. Tu t'attendais à quoi ?

– Je ne sais pas. Je me disais que peut-être… Je ne sais pas… C'était une idée stupide. En lisant le journal de Mamie, j'ai cru qu'Adam aurait pu être le père de Papa.

– On peut toujours essayer de retrouver Adam, au moins pour connaître l'histoire de Mamie. Je peux embarquer le journal pour le lire ?

– Bien sûr. Et qu'est-ce qu'on fait pour Papa ? On lui en parle ?

– Pour l'instant, on ne lui dit rien. Je suis tranquille jusqu'au retour des enfants, pourquoi ne pas en profiter pour mener l'enquête ? Je vais contacter quelques relations d'Edgar, autant que ça serve d'avoir un mari diplomate. Peut-être que je pourrai accéder à des archives ou à des documents officiels.
– Excellente idée ! Ne perdons pas de temps.

Raphaëlle et Caroline se quittèrent ce soir-là en sachant que cette journée marquait plus que leurs retrouvailles : ensemble, elles s'apprêtaient à partir à la recherche de la vérité.

Deux semaines s'étaient écoulées et toujours aucune piste sérieuse. Caroline et Raphaëlle avaient passé des dizaines de coups de fil, consulté des archives nationales et historiques pendant des jours entiers, sans succès. Nulle trace de ce mystérieux Adam. Raphaëlle commençait même à se demander s'il ne s'était pas présenté à sa grand-mère sous une fausse identité. Finalement, que restait-il de cet homme à part une photo ? Le téléphone sonna. Le nom de Caroline s'affichait sur l'écran.

– Tu as du nouveau ?

– Non, rien. J'allais t'envoyer un texto.

– Tu as réussi à joindre Hanna Meyer ?

– J'ai laissé un nouveau message sur son répondeur, mais elle ne m'a toujours pas rappelée. C'est dommage, je suis sûre qu'elle pourrait nous aider.

– Elle va bien finir par rentrer. Et Élie, il ne peut pas te donner son numéro de portable ?

– Il est parti faire un road trip au fin fond de l'Islande et il m'avait prévenue qu'il ne serait pas joignable de tout l'été.

– Pff ! c'est chiant ! C'est quoi, ces gens qu'on ne peut pas contacter ? On est en 2010, pas au Moyen Âge !

– Tant pis, on continue à chercher sans eux. Et toi, tu as avancé ?

– J'ai réussi à parler aux actuels propriétaires de Fayolles. Leurs parents ont acheté le château quelques années après la guerre et les Borel sont partis peu après. J'ai essayé de savoir où ils s'étaient installés mais impossible de les retrouver.

– Bref, encore une impasse.

– Allez, Raphi, ne lâche pas ! Je suis sûre qu'on va trouver. Il ne faut écarter aucune piste, on finira bien par tomber sur quelque chose.

– Comment tu fais pour être toujours si enthousiaste ?

Caroline sourit à l'autre bout du fil.

– Ça fait dix ans que je me fais chier, alors pour une fois qu'il se passe un truc un peu excitant dans ma vie, je ne vais pas abandonner à la moindre difficulté ! Bon, il est tard, je file me coucher. Je te rappelle qu'on a du pain sur la planche demain pour partir sur les traces de Mlle Vantadour et de Lucien.

– Bonne nuit, alors !

Raphaëlle raccrocha. Sa sœur avait raison, Adam avait disparu depuis plus de soixante ans, il était évident qu'elles n'allaient pas le retrouver si facilement.

Un peu plus tard dans la soirée, Raphaëlle alluma son ordinateur et parcourut tous les éléments qu'elle avait scannés et compilés ces derniers jours. Si seulement elle avait pu diffuser la photo ! Et d'ailleurs, pourquoi pas ? Il existait certainement des sites pour les personnes disparues. En quelques clics, elle découvrit de nombreux forums dédiés à des familles qui cherchaient leurs proches perdus de vue. Pourquoi ne pas tenter le coup ? Elle publia la photo d'Adam sur quelques sites, avec la mention « Connaissez-vous cet homme ? » accompagnée de son adresse e-mail. Satisfaite, elle partit se coucher en se disant qu'au moins elle aurait fait tout ce qu'elle avait pu.

Raphaëlle était en train de régler son réveil quand la sonnerie de son portable résonna dans la chambre. *Oh ! non, pas une urgence, pas maintenant*, pensa-t-elle en cherchant de la main son téléphone qui s'était perdu dans les replis de sa couette. Elle décrocha juste à temps.

– Allô ?

– Tu en mets un temps à répondre !

– Caro ? Tu as vu l'heure ? J'étais presque couchée.

– J'ai peut-être trouvé un truc sur Adam ! Tu préfères que je te rappelle demain pour t'en parler ?

– Arrête tes blagues ! Vas-y, accouche !

– Tu es devant ton ordi ?

– Non, je t'ai dit que j'étais couchée.

– Lève-toi et va consulter tes e-mails, je viens de t'envoyer une image.

Raphaëlle s'exécuta.

– C'est bon, j'ai ton mail.

– Ouvre la pièce jointe.

– Ok. C'est la photo de naissance de Papa qu'on avait trouvée chez Mamie. Rien de nouveau.

– Agrandis-la.

– Comment ça ?

– Fais ce que je te dis. Regarde-la en très gros plan. Il n'y a rien qui te choque ?

– Non, rien. Qu'est-ce que tu vois ?

– Regarde de plus près. La fenêtre.

– Oui, on voit les arbres. Et alors ?

– Tu ne trouves pas bizarre qu'ils soient complètement nus alors que la photo est datée du mois de mai ? Normalement, ils devraient être couverts de feuilles et de bourgeons.

Raphaëlle n'avait pas prêté attention à ce détail.

– Alors Mamie aurait menti sur la date de naissance de Papa ?

– Je ne vois pas d'autre explication.

– C'est vrai que le mariage de Papi et Mamie s'est décidé très vite. J'en ai même été surprise en lisant son journal, car elle était encore jeune et rien ne l'obligeait à se marier aussi précipitamment.

– Ça expliquerait pas mal de choses. Mamie qui tombe enceinte d'Adam qui a demandé sa main avant de disparaître du jour au lendemain. Qu'est-ce que tu voulais qu'elle fasse ? À l'époque, avoir un enfant hors mariage, c'était très mal vu. Charles était son ami, il faisait déjà presque partie de la famille : peut-être qu'il l'a épousée pour sauver sa réputation ?

– Et la date sur l'acte de naissance de Papa ?

– Oh ! franchement, rien de plus simple. Je te rappelle que c'était la fin de la guerre, tout devait être un peu désorganisé. Et puis, d'après ce que j'ai lu, Fayolles était quand même très isolé, Mamie aurait pu accoucher sans que ça se sache et garder le secret jusqu'à la date « officielle », neuf mois après son mariage.

– Personne n'en aurait rien su ?

– J'imagine que les habitants du château devaient savoir. On a bien vu dans le journal de Mamie qu'ils étaient capables de garder un secret.

– Si ce que tu dis est vrai, tu te rends compte de ce que ça signifie ?

Le silence éloquent qui suivit en disait long. Leur enquête prenait une tournure inattendue.

Raphaëlle alluma fébrilement son ordinateur. Chaque matin, c'était le même rituel : elle se levait, se dirigeait vers la cuisine, appuyait sur le bouton de la machine à café et consultait sa boîte mail, la boule au ventre. Et si quelqu'un avait reconnu la photo ? Mais les semaines passaient et personne n'avait répondu à son appel.

Quelques minutes plus tard, comme chaque jour, son téléphone sonna. Elle décrocha d'un geste mécanique sans même avoir pris la peine de regarder qui l'appelait.

– Caro, arrête de m'appeler tous les matins ! Je t'ai promis que je te préviendrais dès que j'aurais une réponse.

Mais, à l'autre bout du fil, la voix de Caroline n'était pas aussi enjouée que d'habitude.

– J'ai quitté Edgar.

– Oh ! merde, dit Raphaëlle qui s'en voulait d'avoir parlé trop vite. Ça va ? Tu veux que je vienne ?

– Non, ce n'est pas la peine. Les enfants ne vont pas tarder à arriver, mon beau-frère a fait la route de nuit pour les ramener du Sud et Edgar est sorti leur ouvrir la porte du garage. J'avais juste besoin de parler à quelqu'un.

– Qu'est-ce qui s'est passé ?

– Edgar est rentré du Japon hier soir. J'avais prévu de lui faire une surprise et d'aller le chercher à Orly.

– Sérieusement ? Tu veux le quitter mais tu continues à jouer les chauffeurs ? Décidément, je ne te comprendrai jamais !

– Mais non ! Ce n'est pas parce que je ne l'aime plus que je le déteste. Il reste le père de mes enfants et…

– Et ?

– Je l'attendais à l'aéroport, les passagers de son vol commençaient à sortir, et là j'ai vu…

Caroline éclata en sanglots.

– Tu as vu quoi, Caro ?

– Une femme ! Il était avec une femme ! Ils se tenaient par la main et ils riaient.

– Putain… Qu'est-ce que tu as fait ?

– Je me suis enfuie. J'ai couru vers le parking et je suis rentrée à la maison.

– Pourquoi tu n'es pas allée lui pourrir la gueule ? Il n'aurait pas pu nier. Hop, pris la main dans le pot de confiture !

– Tu crois vraiment que j'avais envie de faire une scène en plein aéroport, devant des centaines de gens ? C'est suffisamment humiliant d'être trompée par son mari, pas besoin d'en faire un événement national.

– Et alors, qu'est-ce qui s'est passé ensuite ?

– J'ai bu du vin.

Raphaëlle ne put s'empêcher de rire.

– Le cliché de la *Desperate Housewife*, quoi !

– C'est ça, fous-toi de moi ! En attendant, ça m'a donné du courage. Edgar est arrivé presque deux heures après moi, il tirait la gueule. Son vol avait eu du retard, il était crevé. C'est à peine s'il m'a dit bonjour.

– L'enfoiré !

– Et là, c'est sorti tout seul, je lui ai dit : « C'est marrant, tu n'avais pas l'air aussi *crevé* à la sortie de l'avion avec ta pouffe. »

– Wow ! tu lui as balancé ça ?

– Mot pour mot. Tu aurais vu sa tête ! Il s'est décomposé. Et il m'a tout avoué.

– C'est-à-dire ?

– Ça fait plus de deux ans qu'il se tape sa collaboratrice.

– Non ?

– Tu vois, rien de bien original. Bien sûr, il voulait m'en parler, mais il ne voulait pas me faire souffrir. Il m'a demandé pardon, m'a dit qu'il allait la quitter, la virer, qu'il ne recommencerait pas.

– Qu'est-ce que tu as répondu ?

– Que c'était fini, que je voulais divorcer.

– Comment il a réagi ?

– Il s'est inquiété de ce que les gens allaient penser ! Il a même eu le culot de me dire que j'allais faire de la peine à Maman !

– Bon, et la prochaine étape, c'est quoi ?

– Je laisse les garçons poser leurs affaires et on va leur annoncer la nouvelle dans la journée. On devait partir pour Dinard demain jusqu'à la fin du mois, mais je vais les laisser y aller entre mecs. Comme ça, Edgar passera un peu de temps avec ses enfants…

– … et va bien en chier !

– Tu as tout compris. Plus sérieusement, je voudrais profiter des trois prochaines semaines pour faire mes cartons. Je ne supporte plus cette maison. Il faut que je me cherche un appartement, mais sans boulot, ça ne va pas être simple.

– Pourquoi tu ne récupères pas celui de Mamie ?

– Papa m'a dit que tu voulais t'y installer.

– Oui, c'est vrai, mais c'était surtout pour qu'on ne le vende pas. Je suis très bien là où je suis. Et puis si c'est toi qui y vis, je me ferai inviter à dîner. Tu es quand même la meilleure cuisinière que je connaisse !

– Je ne sais pas. Il faut que j'en parle à Papa, mais c'est vrai que ce serait une solution en attendant de trouver plus grand.

– En plus, c'est vraiment à cinq minutes de chez les parents. Maman sera ravie de pouvoir venir t'embêter à la moindre occasion.

– Ça, c'est une autre paire de manches. Elle me fait toujours la tête depuis la dernière fois chez

Mamie et ne prend même plus mes appels. Je ne sais pas comment elle va accueillir la nouvelle de mon divorce.

Raphaëlle entendit des voix à l'autre bout du fil. Caroline baissa d'un ton.

– Edgar et les enfants arrivent. Je te laisse.

Elle raccrocha brusquement.

« Nous sommes le 28 août, vous êtes sur France Info, il est six heures. »

D'un geste encore endormi, Raphaëlle assomma son radio réveil. Elle avait promis à Caroline de la rejoindre chez elle avant sept heures pour l'aider à finir ses cartons et elle comptait tenir parole, même si elle serait bien restée quelques heures encore dans la tiédeur de son lit. Elle sauta dans un jean, enfila un tee-shirt et une paire de Converse et se dirigea vers la cuisine en mode pilote automatique. Accro à la caféine, il ne lui était pas possible de débuter la journée sans avoir avalé un expresso serré. Sa tasse à la main, elle s'installa devant son ordinateur resté allumé. Sa boîte mail indiquait qu'elle avait reçu un message. Par réflexe, elle l'ouvrit et, à sa lecture, poussa un hurlement de joie. Vite, son sac, ses clefs. Direction Saint-Germain-en-Laye !

Tant d'idées se bousculaient dans sa tête pendant qu'elle était au volant de sa voiture. Avait-elle bien lu le message ? Cela ne pouvait pas être le fruit du hasard. Pressée d'arriver au plus vite chez sa sœur, Raphaëlle ne faisait pas attention aux limitations de vitesse et le flash d'un radar la fit revenir à la réalité. *Et merde*, se dit-elle, *il ne manquait plus que ça.*

Elle gara sa voiture sur le trottoir, poussa la grille métallique de la maison de Caroline, courut jusqu'à la porte et entra sans même sonner.

– Caro ! Caro !

– Tu es déjà là ? Tu es en avance, pour une fois !

– J'ai retrouvé Adam ! Il est vivant !

– Quoi ? Mais comment tu as fait ?

– Où est ton ordinateur ?

Caroline lui apporta son MacBook. Raphaëlle pianota frénétiquement sur le clavier et ouvrit une page Wikipédia.

Adam Berstein (91 ans)

Né à Genève en 1919, Adam Berstein est un musicien de renommée internationale. Compositeur, interprète (piano, violon) et chef d'orchestre, il a profondément marqué le monde de la musique classique.

– C'est lui ! C'est forcément lui ! Regarde les photos ! Et rappelle-toi, dans son journal, Mamie parlait de son don pour la musique. Et son prénom ! Tu te rends compte, Caro ?

– Il n'est pas mort ?

– Apparemment non ! Mais il est très âgé.

– Bon, on n'a plus de temps à perdre. Il n'est pas question qu'il meure et qu'on le rate à quelques jours près.

– Je vois que tu es toujours aussi pragmatique.

– C'est toujours comme ça que ça se passe dans les films.

– Détends-toi, on n'est pas dans une comédie romantique.

– Justement. Il faut qu'on parle à Papa. Aujourd'hui. Appelle-le et dis-lui qu'on le retrouve pour déjeuner. Sans Maman surtout ! Pendant ce temps-là, je vais chercher l'adresse de ce M. Berstein. Nous allons lui rendre visite.

– Et ton déménagement ? Et Edgar ? Il n'est pas censé rentrer demain avec les enfants ?

– Rien à foutre, qu'il se démerde. Il n'avait qu'à pas me tromper.

Décidément, sa sœur ne cesserait jamais de la surprendre.

Raphaëlle repassa chez elle préparer son sac de voyage. Caroline avait raison, il était inutile de perdre du temps. D'après les informations qu'elles avaient pu trouver, Adam Berstein passait sa retraite en Suisse, dans une maison au bord du lac Léman. Elles n'avaient pas réussi à obtenir son numéro de téléphone, mais Caroline était sur le coup. Elle faisait jouer toutes ses relations.

En entrant dans le bistrot où les attendait leur père, Raphaëlle se demanda comment il allait réagir. Installé sur une banquette au fond de la salle, Pierre lui fit un signe. Elle s'avança et l'embrassa chaleureusement.

– Bonjour, Papa, merci d'être venu.

– C'est bien la première fois que mes deux filles me convoquent, je ne pouvais pas refuser !

– Tu as pu échapper à Maman ?

– Oh ! oui, aucun problème. Elle est partie dans le Sud pour « se ressourcer ». Avec le divorce de ta sœur, tout ce stress, c'est trop pour elle.

– Tu aurais dû me prévenir, je serais venue te tenir compagnie.

– Ne t'en fais pas pour moi. Je m'en sors très bien tout seul. J'en ai profité pour être un peu tranquille chez moi ; lire mon journal en caleçon sur le canapé en fumant un bon cigare, par exemple !

– Je vois. Quand le chat n'est pas là, les souris dansent ! Ah tiens, voilà Caro !

Caroline s'installa en face de son père et héla la serveuse.

– Trois whiskies, s'il vous plaît.

– Du whisky ? À cette heure-ci ? Vous avez une mauvaise nouvelle à m'annoncer ?

Les deux sœurs échangèrent un regard complice.

– En tout cas, ce déjeuner impromptu est formidable, reprit Pierre. Je n'ai pas souvenir de la dernière fois où nous nous sommes retrouvés tous les trois ensemble. Ça me fait bien plaisir de voir mes deux filles chéries.

Caroline saisit la main de son père.

– Papa, nous avons quelque chose à te dire. Quelque chose d'important. Ça concerne Mamie.

Le visage de Pierre s'assombrit. La disparition récente de sa mère était encore douloureuse et sa seule évocation suffisait à faire ressurgir son chagrin. Il attrapa le verre de whisky que la serveuse venait de poser devant lui et en avala une gorgée.

– Je vous écoute.

Raphaëlle sortit de son sac le journal intime d'Élisabeth et le posa devant son père. Avec douceur, elle lui expliqua ce qu'elles avaient appris ces dernières semaines : la découverte du journal, le rôle d'Élisabeth dans le sauvetage des enfants, sa vie à Fayolles… Son père allait de surprise en surprise mais semblait tenir le choc. Elle jeta alors un coup d'œil à sa sœur, qui lui fit signe de continuer.

– Papa, je ne sais pas comment te le dire… Voilà, nous pensons que Papi pourrait ne pas être ton père.

– Quoi ? Qu'est-ce que c'est que cette histoire ?

– Je comprends que ce soit difficile à croire, mais nous avons toutes les raisons de penser qu'il a épousé Mamie alors qu'elle était enceinte.

– Mais, enfin, il était là le jour de ma naissance ! Il me l'a raconté si souvent, il ne peut pas l'avoir inventé. Et puis il y a des photos. Vous vous trompez. Et vous imaginez votre grand-mère être infidèle ? On dirait que vous ne les connaissiez pas. Mes parents s'adoraient, ils formaient le couple le plus complice du monde ! Jamais je ne les ai vus se disputer. Tout cela est absurde. Qu'est-ce qui vous a mis cette idée saugrenue en tête ?

– C'est dans le journal de Mamie, dit Caroline. Elle raconte sa rencontre avec un jeune homme. Une magnifique histoire d'amour qui s'est terminée de façon dramatique.

– En plus, tu ne ressembles vraiment pas à Papi, renchérit Raphaëlle.

– Alors ça, ça ne veut rien dire. Tu ne ressembles pas du tout à ta mère, Raphaëlle, et pourtant je peux te garantir que tu sors bien de son ventre !

– Papa, calme-toi. Je sais que ce n'est pas facile à entendre, mais pourrais-tu juste considérer cela comme une possibilité ?

– Très bien. Et qui est mon père alors ?

Raphaëlle lui tendit la photographie trouvée dans le journal de Lisette.

– Adam Berstein, un compositeur très connu. Il habite en Suisse.

Pierre ne pouvait détacher son regard de la photo. La ressemblance était frappante. Cette fossette surtout, qu'il avait lui aussi sur le menton. Le soir, quand Élisabeth venait le border dans son lit, elle déposait un baiser sur son doigt et le posait sur le menton de son fils : « Tu sais, mon Pierrot, ta fossette, c'est la marque de l'amour. » Pierre fut troublé à l'évocation de ce souvenir, qui prenait un sens bien différent à la lumière de ce que ses filles venaient de lui annoncer.

– Il… il est encore en vie ?

– Oui.

– Alors si ce que vous dites est vrai, pourquoi ne s'est-il jamais manifesté ?

– On pense qu'il n'est pas au courant de ton existence.

La sonnerie du téléphone portable de Caroline interrompit leur conversation. Elle prit l'appel et sortit du restaurant.

Pierre termina son verre de whisky d'une traite, déboussolé.

– Mais c'est impossible ! Maman ne m'aurait jamais caché ça.

– J'ai ressenti exactement la même chose quand Hanna m'a donné le journal de Mamie. Tiens, le voilà. Tu comprendras tout. Est-ce que tu veux qu'on le lise ensemble ?

Pierre n'eut pas le temps de répondre, Caroline revenait avec une bonne nouvelle.

– C'est bon, j'ai son adresse !

– Comment tu as fait ?

– Il y a deux ans, j'ai accompagné Edgar à un gala en Suisse. Ennuyeux à mourir, comme toujours, mais j'avais sympathisé avec la femme du maire de Genève. Je l'ai contactée ce matin pour lui demander si elle connaissait l'adresse du célèbre Adam Berstein. Elle m'a rappelée à l'instant, je l'ai !

Pierre semblait perdu. À son tour, Caroline lui prit la main.

– Papa, je sais que ce n'est pas simple, mais nous devons agir vite. D'après ce que j'ai lu sur Internet, Adam est très affaibli. Je n'ai pas envie de regretter d'avoir attendu un jour de trop. Tu nous fais confiance ?

Incapable de prononcer le moindre mot, Pierre examina à nouveau le portrait d'Adam. Ému, il regarda ses filles l'une après l'autre et acquiesça d'un signe de tête. Caroline régla l'addition pendant que Raphaëlle accompagnait leur père préparer quelques affaires. C'était décidé, ils partaient pour la Suisse rencontrer le grand amour d'Élisabeth.

Il faisait déjà nuit quand ils arrivèrent. Caroline et Raphaëlle s'étaient relayées au volant, pendant que Pierre, installé à l'arrière, parcourait le journal de Lisette. Ses deux filles jetaient parfois un regard dans le rétroviseur et l'apercevaient, ému aux larmes.

Lors d'une pause dans une station-service, Caroline en avait profité pour appeler Edgar et le prévenir qu'elle s'absenterait quelques jours.

– C'est quoi, ces conneries encore ? hurla-t-il au bout du téléphone. Tu reviens quand ?

– Le plus vite possible. Je serai là pour la rentrée des enfants.

– Mais je m'en fous de ça ! Qu'est-ce que tu veux que je fasse d'eux jusqu'à mercredi ? J'ai un travail, moi ! J'ai déjà passé trois semaines à les garder, ça suffit. Tu fais demi-tour et tu viens t'occuper de tes gosses !

Edgar était furieux mais Caroline ne se laissa pas démonter.

– Écoute, depuis qu'on se connaît, je ne t'ai jamais rien demandé. Je me suis toujours adaptée à tes voyages, tes réunions, tes imprévus de boulot. Pour la première fois, j'ai besoin de ton aide, juste quelques jours, le temps de gérer une urgence familiale. Tu peux bien faire ça, non ? Et si c'est trop galère, je te rappelle que le numéro de la nounou est sur le réfrigérateur.

– Je te préviens, tu as intérêt à revenir sinon je porte plainte pour abandon du domicile conjugal ! Pas terrible pour ton dossier de divorce, non ? Ce serait dommage que tu perdes la garde des enfants…

– Tu crois vraiment que tu me fais peur ? C'est toi qui as merdé dans notre mariage.

Caroline lui raccrocha au nez et rejoignit sa sœur.

– Allez, on repart, il nous reste de la route.

Ce trajet leur avait semblé long tant ils étaient impatients d'avoir des réponses à toutes les questions qu'ils se posaient. Alors qu'ils venaient de passer la frontière, Pierre n'avait pu s'empêcher de penser que, malgré le récent décès de sa mère et ce qu'il était sans doute sur le point d'apprendre, à cet instant précis, dans cette voiture, avec ses deux filles adorées, il était heureux.

La nuit était tombée et il n'était pas envisageable de débarquer chez Adam. Il leur faudrait patienter encore jusqu'au lendemain matin. Caroline, en organisatrice hors pair, leur avait trouvé deux chambres dans un petit hôtel simple mais chaleureux. Alors que les deux sœurs, épuisées par les longues heures de conduite, s'étaient endormies à peine la tête posée sur l'oreiller, Pierre peinait à trouver le sommeil. Alors, il ouvrit le journal de Lisette, qu'il avait gardé sur son chevet, et le relut du début jusqu'à la fin.

Le lendemain matin, dans la salle du petit-déjeuner, Pierre et ses deux filles restèrent silencieux. L'excitation du départ était un peu retombée et chacun commençait à appréhender la rencontre avec Adam Berstein. Allait-il accepter de les recevoir ? Qu'allait-il leur apprendre ? Et s'ils s'étaient trompés, que le vieil homme n'avait rien à voir avec Lisette ?

Vers dix heures trente, ils prirent la voiture en direction de sa maison, située à trois quarts d'heure de Genève. La route longeait les bords du lac, découvrant au fur et à mesure des virages des paysages d'une apaisante tranquillité. En ce matin d'été, le soleil déjà haut dans le ciel faisait briller dans les eaux bleutées mille éclats de lumière. Au loin, on apercevait des bateaux qui naviguaient. Raphaëlle se rappela les parties de pêche qu'Adam avait décrites à Lisette avec tant d'émotion.

« Dans deux cents mètres, vous êtes arrivés. »

Raphaëlle ralentit et prit une profonde inspiration. Ils approchaient de la vérité. Elle se gara. Les deux femmes et leur père sortirent du véhicule et s'avancèrent vers le portail. Pierre s'immobilisa et interpella ses filles.

– Mes chéries, vous aviez raison, c'est bien lui. C'est ici.

– Comment tu le sais ? demanda Caroline.

– Regardez les volets.

Devant eux, une grande maison aux volets jaunes et bleus surplombait le lac. Pendant quelques instants, main dans la main, ils admirèrent cette jolie demeure qui aurait dû accueillir Lisette si Adam avait tenu sa promesse.

Raphaëlle appuya sur le bouton de l'interphone. Après quelques instants, une voix leur répondit dans un grésillement :

– Oui, c'est pour quoi ?

– Bonjour, nous souhaiterions voir M. Berstein.

– Qui êtes-vous ?

– Nous venons de France pour le rencontrer.

– Désolée, M. Berstein ne reçoit pas ses admirateurs à son domicile. Au revoir.

La communication avait été coupée. Se trouver si près du but et ne même pas pouvoir lui parler ! Pierre eut besoin de s'asseoir, Caroline le raccompagna à la voiture. Raphaëlle, restée devant le portail, refusait de laisser tomber.

Elle sonna à nouveau. Pas de réponse. Elle insista, gardant son doigt enfoncé sur la sonnette pendant de longues secondes. Le grésillement se fit à nouveau entendre :

– Qu'est-ce que vous voulez ? Fichez le camp ou j'appelle la police !

– S'il vous plaît, ne raccrochez pas ! Nous

ne voulons pas déranger M. Berstein. Je dois lui remettre un objet très précieux qu'il a égaré il y a longtemps et qui appartenait à sa mère. Est-ce que je peux au moins vous le donner ?

Après une courte hésitation, la voix répondit :

– Attendez, j'arrive.

Le loquet du portail s'ouvrit. Une femme d'une cinquantaine d'années se faufila dans l'entrebâillement et dévisagea Raphaëlle.

– Je ne sais pas ce que c'est que cette histoire mais donnez-moi votre paquet et allez-vous-en.

Raphaëlle retira le précieux bracelet de sa grand-mère qu'elle portait à son poignet et le lui tendit.

– M. Berstein s'est séparé de ce bijou il y a des années. Pourriez-vous le lui rendre ? Je sais qu'il y tenait beaucoup. Si jamais il souhaitait nous parler, nous l'attendrons dans la voiture qui est garée là-bas. Nous resterons toute la journée s'il le faut. Je vous en supplie…

Sans attendre la fin de la réponse, la femme prit le bracelet et claqua le portail. Désemparée, Raphaëlle rejoignit sa sœur et son père qui tentait de se ressaisir. Une nuit blanche et maintenant cette porte fermée, c'en était trop pour ses nerfs. Caroline alluma une cigarette et, appuyée sur la carrosserie de la voiture, questionna sa sœur du regard. Raphaëlle haussa les épaules.

– J'ai tenté le tout pour le tout.

Elle avait à peine terminé sa phrase que le portail

s'ouvrit, laissant réapparaître la femme qui s'avança vers eux d'un pas rapide.

– Je ne sais pas qui vous êtes, ni d'où vous venez, mais M. Berstein va vous recevoir. Suivez-moi.

Ils accompagnèrent la femme le long d'une allée qui contournait la maison et menait au bord du lac. Sur un ponton de bois, du mobilier de jardin en teck invitait à se prélasser devant les eaux turquoise. Un vieil homme fatigué était assis dans un des fauteuils. Caroline et Raphaëlle échangèrent un regard. Malgré les rides profondes qui marquaient son visage, traces indélébiles du temps qui passe, l'homme qui se tenait devant elles était le sosie de leur père, avec vingt-cinq ans de plus. Il tenait dans sa main tremblante le bracelet de Lisette. En les voyant arriver, il leur fit signe de prendre place sur les autres sièges et donna congé à la femme, qui s'éclipsa non sans jeter un regard méfiant aux visiteurs.

– Qui êtes-vous ? demanda-t-il d'une voix chevrotante. Comment êtes-vous entrés en possession de ce bijou ?

– Je m'appelle Raphaëlle, et voici ma sœur et mon père. Nous sommes venus de France pour vous rencontrer. Ce bracelet appartenait à notre grand-mère, Élisabeth.

Le regard du vieil homme s'assombrit.

– Mon Dieu… Lisette… Mais comment est-ce possible ?

– Elle est décédée il y a quelques semaines.

– Oh… Je…

– Je suis désolée de vous apprendre la nouvelle de cette manière. Mamie, enfin Lisette, a tenu un journal intime pendant son séjour à Fayolles. Ce n'est qu'après sa mort que nous en avons eu connaissance. Elle y raconte sa vie au château et notamment son histoire d'amour avec un certain Adam, dont elle était tombée éperdument amoureuse. On a également retrouvé une photo de lui, glissée à l'intérieur. Ma sœur et moi avons cherché à le retrouver, et nos recherches nous ont amenées ici, jusqu'à vous.

Adam était sous le choc. Sa Lisette était morte. Il sentit le chagrin lui serrer le cœur.

– Il ne s'est pas passé un seul jour de ma vie sans que je pense à elle. Elle restera pour toujours mon seul et unique amour.

– Mais pourquoi n'avez-vous jamais donné de nouvelles après votre départ ?

– Cela remonte à si loin…

– Vous ne vous souvenez pas ?

– Oh ! si, bien sûr, comment pourrais-je oublier ? Mais à quoi bon remuer le passé ? Lisette en a épousé un autre.

– Vous étiez au courant ? Comment est-ce possible ? Elle pensait que vous aviez été tué dans le bombardement de la gare de Saint-Étienne. Tout le monde vous croyait morts, vous et les enfants ! Pourquoi n'avez-vous pas tenu votre promesse ?

Caroline, sentant l'émotion qui étreignait sa sœur, posa sur son bras une main apaisante. Adam était un vieux monsieur, il ne fallait pas le brusquer. Piqué au vif, il répondit toutefois avec une énergie insoupçonnée.

– Pour qui me prenez-vous ? Bien sûr que j'ai tenu ma promesse ! Je lui ai écrit dès mon arrivée en Suisse, et pendant des semaines ! Je lui déclarais mon amour, l'invitais à me rejoindre ici. Mais mes lettres restaient sans réponse. Jusqu'au jour où l'une d'entre elles m'est revenue. C'est là que j'ai cessé d'écrire.

– Pourquoi n'avez-vous pas essayé de la rejoindre ?

– Même après la guerre, la situation restait compliquée pour les juifs. J'avais eu tant de mal à regagner la Suisse, j'étais terrifié à l'idée de revenir en France après ce que j'avais vécu là-bas. Mais dès que j'ai pu, je suis retourné à Fayolles. Ça m'a détruit quand j'ai appris qu'elle s'était mariée à peine quelques semaines après mon départ et vivait à Lyon. Et si elle avait voulu me revoir, il lui aurait suffi de répondre à mes lettres.

– Maman ne les a jamais reçues.

Adam ne s'était pas aperçu de la présence de Pierre, jusqu'ici resté en retrait.

– Vous êtes le fils de Lisette ?

– Oui, pardonnez-moi, je ne me suis pas présenté. Je m'appelle Pierre.

Adam l'observa avec attention et fronça les sourcils.

– Pierre ? Non, ce n'est pas possible…

Pierre se rapprocha d'Adam. Pendant quelques secondes, les deux hommes se fixèrent attentivement.

Raphaëlle ne voyait plus que leurs deux fossettes, identiques, plus parlantes que n'importe quel test génétique. La gorge nouée, Pierre finit par briser le silence.

– Je sais ce que vous pensez et j'en suis tout aussi troublé que vous. Mais les coïncidences sont trop nombreuses. J'ai relu cette nuit le journal de ma mère, où elle décrit votre conversation sur la terrasse le jour où vous vous êtes avoué votre amour. Elle y parle des pierres… Je ne voulais pas y croire, mais cela ne fait plus le moindre doute.

Des larmes coulaient à présent le long des joues d'Adam. D'une voix hésitante, il demanda :

– Je ne comprends pas. Serait-il possible que… Il n'y a eu qu'une seule nuit, où nous nous sommes promis l'un à l'autre. Une seule. Croyez-vous que vous pourriez être…

Pierre s'avança et prit dans sa main celle d'Adam, fragile et ridée.

– Votre fils ? Oui, je le crois.

Adam dégagea vivement sa main.

– Lisette ne m'aurait jamais caché cela.

– Elle n'a pas eu le choix, vous étiez parti.

Troublés, les deux hommes ne se quittaient pas des yeux.

– Nous n'avons aucune certitude, ajouta Pierre, mais nous pensons qu'en apprenant sa grossesse, ma mère s'est mariée avec son meilleur ami pour sauver les apparences.

– Elle a épousé Charles ?

– Oui, vous le connaissiez ?

– De nom seulement. Lisette et Titine m'avaient parlé de lui. Je n'aurais jamais cru qu'il se marierait un jour. Je pensais qu'il était plutôt attiré par… enfin, vous voyez ce que je veux dire… qu'il aimait les hommes.

Déconcerté, Pierre recula sur son siège et croisa les bras.

– Quoi ? répondit-il, surpris. Non, Papa était un homme très raffiné et un père extraordinaire.

– J'ai dû mal interpréter. Quoi qu'il en soit, Charles était un homme bien et je suis heureux qu'il ait été pour vous un père aimant.

– J'ai toujours imaginé que ma mère n'avait connu que lui. Mais maintenant que j'ai lu son journal, j'ai compris que c'était vous qu'elle aimait. Elle a porté votre bracelet toute sa vie, elle ne s'en est séparée que peu de temps avant sa mort.

Adam caressa avec précaution le jonc doré, sa « promesse d'amour ».

– Et vous, Adam, vous êtes-vous marié ? demanda Raphaëlle. Vous avez des enfants ?

Adam prit un air triste.

– Non. Je n'ai jamais réussi à rencontrer une femme qui m'ait fait oublier Lisette.

– Eh bien maintenant il semblerait que vous ayez un fils, deux petites-filles et quatre arrière-petits-enfants !

– Quoi ? Je suis aussi arrière-grand-père ? Ça fait beaucoup d'informations d'un coup pour un vieil homme comme moi !

Adam avait retrouvé le sourire.

– Fayolles est-il toujours dans votre famille ? demanda-t-il.

– Non, répondit Pierre. Il a été vendu à la mort de mon grand-père, décédé d'une embolie pulmonaire peu de temps après la guerre. Heureusement, il avait pris ses dispositions, et l'usine, qui était alors dirigée par mon père, a été léguée à Maman. Au décès de Papa, elle a d'ailleurs tout fait pour la conserver même si elle a dû se résoudre à s'en séparer par la suite. C'est à ce moment-là qu'elle s'est installée à Paris. Quant à Fayolles, mon oncle Auguste en a hérité. Mais il l'a vendu rapidement. Il voulait émigrer avec sa femme aux États-Unis et avait besoin d'argent. Ma mère ne le lui a jamais pardonné. Ils ne se sont plus revus après cette histoire.

– Et qu'est devenue la petite Gisèle ?

– Elle a emménagé à Lyon avec nous quand j'étais bébé. On jouait beaucoup ensemble, j'étais un peu sa poupée vivante ! Elle a été renversée par une voiture à l'âge de vingt-trois ans. Je n'en avais que dix, mais je n'oublierai jamais le hurlement de Maman quand elle a appris la nouvelle. Elle est restée enfermée dans sa chambre pendant des semaines. Lorsqu'elle en est ressortie, nous n'avons plus jamais parlé de Gisèle. C'était sans doute sa manière de surmonter la douleur. Il m'arrive souvent de repenser à ma tante, j'étais très attaché à elle.

Ils furent interrompus par l'arrivée de l'employée de maison, qui se pencha vers Adam et murmura quelque chose à son oreille. Le vieil homme s'adressa à ses visiteurs.

– Il va bientôt être l'heure de déjeuner. Que diriez-vous de continuer cette conversation autour d'un bon rôti et d'un gratin de pommes de terre ?

Pierre et ses filles acceptèrent avec plaisir et le petit groupe se dirigea à l'intérieur de la maison.

Après le repas, Adam leur proposa de prendre le café dans son bureau. La pièce était lumineuse et accueillante. Au mur, des photos encadrées le montraient, plus jeune, concentré en train de jouer du piano, dirigeant un orchestre ou posant à côté de célébrités.

Raphaëlle était impressionnée. Quelle vie incroyable il avait eue ! Aurait-elle été aussi riche si lui et sa grand-mère s'étaient retrouvés ? Aurait-il pu donner des concerts chaque soir et voyager partout dans le monde s'il avait eu une famille ?

Plongée dans ses réflexions, elle continuait d'observer chaque photo, quand Adam sortit d'un tiroir une enveloppe jaunie par le temps.

– Tenez, dit-il, en dehors de mes souvenirs qui s'étiolent avec les années, voilà tout ce qu'il me reste de votre grand-mère. C'est sans doute ce que j'ai de plus cher au monde.

Caroline et Pierre s'étaient approchés, curieux de découvrir le contenu de cette mystérieuse enveloppe. Raphaëlle l'ouvrit et en sortit une mèche de cheveux. Adam sourit avec mélancolie.

– Je les ai volés ! Titine venait de couper les cheveux de Lisette et les avait jetés dans une corbeille. Je n'ai pas pu résister, j'ai attrapé une mèche et je l'ai cachée dans la semelle de ma chaussure, avec mes papiers d'identité. Je n'étais pas fier mais c'était la preuve que Lisette n'avait pas été le fruit de mon imagination.

Du bout des doigts, Raphaëlle caressa les cheveux de sa grand-mère, songeant qu'elle ne les avait jamais connus de cette couleur.

– Adam, demanda Caroline, souhaiteriez-vous voir des photos de Mamie ?

Le visage d'Adam s'éclaira.

– Oh ! Ce serait merveilleux…

Caroline partit en direction de la voiture. Elle revint quelques minutes plus tard avec sous le bras un épais classeur coloré que Raphaëlle reconnut immédiatement. Sa sœur pensait toujours à tout ! Caroline avait une passion dévorante pour le *scrapbooking* et avait réalisé un album entier dédié à sa grand-mère. Adam, sentant l'émotion l'étreindre, s'assit sur le canapé. Caroline et Pierre s'installèrent à ses côtés, Raphaëlle préféra rester debout. Penchés sur l'album, ils passèrent ainsi l'après-midi à raconter à Adam la vie qu'avait menée Lisette. Au fur et à mesure des pages, Adam prenait conscience de tout ce qu'il avait raté : les noëls en famille, les vacances à la plage, les repas interminables du dimanche… Pourquoi Lisette n'avait-elle jamais répondu à ses lettres ? Lui qui pensait qu'elle ne lui avait jamais pardonné d'être parti. Quel gâchis ! La tristesse et la fatigue commençaient à se lire sur son visage. Après s'être concertés du coin de l'œil, Raphaëlle, Caroline et Pierre prirent congé en promettant de rester en contact avec lui et de revenir dès que possible.

Le lendemain matin, après une courte nuit de repos, ils reprirent la route vers Paris où chacun d'entre eux allait retrouver le cours de sa vie. Mais plus rien ne serait jamais pareil.

Le téléphone vibra sur la table basse du salon. Caroline appuya sur le bouton « pause » de la télécommande et prit l'appel.

– Caro ? demanda Raphaëlle. Je ne te dérange pas ?

– Pas du tout. J'étais en train de me faire les ongles devant un DVD dans mon canapé-lit. Edgar détestait l'odeur du vernis, alors maintenant que je suis chez moi, j'en profite !

– Comment s'est passée la rentrée ?

– Pas trop mal. C'est un peu du camping pour l'instant mais finalement les enfants sont super contents d'être tous dans la même chambre. Bon, le fait d'avoir pris un chaton était plutôt une bonne idée pour faire passer la pilule, même si je déteste cette litière qui pue dans la cuisine.

– Et Edgar, il s'est calmé depuis l'autre jour ?

– Disons qu'il a compris qu'il n'avait pas intérêt à la ramener. On va essayer de faire les choses correctement. Pour les petits.

– Je suis contente que ça s'arrange pour toi.

Mais votre divorce, je n'en reviens toujours pas. Vous étiez tellement le couple idéal !

– Comme quoi, les apparences…

– Justement, en parlant d'apparences…

– Oui ?

– Tu te rappelles la phrase qu'Adam a prononcée ?

Caroline semblait un peu perdue.

– Laquelle ?

– Tu sais, quand il a dit qu'il pensait que Papi était homosexuel.

– Ah oui ! Papa a tiré une de ces tronches !

– Je me demande si Adam n'avait pas raison.

– Qu'est-ce qui te fait penser ça ?

– Comme ça, une intuition. Ça fait plusieurs jours que ça me trotte dans la tête. Je me suis rappelé un passage du journal de Mamie qui m'avait semblé énigmatique. Elle rapporte une conversation avec Papi et elle écrit – je te le lis : « J'aime quelqu'un. Mais c'est un amour impossible. Pour les hommes comme moi, les choses ne sont pas simples. »

– C'est troublant.

– Papi voulait peut-être dire qu'il était amoureux d'un homme. Mais, à l'époque, cela ne se faisait pas. Si quelqu'un l'avait su, il aurait tout perdu. Sa famille l'aurait renié et le père de Mamie ne lui aurait pas confié la direction de l'usine. Finalement, ce mariage les arrangeait tous les deux.

– Comme un échange de bons procédés ?

– Voilà.

– Je n'ai aucun souvenir de lui, il est mort l'année de ma naissance.

– Je vais demander à Papa.

Caroline interrompit sa sœur.

– Non, tu ne vas rien lui dire.

– Pourquoi ? On a le droit de savoir !

– Je crois qu'on en sait assez. Tu as vu comment il a réagi chez Adam ? Ça fait beaucoup de bouleversements pour lui en ce moment. On a lu le journal de Mamie, on a retrouvé Adam, maintenant il faut avancer.

– Tu as sûrement raison. En tout cas, une chose est certaine : on avait des grands-parents super rock'n'roll !

Près de quatre mois s'étaient écoulés depuis les retrouvailles avec Adam. À quelques jours de Noël, pour la première fois depuis l'ouverture du dispensaire, Raphaëlle s'apprêtait à quitter Paris pendant les vacances. Elle était en train de classer ses dossiers quand Aliya toqua à la porte de son bureau.

– Tu devrais y aller, ils annoncent de la neige et il risque d'y avoir des embouteillages.

– Je sais, mais j'ai encore pas mal de trucs à boucler. Je voudrais que tout soit en ordre pour ma remplaçante.

– Détends-toi, se moqua gentiment Aliya. Tu ne pars que deux semaines, elle devrait s'en sortir. Elle commence à avoir l'habitude, depuis le temps qu'elle vient bosser au dispensaire.

– Ce n'est pas pour ici que je m'inquiète, mais pour le cabinet. D'habitude, on s'arrange avec Élie mais comme on part ensemble, on a dû prendre un médecin intérimaire et j'ai peur qu'elle ne fasse des conneries. Ces patients-là sont très pointilleux, tu sais, et je ne peux pas me permettre de les perdre.

– Parce que tu crois qu'il y aura du monde ? Tu rêves ! Pétés de tunes comme ils sont, ils passent les fêtes dans leur chalet à Gstaad ou leur résidence secondaire de Saint-Barth'.

– Tu es mauvaise langue.

– Tu n'es pas d'accord ?

– Ce n'est pas faux. D'un autre côté, c'est grâce à ces gens « pétés de tunes » comme tu dis que je peux travailler bénévolement au dispensaire. Alors je fais gaffe, c'est tout.

– Ok, je ne dis plus rien. Je rentre réviser chez moi, les partiels commencent à me stresser. Je n'aurais jamais cru qu'entamer des études à mon âge serait aussi difficile !

– Tes partiels commencent quand ?

– Dans six semaines, mais le programme est si intense que j'ai l'impression de ne plus rien retenir.

– C'est pour la bonne cause. Nous avons vraiment besoin d'une psychologue ici, et personne n'est mieux placé que toi pour ce poste. Je suis sûre que tu vas décrocher ton diplôme haut la main, mais ne perds pas de temps !

– Tu m'appelles quand tu es là-bas, tu n'oublies pas ?

Raphaëlle promit à Aliya un compte-rendu détaillé de ses vacances en Suisse avant de se replonger dans son ordinateur. Dans quelques heures, elle serait dans le train qui l'emmènerait à Genève pour passer Noël chez Adam.

Assise à son bureau, elle ne put s'empêcher de sourire. Elle repensait aux mois qui venaient de s'écouler. Tout avait tellement changé ! Depuis leur rencontre avec Adam, Pierre était retourné dans la maison au bord du lac, où il avait séjourné pendant trois semaines, seul avec son père. Solange avait sans surprise fait la tête ; elle voulait à tout prix rencontrer le célèbre musicien dont elle se vantait désormais d'être la belle-fille. Mais Pierre, pour la première fois, avait tenu bon. Il avait perdu assez de temps et il souhaitait apprendre à connaître son père. Adam lui avait parlé de ses parents, de son enfance, de la guerre, de tous les moments passés à Fayolles avec Lisette, de leur amour fou, du chagrin de l'avoir perdue, des longs mois d'attente, des doutes, de la musique qui l'avait sauvé en le faisant voyager aux quatre coins du monde. Lorsque Adam avait évoqué son regret de n'avoir jamais connu un vrai Noël en famille, Pierre avait eu une idée : convier tout le monde à passer les fêtes en Suisse chez lui. Adam était fou de bonheur, lui qui appréhendait toujours la fin d'année, où la solitude se révélait plus mordante que le reste du temps. La perspective de ces festivités lui redonnait chaque matin la force de se lever. Caroline viendrait une semaine avec ses quatre enfants avant qu'ils ne rejoignent leur père pour la seconde partie des vacances. Elle travaillait désormais aux côtés d'Hanna Meyer. Très impressionnée par sa capacité à mener des recherches, l'historienne lui avait proposé un poste d'assistante et toutes deux étaient enchantées de cette nouvelle collaboration.

Adam ayant également insisté pour inviter les descendants de François et Georges, les deux garçons qu'il avait rencontrés chez les Borel et dont il gardait un souvenir attendri, Élie et Hanna seraient également des leurs. Raphaëlle avait profité d'un dîner à leur retour en France, après l'été, pour tout leur raconter. Lorsqu'ils avaient appris qu'Adam était toujours vivant, ils n'en avaient pas cru leurs oreilles. Après avoir lu le journal de Lisette, Hanna avait pourtant bien tenté de le retrouver, sans succès. « Il faut croire que vous, les jeunes, êtes plus expérimentés que nous lorsqu'il s'agit d'utiliser Internet ! » avait-elle reconnu en apprenant comment Raphaëlle avait identifié le musicien.

Depuis qu'elle avait lu son journal, Raphaëlle se sentait encore plus proche de sa grand-mère. Comme si elle l'avait enfin connue telle qu'elle était vraiment. Caroline et elle se voyaient maintenant chaque semaine et sa sœur venait même donner un petit coup de main au dispensaire. Un peu d'aide n'était pas superflue. Caroline remplaçait Aliya à l'accueil deux matinées par semaine afin de lui permettre d'assister à ses travaux dirigés à la fac. Quelles métamorphoses dans leurs vies à tous !

Raphaëlle fut sortie de sa rêverie par la sonnerie de son portable. Le numéro d'Aliya s'affichait sur son écran. Elle décrocha.

– Je te manque déjà ?

– Allume la radio ! Mets France Musique ! Vite !

– Quoi ? Comment ça ? Pourquoi ?

– Fais ce que je te dis pour une fois ! C'est 91.7.

Raphaëlle se précipita dans la salle de pause, alluma le poste de radio et tourna la molette jusqu'à la fréquence de la station.

« C'est ainsi que se termine notre édition spéciale dédiée au compositeur et chef d'orchestre Adam Berstein, décédé ce matin à l'âge de quatre-vingt-onze ans. Merci à tous pour votre fidélité. Un hommage sera rendu demain à vingt heures sur notre antenne. »

À l'autre bout du fil, Aliya attendait, anxieuse, la réaction de son amie.

– Raphaëlle, tu es là ?

– Oui.

– Tu as entendu ?

– Oui. Je dois appeler mon père tout de suite.

Les allées du cimetière de Plainpalais étaient désertes. La neige, tombée en abondance au cours des dernières heures, avait recouvert le sol d'une épaisse couche d'un blanc immaculé. De nombreuses personnalités ayant contribué à faire rayonner la ville de Genève étaient enterrées ici. Raphaëlle pressa le pas pour ne pas rater le début de la cérémonie. *Décidément*, se dit-elle en repensant aux funérailles de sa grand-mère, *je n'arriverai jamais à être à l'heure à un enterrement. Mais cette fois-ci, c'est pour la bonne cause.*

L'annonce du décès d'Adam à quelques heures à peine de leurs retrouvailles les avait tous bouleversés. Que fallait-il faire à présent ? Annuler leur voyage à Genève ? Ils avaient finalement décidé de tenir leur promesse et de célébrer Noël en famille autour d'Adam. Pierre avait contacté Clothilde, l'employée de maison, qui lui avait confirmé que M. Berstein en aurait été heureux.

Le corps d'Adam reposait dans son lit, le visage serein. Il était parti dans son sommeil. La date de l'enterrement avait été fixée au lendemain de Noël. Pierre, Solange, Caroline et ses enfants, Raphaëlle, Élie et Hanna étaient arrivés à la date prévue. Dès que Clothilde, les yeux rougis par le chagrin, leur avait ouvert la porte, elle s'était jetée dans les bras de Pierre. Puis elle les avait accompagnés dans la chambre d'Adam. Les rideaux étaient fermés et la fenêtre entrouverte laissait pénétrer dans la pièce un froid saisissant. Seules deux bougies éclairaient la chambre plongée dans une pénombre solennelle. Une chaîne hi-fi diffusait des airs de Chopin.

– C'est Monsieur qui me l'avait demandé, expliqua Clothilde. Il m'a laissé des instructions très strictes pour le jour de son décès, et Chopin en faisait partie.

Les invités se recueillirent un long moment autour de la dépouille d'Adam. Pour ne pas le laisser seul jusqu'à sa mise en terre, ils mirent en place un roulement. Ainsi ceux qui le souhaitaient pouvaient être auprès de lui. Tous furent volontaires, même les enfants qui, bien qu'impressionnés, sentaient qu'ils participaient à un moment important. Pierre fut celui qui passa le plus de temps auprès de son père. Il restait tellement de choses qu'il aurait souhaité lui dire. Ils venaient à peine de se rencontrer et la vie les séparait déjà.

Malgré leur chagrin, tous avaient célébré le jour de Noël dans la joie et la bonne humeur. Même

Clothilde, qui avait mis une énergie folle à préparer un somptueux festin, se surprit à sourire à la vue des enfants émerveillés devant leurs cadeaux amassés sous le sapin. Réunis dans le salon, situé en dessous de la chambre d'Adam, les invités levèrent leurs coupes de champagne en direction du plafond et trinquèrent à la mémoire d'Adam et de Lisette. Clothilde ne pouvant retenir ses larmes s'éclipsa dans la cuisine.

– Clothilde, vous devriez vous reposer un peu, dit Raphaëlle qui l'avait suivie. Vous n'avez pas arrêté depuis que nous sommes arrivés ! Venez vous joindre à nous.

– Oh ! non, je préfère vous laisser en famille.

– Mais enfin, Clothilde, vous étiez tellement proche d'Adam, vous aussi vous faites partie de la famille !

Clothilde éclata en sanglots. Raphaëlle la prit dans ses bras.

– Je vous demande pardon, dit l'employée de maison. C'est juste que… Qu'est-ce que je vais devenir ? Ma vie est ici ! Ça fait trente ans que je suis au service de M. Berstein. Je n'ai nulle part où aller. Je n'ai personne.

– Ne craignez rien, nous sommes là maintenant.

– Vous êtes gentille. M. Berstein serait fier s'il vous voyait. Ça ne m'étonne pas qu'il ait changé son testament pour vous.

– Quoi ?

– Mon Dieu, pourquoi j'ai dit ça ? Et l'enterrement qui n'a même pas encore eu lieu ! Faites comme si vous n'aviez rien entendu.

– Qu'est-ce que c'est que ces histoires ? Je vous en supplie, Clothilde, dites-moi tout.

– Je n'ai pas tous les détails mais je sais que M. Berstein a contacté son notaire récemment pour modifier son testament. Il laisse tout à votre papa. La maison, les meubles, les tableaux, l'argent : absolument tout. « Je veux que ça revienne à mon fils », il a dit.

– C'est très gentil à lui.

– Mais il n'y a pas que ça. Vous savez, M. Berstein ne recevait pas beaucoup de visites, il avait tellement peur des gens intéressés par son argent.

– C'est compréhensible.

– Mais il était très proche de maître Lecoq, son notaire. Il l'invitait souvent à dîner. M. Berstein l'aimait bien. « Il me divertit », il disait. Mais moi, je ne l'ai jamais senti, ce type. Il était toujours à regarder les tableaux d'un peu trop près. C'est lui qui avait été désigné comme légataire des droits d'auteur de M. Berstein.

– Je n'y connais rien. Cela représente une grosse somme ?

– Énorme ! Concrètement, maître Lecoq aurait dû recevoir tous les revenus générés par les compositions de M. Berstein pendant les soixante-dix prochaines années. Ça se compte en dizaines de millions d'euros.

– Adam était si riche ? Pourtant on ne dirait pas ! Sa maison est belle mais rien d'exagéré.

– Oh ! vous savez, elle appartenait à ses grands-parents. Il y était très attaché, il s'y est installé à son retour en Suisse. Il a gagné beaucoup d'argent pendant sa carrière et fait de bons placements.

– Eh bien, la vie de son notaire va changer !

– Justement non, c'est ce que j'essaie de vous dire ! Il a changé de légataire : il vous a mise à la place de maître Lecoq.

Raphaëlle chancela.

– Moi ? Mais pourquoi ? C'est impossible, on se connaît à peine !

– Non, non, j'ai tout bien compris. J'étais dans la cuisine, en train de préparer le dîner et j'entendais tout car la porte du salon était restée ouverte. Monsieur a raconté à maître Lecoq qu'il voulait prendre soin de sa famille, maintenant qu'il en avait une. Il avait surtout envie de soutenir votre dispensaire. Quand votre père est venu ici à l'automne dernier, il nous en a beaucoup parlé. Il est drôlement fier de vous, votre papa ! Il nous a raconté que votre grand-mère avait également participé à ce projet en vous présentant le Dr. Kleiman. Je pense que M. Berstein vous fait ce cadeau en souvenir d'elle.

– Mais… C'est trop beau pour être vrai ! Avec cet argent, je pourrais arrêter de travailler au cabinet, agrandir le dispensaire, embaucher une gynécologue, une sage-femme…

Raphaëlle avait des étoiles dans les yeux. Elle sauta dans les bras de Clothilde.

– Attendez, attendez ! fit l'employée de maison en la repoussant gentiment. Quand ils se sont quittés, maître Lecoq était furieux. Il n'a rien dit à M. Berstein mais il a claqué très fort la porte d'entrée derrière lui.

– Vous pensez qu'il aurait pu ne pas modifier le testament ?

– Je ne suis pas la seule à le croire. Votre grand-père le pensait aussi.

Raphaëlle réalisa que c'était la première fois qu'on parlait d'Adam comme de son grand-père.

– Donc, il y a deux semaines, reprit Clothilde, il m'a fait venir dans sa chambre. Il était de plus en plus fatigué, il devait sentir que sa fin était proche. Il m'a donné une enveloppe avec écrit dessus « Testament ». Je ne l'ai pas ouverte, elle est cachée sous mon matelas, mais il m'a dit qu'elle vous désignait comme seule légataire de ses droits d'auteur. Comme ça, si maître Lecoq venait à vous faire un sale coup, vous avez une preuve !

– Clothilde, vous êtes notre ange gardien !

Raphaëlle regarda l'employée avec attention. Une idée lui vint à l'esprit.

– Pourquoi vous ne viendriez pas travailler à mes côtés à Paris ? Si cela vous tente, bien sûr. J'aimerais monter un foyer pour jeunes femmes et nous aurons certainement besoin d'une intendante.

– Vous ne dites pas ça pour rire ? Oh ! mais j'en serais ravie ! Moi qui rêve de voir la tour Eiffel !

Les deux femmes se serrèrent dans les bras et retournèrent dans le salon.

Caroline s'approcha de sa sœur :

– Tu vois, quand je te disais que nous n'avions pas beaucoup de temps, je n'avais pas tort. Nous n'aurons même pas pu passer un Noël avec Adam.

– Nous avons eu quelques semaines pour le connaître, c'est déjà une chance ! Imagine si on ne l'avait pas retrouvé.

Les deux sœurs restèrent pensives.

– Il reste quand même un élément qui nous échappe, releva Caroline.

– Lequel ?

– Pourquoi Mamie n'a-t-elle jamais reçu les lettres d'Adam ? Qu'un courrier se soit égaré, je peux le comprendre, mais toutes ses lettres ? Il nous a dit lui avoir écrit pendant des mois, soit il mentait, soit il doit y avoir une autre explication.

– Voilà un mystère qu'on ne percera jamais, j'en ai peur.

Le lendemain matin, les pompes funèbres vinrent enlever le corps pour l'amener au cimetière. Pierre avait insisté pour assister seul à la mise en bière. Adam n'avait pu être présent lors de sa venue au monde, mais Pierre voulait être celui qui accompagnerait son père dans ses derniers instants sur terre. Pas de cérémonie religieuse ni d'hommage national, pas de journalistes. Adam avait été très clair dans ses directives : il voulait être enterré dans la plus stricte intimité.

Raphaëlle aperçut au loin le petit groupe rassemblé autour de la sépulture, elle accéléra le pas dans sa direction. En plus de ses proches, elle distingua quelques nouveaux visages. Il devait y avoir maître Lecoq. Adam avait peu d'amis, aucune famille. Malgré son immense carrière, les dernières années de sa vie avaient été très solitaires. Adam s'était retranché derrière son chagrin et les gens avaient fini par oublier l'homme pour ne se souvenir que du musicien. Certains, en apprenant la nouvelle de son décès, s'en étonnèrent même ; ils le croyaient mort depuis longtemps.

Les fossoyeurs glissaient à présent d'épaisses sangles sous le cercueil et s'apprêtaient à le descendre dans le trou creusé dans la terre. La tâche avait été ardue. Le sol était glacé et le moindre coup de pelle avait demandé un effort surhumain. Raphaëlle se joignit au groupe. Caroline lui demanda à voix basse :

– Ça va ? Tu étais où ?

– J'avais oublié un truc chez Adam. Je suis retournée le chercher.

– Ça ne pouvait pas attendre ?

Raphaëlle sourit en serrant ce qu'elle tenait précieusement dans le creux de sa main.

– Non, ça ne pouvait pas attendre.

Le cercueil d'Adam reposait désormais au fond de la sépulture. Les employés des pompes funèbres retirèrent les sangles. Ils invitèrent l'assistance à se recueillir une dernière fois et à jeter une poignée de terre dans la tombe. Son tour venu, Raphaëlle s'avança. Elle étendit son bras au-dessus de la fosse et ouvrit la main. La mèche de cheveux de Lisette tomba délicatement sur le bois clair du cercueil. Alors que le groupe s'éloignait, laissant les fossoyeurs refermer le trou, Raphaëlle se retourna pour jeter un ultime regard à la sépulture. Elle se sentit apaisée. Malgré les hasards de la vie, Adam et Lisette reposaient maintenant en paix. Ensemble.

Épilogue

Paris, avril 2011

– Pierre ! Tu peux aller voir qui c'est ?

Plongé dans un demi-sommeil, Pierre ouvrit un œil et regarda l'heure affichée sur son réveil : huit heures cinquante-deux. La tête penchée dans l'entrebâillement de la porte de la salle de bains voisine, une charlotte en plastique sur sa mise en plis, Solange s'impatientait.

– Enfin, tu n'entends donc pas qu'on sonne à la porte ? Je suis sous la douche, va vite ouvrir !

Pierre se leva péniblement, enfila sa robe de chambre et se dirigea vers la porte d'entrée en maugréant contre celui qui osait le déranger avant même qu'il ait eu le temps de prendre son petit-déjeuner.

– Bonjour, j'ai un colis pour Pierre Duvernet.

– Oui, c'est moi, répondit Pierre en signant le bordereau que lui présentait le facteur pressé de poursuivre sa tournée.

Il referma la porte, examina le petit carton qu'il tenait entre les mains et déchira l'emballage. À l'intérieur, une liasse d'enveloppes jaunies solidement attachées par une ficelle. Machinalement, Pierre la porta à son nez et en respira l'odeur : un doux mélange de sciure et de poussière, caractéristique des vieux papiers oubliés depuis longtemps dans les placards de nos ancêtres. Troublé, il déchiffra alors l'adresse de la première enveloppe : « Mademoiselle Élisabeth Rousseau – Château de Fayolles ». Et cette écriture… Il la reconnaîtrait entre mille, c'était celle d'Adam ! Le cœur de Pierre se mit à battre plus fort. D'une main tremblante, il attrapa la paire de ciseaux posée sur le bureau et coupa le lien qui maintenait les lettres. Devant lui, des dizaines d'enveloppes fermées, toutes adressées à Élisabeth et expédiées depuis la Suisse. Qui avait bien pu les avoir gardées pendant toutes ces années ? Et surtout, pourquoi les lui envoyer maintenant ? Les questions se bousculaient dans sa tête. Depuis la mort d'Adam, Pierre peinait à trouver le sommeil. Si Lisette avait reçu ces lettres, il aurait sans doute mené une vie très différente, et il se demandait sans cesse pourquoi elles n'étaient jamais arrivées. Il avait eu beau tourner la question dans tous les sens, relire le journal de sa mère, éplucher les papiers qu'Adam lui avait légués, Pierre ne comprenait pas. Il en venait même parfois à suspecter Charles, celui qu'il avait toujours cru être son père, de les avoir interceptées pour ne pas qu'éclate la vérité…

Une enveloppe d'un blanc éclatant, visiblement récente, attira son attention : elle portait son nom. Il l'ouvrit fébrilement, prit une profonde inspiration et commença sa lecture.

Cher Monsieur Duvernet,

Vous ne me connaissez pas mais j'espère que ce paquet vous arrivera. J'ai eu bien du mal à trouver votre adresse à Paris. Je m'appelle André Gatignol. Mon père, Léon Gatignol, était le facteur du village voisin de Fayolles où votre famille était installée pendant la Seconde Guerre mondiale.

J'ai appris dans le journal la mort de votre maman l'été dernier et cette nouvelle m'a fait de la peine, même si je l'ai connue il y a bien longtemps. Je n'étais encore qu'un gosse la première fois que je l'ai vue. Lisette, son sourire qui vous faisait oublier tous vos malheurs, ses yeux pétillants de malice, et ses robes à fleurs qui volaient au vent… Je la revois arriver au village sur sa bicyclette et me glisser un clin d'œil en guise de bonjour. Je ne sais pas si elle vous a raconté cette époque, mais votre mère, en plus d'être jolie, était drôlement courageuse. Tous les gamins du village étaient amoureux d'elle, la « demoiselle de Fayolles ». Moi le premier. Après la guerre, votre mère est rentrée à Lyon. Et moi aussi je suis parti. Mon père aurait aimé que je reste pour prendre sa succession, mais j'avais de l'ambition. Il n'était pas question d'être un simple postier de campagne. Alors je me suis installé à Saint-Étienne, « à la ville », comme disait ma mère. J'étais débrouillard et travailleur, j'ai trouvé un travail dans une usine, et j'y suis resté jusqu'à la retraite. C'est à ce moment-là que je suis retourné au village, dans la maison que mes parents m'avaient laissée. Je suis un vieux monsieur maintenant et les jeunes me regardent un peu avec pitié. Je vis seul avec mon chien. Tous les soirs, je l'emmène se promener le long de la rivière. Ici, la vie suit son cours au rythme des saisons. Du moins jusqu'à cet été. L'annonce de la disparition de Lisette a fait remonter bien des souvenirs. Vous savez, les habitants de la région sont des taiseux. On ne parle pas beaucoup de ce qui s'est passé pendant la guerre, alors avec le temps, moi aussi, j'ai oublié. Il y a quelques semaines, je suis monté au grenier, là où je garde les affaires de mes parents. Je n'y avais pas mis les pieds depuis des années, il n'y a que des vieilleries là-haut. C'est là que je l'ai trouvée : une besace de cuir, marquée de trois lettres « P.T.T. ». La sacoche de mon père. Je l'ai ouverte et une trentaine de lettres en sont tombées. Puis tout m'est revenu en mémoire.

Comme je vous le disais plus haut, j'étais amoureux de Lisette. Évidemment, cet amour n'était pas réciproque, mais j'étais persuadé qu'un jour elle aussi m'aimerait. Seulement, vers la fin de la guerre, un jeune homme est arrivé à Fayolles. Il s'appelait Adam. Tous les enfants du coin l'adoraient. Il jouait de la musique et avait monté une sorte de chorale. Un soir, alors que j'étais posté en contrebas de la terrasse du château pour observer Lisette, je l'ai vue embrasser Adam. Elle semblait si heureuse à cette époque ! Jusqu'au jour où Adam est parti avec plusieurs gamins qui se cachaient dans le domaine. Il y a eu un bombardement et tout le monde les a crus morts. Y compris moi. Je m'imaginais déjà réparer le cœur de Lisette, lui redonner le goût d'aimer. Nous allions nous marier et vivre heureux jusqu'à la fin de nos jours. Mais, quelques semaines plus tard, une lettre venue de Suisse et adressée à Lisette est arrivée au bureau de poste. À l'aide de la vapeur d'eau émise par une bouilloire – une astuce que j'avais apprise pendant la guerre pour ouvrir le courrier sans que ça se voie –, j'ai décacheté l'enveloppe et lu son contenu. C'était une lettre d'amour, où Adam suppliait Lisette de le rejoindre dès que possible. Fou de rage, j'ai pris la lettre et l'ai cachée sous mon matelas. À partir de ce jour, j'ai décidé de me porter volontaire au tri du courrier. Mon père était ravi et me laissait une grande liberté. J'ai ainsi intercepté toutes les lettres d'Adam. Au bout de quelques mois, j'ai fini par en renvoyer une à l'adresse figurant sur l'enveloppe, avec la mention « N'habite plus à l'adresse indiquée ». Les lettres se sont arrêtées. J'ai quitté le village dès que j'ai pu. Lisette n'était plus là et je devais passer à autre chose.

Croyez bien que je ne suis pas fier. Je n'étais qu'un jeune idiot, amoureux et jaloux, et je n'avais pas le droit d'intervenir dans cette histoire. Je vous renvoie donc toutes les lettres qui avaient été adressées à votre mère. Hormis la première que j'ai ouverte, je n'ai pas touché aux autres.

Je vous présente toutes mes condoléances et j'espère que, de là où elle est maintenant, votre mère me pardonnera ce que j'ai fait.

Bien cordialement,

André Gatignol

Le château qui a inspiré le domaine de Fayolles.
© P. Berthéas, Bazar, éd. Tence

Arbre généalogique officiel de la famille Rousseau-Duvernet

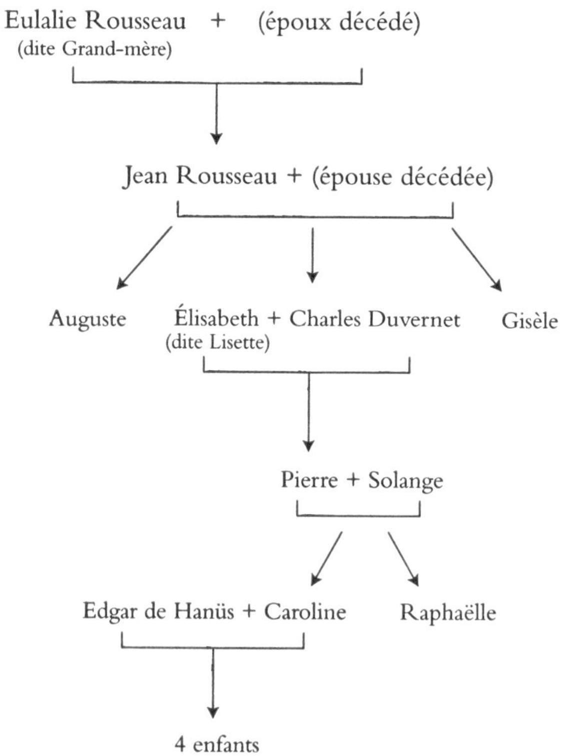

Les personnages

Personnages de la première et de la troisième partie

Aliya : meilleure amie de Raphaëlle Duvernet
Élie Kleiman : médecin de Lisette/associé de Raphaëlle
Hanna Meyer : amie de Lisette et d'Élie Kleiman

Personnages de la deuxième partie

Titine : cuisinière/gouvernante
Suzanne : bonne
Mlle Vandadour (dite Mademoiselle) : institutrice
Claudius et Marie Borel : fermiers
Lucien Borel : neveu de Claudius
François et Georges : garçons de ferme des Borel
Père Lescure : curé du village
Dr Chatelard : médecin
Léon Gatignol : facteur
André Gatignol : fils du facteur
Adam : jeune homme juif

Remerciements

Je tiens avant tout à remercier les Éditions de La Martinière. Merci à Marie Leroy de me faire à nouveau confiance, et à Jeanne Pois-Fournier pour son incroyable travail et ses précieux conseils. J'ai une chance folle d'être accompagnée par ce duo d'éditrices de choc !

Merci à tous les lecteurs de mon premier roman : comment ne pas être touchée par vos messages, vos mots si gentils, vos encouragements ?

Merci Papa, merci Marie, pour votre soutien indéfectible… et les nombreuses heures de baby-sitting sans lesquelles ce roman n'aurait certainement pas vu le jour avant des années !

Merci à Louis et à Sacha, qui continuent de mettre tant de piquant dans ma vie quotidienne.

Merci tante Clairette et tante Suzanne d'avoir partagé avec moi vos souvenirs : j'en ai emprunté de petits morceaux, que vous retrouverez dans ce livre.

Une pensée particulière pour les habitants de la Haute-Loire, qui me font aimer passionnément cette région : il n'y a nul autre endroit au monde où je me sens si bien…

Merci Alexandre, mon amoureux aux mille talents, de me soutenir dans tous mes projets. D'en partager certains aussi. *I'm a lucky girl…*

Enfin, merci Maman. Pour tout.

L'éditeur tient à remercier Valérie Pillet pour sa lecture enrichissante.

RÉALISATION : NORD COMPO À VILLENEUVE-D'ASCQ
ACHEVÉ D'IMPRIMER SUR ROTO-PAGE
PAR L'IMPRIMERIE FLOCH À MAYENNE
DÉPÔT LÉGAL : MAI 2021. N° 145318 (98342)
IMPRIMÉ EN FRANCE